Marianne Cedervall

Das vergessene Haus

Marianne Cedervall

DAS VERGESSENE HAUS

Ein Gotland-Krimi

Aus dem Schwedischen von
Ulrike Brauns

PENDO

Mehr über unsere Autoren und Bücher:
www.pendo.de

Wenn Ihnen dieser Krimi gefallen hat, schreiben Sie uns unter Nennung des Titels »Das vergessene Haus« an *empfehlungen@piper.de*, und wir empfehlen Ihnen gerne vergleichbare Bücher.

Von Marianne Cedervall liegen im Piper Verlag vor:
Mord auf der Insel
Trüffeltod
Das vergessene Haus

MIX
Papier aus verantwortungsvollen Quellen
FSC® C083411

ISBN 978-3-86612-460-8

Titel der schwedischen Originalausgabe:
»Dit solen aldrig når«, Lind & Co., Stockholm 2017

Redaktion: Sibylle Klöcker
Satz: Uhl + Massopust, Aalen
Gesetzt aus der Sabon Ltd Sans
Druck und Bindung: CPI books GmbH, Leck
Printed in the EU

Sven-Erik Magnusson gewidmet

»Wir waren Sterne, wir waren Fackeln
in einer Mondscheinnacht in Åmotsfors.«

Månskensnatt i Åmotsfors von »Plura« Jonsson,
gesungen von Sven-Ingvars 1996 und Eldkvarn 2002

Im November

Gotland

Regentropfen schlängelten sich in breiten Rinnsalen an der Scheibe hinunter. Der Wind blies ums Haus. Eine Frau hatte direkt davor geparkt und lief nun vornübergebeugt mit einer Tageszeitung über dem Kopf zum Eingang des Seniorenheims. Hätte man ein Bild in nur einem einzigen Grauton malen wollen, man hätte keine geeignetere Vorlage finden können als diesen Tag.

Ninni Weström trat vom Fenster zurück und schaute sich im Zimmer um. Innerhalb von zwei Tagen war es ihnen gelungen, das neue Zuhause ihrer Mutter mit den wenigen Möbeln sowie einer Auswahl ihrer Lieblingsbücher, Lieblingsfotografien und anderer geliebter Gegenstände gemütlich einzurichten. Ihr letztes Zuhause. Ninni war zufrieden; was ihre Mutter davon hielt, war nicht mehr herauszufinden.

Kerstin Weström saß in ihrem Schaukelstuhl und beobachtete Ninni. Die meiste Zeit war ihre Mutter gut gelaunt, konnte sogar kleineren Beschäftigungen nachgehen, aber für den Moment schien die Müdigkeit Oberhand gewonnen zu haben. Der Umzug von Visby hatte Kraft gekostet. Sie hatte das Haus verlassen müssen, in dem sie aufgewachsen war und das ihr so viel bedeutet hatte, ihr Leben lang. Dass sie sich schnell an das neue Umfeld im Altenheim gewöhnen würde, war eher nicht zu erwarten.

Für das Haus oberhalb der Klippen in Visby war nun Ninni verantwortlich, und nach einem schöneren Ort zum Leben und Arbeiten musste man lange suchen. Mit Blick aufs Meer sollte es ein Leichtes sein, Artikel zu schreiben, die sich verkaufen ließen.

Ninnis Blick fiel auf die Fotoalben, die ihren neuen Platz ganz unten im Regal neben all den Tagebüchern gefunden hatten. Ninni beugte sich hinunter, zog das älteste heraus und schlug es ganz vorn auf. Verblasste viereckige Farbfotos von fröhlichen Jugendlichen. Das Elternpaar in den Sechzigerjahren, Bilder aus der Studienzeit in Uppsala, von Freunden und Festen, aber auch von konzentriertem Lernen. Die einfache Trauung, und dann Ninni selbst in einem Fußsack im Kinderwagen. Ganz oben ordentlich die Jahreszahl, unter jedem Bild eine kleine Anmerkung. Die Namen der abgebildeten Personen und des Ortes, wo die Aufnahme entstanden war. Hin und wieder waren zur Dekoration einfache Blumen zwischen die Fotos gezeichnet worden.

Ninni zog sich einen Stuhl heran, setzte sich und zeigte ihrer Mutter eine Seite.

»Mama, es muss dir wirklich viel Spaß gemacht haben, dieses Album zu gestalten. Es ist so schön geworden.«

Sie nahm die Hand ihrer Mutter und führte einen Finger zu der Aufnahme von ihr im Kinderwagen.

»Guck mal, wer liegt denn da im Kinderwagen?«

»Das ist Ninni«, sagte ihre Mutter, ihre Gesichtszüge hellten sich auf.

»Ja, das stimmt. Das bin ich.«

Ihre Mutter wiegte den Kopf, der gerade noch so glückliche Gesichtsausdruck wandelte sich, wurde besorgt.

»Sie kommt gar nicht mehr zu Besuch«, sagte sie und ließ die Mundwinkel hängen.

Es war neu, dass ihre Mutter sie nicht mehr erkannte, und Ninni fiel es schwer, sich daran zu gewöhnen. Sicher, manchmal war ihre Mutter etwas vergesslich gewesen, aber dass es mal so weit kommen würde, damit hatte Ninni nicht gerechnet.

Ninni blätterte weiter. Schon bald hatte sie das letzte Foto ihrer beiden Eltern erreicht, es folgten ein paar Bilder eines einfachen Sargs, auf dem weiße Lilien lagen. Schnell schlug sie die nächste Seite auf, wo fröhlichere Fotos vom Strand zu sehen waren. Eine niedliche Vierjährige, die grinsend ein aufblasbares Krokodil hinter sich herschleppte. Dieses grässliche Plastiktier war ihr ein geliebter Begleiter geworden.

Auf derselben Seite klebte ein weiteres Foto, allerdings keine Nahaufnahme von Menschen. Darauf waren zwei rote Häuserreihen zu sehen, im rechten Winkel zueinander. Eine Feuerstelle davor. Unbekannte Menschen auf einfachen Bänken rund um das lodernde Feuer. Ohne jegliche Anmerkung darunter.

Ninni konnte sich noch gut an diese herrlichen Sommerferien am Meer erinnern. Die Freiheit, jederzeit nach draußen zu können, das viele Baden und die Abende am Lagerfeuer, an den Spaß, den sie zusammen mit den anderen Kindern gehabt hatte. Dann drängte sich eine andere Erinnerung auf: sie mit ihrer Mutter auf der Landstraße, ihr Gepäck bei sich. Mitten in der Nacht, obwohl es hell ist. Mama geht mit schnellen Schritten, Ninni kann kaum mithalten.

Die Sommerferien hatten ein jähes Ende gefunden.

»Nein, nein, nein!«

»Mama, was ist los?«

Kerstin zitterte heftig und wandte den Blick ab.

»Mama«, versuchte Ninni es noch einmal. Nahm die Hand ihrer Mutter und führte sie zu dem Foto. »Erinnerst du dich noch daran?«

Kerstin schlug mit beiden Händen um sich, eine Träne lief ihr die Wange hinunter.

Ninni klappte das Album zu und legte es beiseite. Nahm die Hände ihrer Mutter in die ihren.

»Da, siehst du, ich habe es weggelegt. Wir müssen es nicht weiter anschauen.«

Warum hatten sie nie darüber gesprochen? Irgendetwas Schlimmes musste doch passiert sein, das war offensichtlich.

Sie betrachtete das faltige Gesicht ihrer Mutter. Kerstin hatte die Augen geschlossen. Ninni stand auf und schob das Album zurück an seinen Platz im Regal. Fuhr mit den Fingern über die Tagebücher. Ein ganzes Leben zusammengefasst in unzähligen kleinen Büchern. Verbarg sich dort die Antwort? Vielleicht war dies ein Ausgangspunkt. Ninni musste herausfinden, was ihre Mutter so aufgewühlt hatte.

»Was wolltest du mir nicht erzählen?«, flüsterte sie. »Welches Geheimnis trägst du in dir?«

Sechs Monate später

Mullvald, Gotland

1

Dienstag, 3. Mai

Wo zur Hölle hatte er seinen Koffer nur hingestellt? Tryggve Fridman, Mullvalds ureigenster Kriminalkommissar a.D., wühlte in einer seiner großzügigen Abstellkammern im Obergeschoss. Es war nicht gerade gestern, nicht mal vergangenes Jahr, dass er sich zuletzt auf Reisen begeben hatte, deshalb ließ sich der Verwahrungsort nicht im Handumdrehen rekonstruieren. Und in der Zwischenzeit war nicht gerade wenig Gerümpel dazugekommen. Er zog einen Karton mit Weihnachtsdekoration aus dem Weg und schob mit dem Fuß einen zusammengerollten Teppich beiseite. Der Teppich steckte noch in der Plastikfolie von der Reinigung, obwohl es sicher bereits mehrere Jahre her war, dass er ihn abgeholt hatte. Tryggve hockte sich hin und schaute prüfend in den gerade freigelegten Bereich. Und genau dort stand sein Koffer. Tryggve zog ihn hervor.

Als er gerade Weihnachtsschmuck und Teppichrolle wieder zurückschieben wollte, fiel sein Blick auf etwas ganz anderes. Eine viereckige Schachtel, etwas größer als ein Schuhkarton. Ordentlich mit einer Schnur versehen, oben sorgfältig mit einem Kreuzknoten verschlossen. Er hob den Karton hoch und trug ihn hinaus. Blies eine Staubschicht vom Deckel, um das Etikett lesen zu können, obwohl er eigentlich wusste, was sich im Karton befand. *Smissarve – ungelöst*, er hatte es selbst beschriftet. Ein alter Fall, den er beiseitegelegt und fast vergessen hatte, obwohl das anders gedacht gewesen war. Mit der Hand wischte er weiteren Staub vom Etikett. Erinnerte sich an die Frau, die bei ihm gesessen und ihm von einem nächtlichen Besucher erzählt hatte. Von unwillkommenen Händen, die unter die Decke und das Nachthemd gewandert waren. Und von dem kleinen Mädchen, was ihr am schwersten fiel.

Er klemmte sich den Karton unter den Arm, nahm den Koffer in die Hand und ging hinunter in die Küche. Putte, sein Rottweiler und treuer Begleiter, erhob sich langsam aus seinem Korb. Er schlenderte zum Koffer und beschnüffelte ihn flüchtig, um dann wieder an seinen Liegeplatz zurückzukehren.

Tryggve schob die Zeitung vom Tisch, machte Platz für seinen Fund, löste die Schnur und hob den Deckel an. Obenauf lag ein kleines schwarzes Notizbuch, darunter ein Stapel verblichener Kopien. Er öffnete das Notizbuch und las ein paar Namen. Was all diese Menschen wohl mittlerweile machten? Manche lebten vermutlich nicht einmal mehr.

Das Tor quietschte, und schon waren Schritte auf dem Kiesweg vorm Haus zu hören. Er musste wirklich dringend die Scharniere ölen, wie sonderbar, dass ihm das immer wieder entfiel. Jedes Mal, wenn er selbst hindurchtrat, dachte er daran, aber kaum machte er einen Schritt ins Haus, hatte er es wieder vergessen, es war wie verhext. Schnell verschloss er den Karton mit dem Deckel und schob ihn hastig unter den Küchentisch. Wer auch immer sich da näherte, musste die vierzig Jahre alten Dokumente nicht gerade zu Gesicht bekommen.

Anki Karlsson, seine nicht mehr ganz neue Nachbarin und gute Freundin, trommelte gegen die Tür und wurde umgehend hereingebeten. Mittlerweile bekam er meist sehr gute Laune, wenn er sie sah, aber so war es nicht immer gewesen. Ganz am Anfang hatte es ihn erzürnt, um nicht zu sagen rasend gemacht, dass Anki sich in die polizeilichen Ermittlungen eingemischt hatte. Allerdings musste er sich schnell eingestehen, dass sie mehr half als schadete. Oft begriff sie bloß nicht, in welch große Gefahr sie sich begab, wenn sie völlig ahnungslos, aber voller Eifer auf eigene Faust nach Lösungen suchte. Manchmal steigerte sich ihre Durchtriebenheit zu wahrer Dummdreistigkeit, was der eigentliche Anlass dafür gewesen war, dass er aufgehört hatte, gegen sie zu arbeiten. Er war zu dem Schluss gekommen, dass es besser war, wenn sie auf derselben Seite standen. Außerdem wollte er nicht, dass Anki sich selbst in Schwierigkeiten brachte, und letzten Endes war es immer noch er, der sich mit schweren Verbrechen auskannte.

»Hallo, Tryggve«, sagte Anki und lächelte. »Oh, bist du schon bei den Reisevorbereitungen?«

Ihr Blick wanderte zu seinem staubigen Koffer, der plötzlich einen alten und verwahrlosten Eindruck machte, ja fast verlegen schien, dort in der Küche auf dem Boden zu stehen. Tryggve kratzte sich im Nacken und ließ sich Zeit mit der Antwort. Putte strich Anki derweil zur Begrüßung um die Beine.

»Bald«, sagte er schließlich. »Ein paar Tage bleiben ja noch, aber es schadet nicht, rechtzeitig mit dem Packen anzufangen.«

»Dann bist du ja weg, wenn hier alles anfängt zu blühen«, stellte sie fest und nickte zum Garten hinüber. »Hast du dich denn schon entschieden, wohin es gehen soll?«

»Spanien, Andalusien«, antwortete er. »Ich bin auf eine Anzeige gestoßen, eine günstige Ferienwohnung, da musste ich einfach zuschlagen. Aber du hast natürlich recht, sehr klug ist es nicht, all die Himmelsschlüssel und Buschwindröschen zu verpassen. Schöner als auf Gotland ist es im Mai nirgendwo.«

»Ach was!«, sagte Anki. »Ist ja nicht der letzte Frühling. Du hast es dir verdient, mal von hier fortzukommen und was anderes zu sehen.«

Dann wurde sie still, streckte sich nach dem Koffergriff und hob das gute Stück daran hoch, um es von allen Seiten zu begutachten.

»Damit willst du verreisen?«, fragte sie schließlich und stellte ihn wieder auf den Boden.

Ankis Tonfall war nicht direkt boshaft, sie klang eher verwundert. Tryggve starrte das gute alte Stück an und wusste, was seine Freundin meinte, wollte es aber nicht zugeben. Ganz besonders nicht vor Anki.

»Ja, wieso nicht? Gibt es daran vielleicht etwas auszusetzen?«, fragte er zurück.

Sein Ton war vielleicht unnötig schnippisch, aber Anki lachte trotzdem.

»Nun«, sagte sie, »es sieht nicht gerade so aus, als habe er irgendwelche Mängel, soweit ich das beurteilen kann. Aber du wirst der einzige Mensch in Europa sein, der sein Gepäck noch trägt.«

»Sein Gepäck trägt? Was genau soll daran denn ungewöhnlich sein? Es ist doch klar, dass man sein eigenes Zeug trägt.«

»Tryggve«, sagte sie, »wo hast du denn die letzten Jahrzehnte gelebt? Heutzutage haben alle Rollkoffer. Das ist viel einfacher, und man schleppt sich nicht mehr unnötig kaputt.«

Es war ungerecht von ihr, zu behaupten, dass er die neuesten Entwicklungen nicht mitbekam. Selbstverständlich war ihm aufgefallen, dass die Leute heutzutage Rollkoffer hatten, aber das hieß ja noch lange nicht, dass er sich auch einen anschaffen musste.

»Fahr nach Hemse oder Visby und kauf dir einen mit Rollen«, fuhr Anki fort, »oder leih dir meinen. Man muss sich ja nicht mehr abkämpfen als nötig.«

»Du hattest ein Anliegen, vermute ich?«, fragte er, um das Gespräch von seinem alten Koffer abzubringen. »Möchtest du einen Tee?« Er setzte sich an den Tisch und forderte sie mit einer Handbewegung auf, dasselbe zu tun. Gern nahm sie die Einladung an, und er schenkte ihr aus der Thermoskanne ein, die er vorbereitet hatte, bevor er im ersten Stock auf die Suche nach seinem Koffer gegangen war.

»Du hast recht«, sagte Anki, »ich hatte ein Anliegen. Ich wollte nur nachhören, ob du einen Stellplatz für mein Pferd aufgetan hast, wenn ich meinen mehrtägigen Ausritt mache. Du meintest doch letztens, dass du eine Idee hättest.«

Wie ärgerlich, er hatte völlig vergessen, dass er Anki seine Hilfe angeboten hatte. Nun denn, es war sicher noch nicht zu spät.

»Und du willst wirklich ganz allein reiten?«, fragte er und sah sofort vor sich, wie Anki in den gotländischen Wäldern verloren ging. »Noch dazu mehrere Tage am Stück?«

Sie lächelte ihn an.

»Na, so kurzfristig werde ich keine Begleitung finden, aber ich habe ja Austri. Er ist ein ganz zauberhafter Kamerad. Außerdem gibt es keinen besseren Zeitpunkt, schließlich ist Osk bei ihrer Züchterin.«

»Oh, warum das denn?«, fragte Tryggve. »Willst du sie wieder zurückgeben?«

»Nein, nein, sie besucht dort einen Hengst. Wenn ich Glück habe, dann sind die beiden Hübschen sich sympathisch, und dann bekomme ich bald ein Fohlen«, erklärte Anki.

Tryggve streckte die Beine aus und trat dabei versehentlich gegen den Karton, den er unter dem Tisch versteckt hatte. Vielleicht war Smissarve ja eine gute Idee? Dort oben hatte er ein paar gute kirchliche Kontakte, er kannte sowohl die Küster als auch die Pfarrerin. Erstere hatte er des Öfteren bei Fortbildungen in Visby getroffen, und mit der Pfarrerin, Ulrika Trogen, spielte er hin und wieder eine Partie Schach. Auf der Insel gab es ein paar schachbegeisterte Kirchenmitglieder, die einen Club gegründet hatten. Die Strecke sollte Anki durchaus an einem Tag auf dem Pferd bewältigen können, und vermutlich taugte der alte Stall, der zum Pfarrhof gehörte, noch für eine Übernachtung.

»Wie lange wolltest du reiten?«, fragte Tryggve. »Und in welche Richtung?«

Anki trank einen Schluck Tee, bevor sie antwortete.

»Da muss ich mich ganz danach richten, wo es eine Herberge gibt«, antwortete sie und lachte über ihre biblische Wortwahl.

Tryggve stand auf und holte sein Handy, das auf der Arbeitsfläche lag. Er wählte die Nummer und ging zum Telefonieren ins Wohnzimmer. Anki musste nicht das ganze Gespräch mitbekommen.

Nach einer ganzen Weile angenehmen Geplauders mit Ulrika Trogen kehrte er in die Küche zurück, wo er Anki in die Tageszeitung vertieft vorfand. Sie hob den Kopf und schaute ihn an.

»Und? Gute Nachrichten?«

»Alles geregelt«, sagte Tryggve. »Wenn du dir vorstellen kannst, bis nach Smissarve zu reiten – das liegt gut dreißig

Kilometer von hier entfernt –, dann kannst du Austri in den alten Stallungen des dortigen Pfarrhofs unterbringen. Stroh besorgt die Pfarrerin beim nächstgelegenen Bauernhof.«

»Großartig!«, jubelte Anki. »Dann muss ich bloß noch ein Bett für mich finden. Und selbstverständlich einen Ort zur Rast unterwegs.«

»Du hast Glück, dort gibt es ein Feriendorf«, erwiderte Tryggve. »Eine kleine Anlage, die sogar über ein einfaches Restaurant verfügt. Wie ich gehört habe, läuft das ganz gut und hat auch das ganze Jahr über geöffnet.«

»Wirklich?«, sagte Anki. »Aber die werden vermutlich nur Pizza und die üblichen langweiligen Salate anbieten. Da bringe ich mir besser selbst was zu essen mit.«

Tryggve musste über ihre unnötige Sorge lächeln.

»Da irrst du dich, es scheint sehr authentische und leckere Tex-Mex-Küche zu sein. Auch wenn ich mir das nicht ganz erklären kann, so weit draußen.«

Sie beugte sich zu ihm hinüber und legte ihm die Hand auf den Arm.

»Danke dir. Wirklich sehr lieb von dir, dass du das für mich organisiert hast.«

Er winkte ab. »Ach, nichts zu danken. Hoffen wir, dass alles gut geht und du eine schöne Zeit hast. Am besten ohne Regen.«

Er hatte Glück gehabt, ihr doch noch so kurzfristig helfen zu können, obwohl er es vollkommen vergessen hatte.

»Wenn du am Strand entlangreitest, könntest du in Hällinge haltmachen. Ich kenne den Bauern dort, der legt sicher gern ein bisschen Heu für euch bereit, wenn du magst. Ruf ihn mal an und grüß ihn von mir. Da gibt es auch eine Pumpe, für frisches Wasser für dich und Austri ist also ebenfalls gesorgt.«

»Das wäre wirklich wundervoll«, sagte Anki. »Dann meistere ich den langen Ritt bestimmt gut.«

»Wann willst du los?«, fragte Tryggve.

»Morgen«, antwortete sie. »Das Wetter über Christi Himmelfahrt soll großartig werden, es gibt also keinen Grund, länger zu warten. Einen so langen Ritt im Regen muss man sich nun nicht gerade antun.«

Er hob die Tasse zum Mund und trank den verbliebenen Tee aus.

»Ach ja, und dann ist da noch Putte«, sagte er. »Du willst wirklich auf ihn aufpassen? Es war ja nicht abzusehen, dass meine eigentlichen Hundesitter plötzlich verhindert sein würden.«

Er strich sich übers Kinn, sein Bart kratzte. Heute Morgen hatte er sich keine Zeit zum Rasieren genommen.

»Wie geht es deinen armen Nachbarn denn?«, fragte Anki und legte die Stirn in Sorgenfalten.

»Den Umständen entsprechend gut, glaube ich«, antwortete er, »aber man darf halt nicht vergessen, wie alt die beiden sind. Der Schlaganfall des Mannes vor ein paar Wochen bedeutet eben, dass sie es für eine Weile ruhig angehen müssen. Hundespaziergänge in zügigem Tempo sind gerade nicht das Richtige für sie.«

Anki blieb eine Weile still und betrachtete Putte, der neben dem Tisch lag. Tryggve wusste, dass Anki anfangs sehr großen Respekt vor dem Hund gehabt hatte, mittlerweile waren sie jedoch gute Freunde geworden.

»Wenn du meinst, dass ich das hinbekomme«, sagte sie schließlich. »Aber du lässt ihn auf eigene Gefahr bei mir. Ich bin keine geübte Hundehalterin. Pferde sind eine ganz andere Geschichte.«

»Ich könnte mir niemand Besseres vorstellen«, erwiderte

Tryggve, beugte sich vor und kraulte seinen vierbeinigen Freund zwischen den Ohren. »Was meinst du, Putte? Wir kommen Montagnachmittag vorbei, bevor ich abreise.«

Als Anki nach Hause aufgebrochen war, holte Tryggve den Karton mit den Unterlagen wieder hervor. Der Fall hatte sich vor vielen Jahren in Smissarve ereignet. Nicht aufgeklärt, Ermittlungen eingestellt. Kein Täter konnte mit der Tat in Verbindung gebracht werden, obwohl Tryggve so sicher gewesen war, wer die Schuld trug. Seit vielen Jahren verjährt. Er blätterte durch die dünnen Seiten, die zum Großteil verblichen waren. Das Kopierpapier der Siebzigerjahre war von entsetzlicher Qualität, es ließ sich fast nichts mehr entziffern. Trotzdem legte er alles sorgfältig zurück, verknotete den Karton wieder mit der Schnur und trug ihn zusammen mit dem in Ungnade gefallenen Koffer in den ersten Stock. Der Tag war noch lang, er würde ohne Weiteres bis in die Stadt fahren können, um sich einen neuen Koffer mit Rollen zu besorgen. Aber er hatte nicht vor, Anki davon zu erzählen.

2

Björn Jonsson schloss die Tür zu dem Haus, in dem er die vergangene Stunde verbracht hatte. Kurz blieb er auf der Veranda stehen und erschauderte, obwohl die Maisonne ihn mit Wärme empfing. Er zog den Reißverschluss seiner Jacke bis zum Kollar hoch.

Die Eltern dort drinnen im Haus waren gelähmt vor Trauer, und er hatte nicht viele tröstende Worte für sie gehabt, nur versucht, ihnen bestmöglich bei der Planung der Beerdigung zu helfen. Die Lieder mussten ausgewählt werden, und Björn brauchte ein paar Informationen über den Sohn, damit er eine ihm würdige Trauerpredigt halten konnte. Anfangs hatte der Vater nichts gesagt, was hilfreich gewesen wäre. Die Mutter hatte mit zitternden Händen Kaffee aufgesetzt, während Björn selbst etwas vorschlug. *Schönster Herr Jesu* war als Schlusslied üblich, aber sonst? Hatten sie eigene Wünsche? Schweigen. Konnten sie sich *Von guten Mächten wunderbar geborgen* vorstellen? Keine Reaktion.

»*Er hält die ganze Welt in seiner Hand*«, sagte der Mann plötzlich.

»Was?«, fragte die Frau und drehte sich mit der Kanne

in der Hand zu ihrem Mann um. »Das ist doch ein Kinderlied.«

Der Mann starrte trotzig zurück.

»Aber er ist doch unser Kind. Beziehungsweise war. Es gibt auch noch diese eine Bibelstelle. ›Der Herr hat's gegeben, der Herr hat's genommen, der Name des Herrn sei gelobt.‹ ... Jetzt hat er genommen. Er hat uns unseren Jungen genommen.«

An diesem Punkt war seine Stimme gebrochen. Die Mutter hatte aufgeschluchzt, die Kaffeekanne weggestellt und zu ihrem Taschentuch gegriffen. Björn hatte seine Notizen überflogen, die er sich vorab gemacht hatte, um bloß nichts zu vergessen, und war dann dazu übergegangen, ihnen Fragen zu ihrem Sohn zu stellen, der sich wenige Tage zuvor auf dem Heuboden erhängt hatte. Wer war er gewesen? Was hatte er gemocht? Wie war er in der Schule gewesen, was hatte er in seiner Freizeit gemacht? Aber Björn bekam keine anderen Antworten, als dass er nett und fleißig gewesen war und es keinerlei Anzeichen dafür gegeben hatte, dass er zutiefst unglücklich oder krank gewesen war.

Björn seufzte schwer und versuchte, sich auf der Veranda zu sammeln. Das Dunkle im Innern zeigte sich nicht immer, man konnte durchaus ein Doppelleben führen, das wusste er selbst nur zu gut.

Er ging zu seinem Fahrrad, das er gegen die Steinmauer zwischen dem Haupthaus und dem Nebengebäude gelehnt hatte. Ulrika, die Pfarrerin, hatte ihm geraten, sich ein Fahrrad anzuschaffen, weil es hier in der Gemeinde ein praktisches Fortbewegungsmittel war. Außerdem hatte sie vorgeschlagen, dass er manchmal den Diakon begleiten könne, der nur zu gern radelte, wohin er konnte. Björn hegte allerdings starke Zweifel daran, dass Raymond Dixén sehr erbaut wäre, wenn sich ihm jemand an die Fersen hinge. Zum einen konnte Björns Rad definitiv nicht mit dem nagelneuen Mountainbike des Diakons mithalten – auch wenn dieser es auf dem wahrlich platten Gotland niemals wirklich ausnutzen können würde. Zum anderen hatten sie ganz verschiedene Aufträge zu erfüllen und damit auch unterschiedliche Ziele. Björn würde also auf eigene Faust fahren und auf die Gesellschaft des nörgeligen Alten verzichten müssen, der zudem endlich mal akzeptieren sollte, dass er längst in Pension gehörte.

Aber er musste der Pfarrerin zugestehen, dass es noch aus einem weiteren Grund lohnenswerter war, das Fahrrad dem Auto vorzuziehen. Alles Schwere, was Björn bei seinen Hausbesuchen im Vertrauen zu hören bekam, wurde für einen kurzen Moment vom Wind weggeblasen. Alles, worüber er wegen der Schweigepflicht mit keinem anderen Menschen sprechen durfte, flog hinfort. Fast alles. Manches blieb, wurde zur Belastung und summte durch seinen Kopf wie eine wütende Biene in ihrem Stock.

Beerdigungsvorbereitungen, besonders solche Gespräche wie das gerade geführte, gehörten zum schwersten Teil seiner Arbeit. Seelsorgerische Gespräche, durch die er in die finstersten Probleme eingeweiht wurde, die das Leben bot, waren auch nicht leicht, egal ob sie nun davon handelten, dass jemand die Lust zu leben verloren hatte oder ihm vielleicht sogar gestand, jemanden ermordet zu haben. Björn würde sich nie daran gewöhnen. Er war zweiunddreißig, bald dreiunddreißig, und seit sechs Jahren Geistlicher. Trotzdem hatte er immer noch Schwierigkeiten mit der absoluten Schweigepflicht, die von einem Pfarrer verlangt wurde. Leider ließen sich manche Aufgaben nicht ablehnen, selbst wenn man sie fast nicht ertrug. Viel zu häufig, wenn ein

Gemeindemitglied zu ihm kam, um ihm seine Sorgen anzuvertrauen, trafen sie einen empfindlichen Punkt bei Björn, und dann war es aus. Dann erwachten die Dämonen in ihm. Nach solchen Gesprächen musste er länger Fahrrad fahren oder direkt nach Hause, um unter die Decke zu kriechen und sich auszuweinen.

Seine Mutter war eine der wenigen, mit denen er sprechen konnte. Sie war immer für ihn da gewesen, der Fels in der Brandung seiner Jugend. Hatte ihn während des Studiums mit Briefen und Geld unterstützt, manchmal selbst mit Lebensmitteln. Er war ihr zu ewigem Dank verpflichtet, ohne sie hätte er es niemals geschafft. An seinen freien Tagen fuhr er für gewöhnlich mit dem Rad zu ihr. Sie wohnte in der Gemeinde, sie war es sogar gewesen, die ihn damals auf die freie Stelle aufmerksam gemacht hatte. Davor war er in Stockholm angestellt gewesen, aber es hatte nicht viel Überzeugungsarbeit gekostet, ihn dazu zu bewegen, in die Heimat zurückzukehren. Obwohl es bedeutete, dass er noch weiter von Pernilla entfernt war.

Björn warf einen Blick auf die Uhr. Es blieb noch genug Zeit bis zum Mittagessen, um einen ersten Entwurf der Trauerpredigt zu schreiben. Den Feinschliff würde er morgen vornehmen.

Der Geruch von Kaffee begrüßte ihn, als er das Gemeindebüro von Smissarve betrat, das sich im Giebel des Pfarrhofs befand. Die Kaffeepause war eigentlich vorbei, aber er konnte sicher schnell im Stehen eine Tasse trinken, bevor er sich an die Arbeit machte. Der Kaffee bei der trauernden Familie war sehr dünn gewesen.

Raymond faltete gerade die jüngste Ausgabe der Kirchenzeitung zusammen, als Björn hereinkam.

»Na, hallo«, sagte er und lächelte breit. »Und der Hausbesuch ist gut gelaufen?«

Björn erschauderte, als er die breiten, glänzenden Zahnreihen sah, es musste sich um diese Veneers handeln, von denen er gelesen hatte. Das graue Haar war ordentlich gekämmt und im Nacken zu einem Pferdeschwanz zusammengefasst. Raymonds Haut war wettergegerbt nach all den Jahren im Ausland, die vermutlich von vielen Freiluftaktivitäten geprägt gewesen waren.

»Wieso fragst du?«, wollte Björn wissen und nahm sich eine Tasse aus dem Schrank.

Er füllte sie und blieb an die Spüle gelehnt stehen.

»Ich habe so viel Mitleid mit der Familie«, sagte Raymond. »Das jüngste Kind und der Einzige, der noch übrig war, um den Hof zu übernehmen. Die anderen beiden sind längst aufs Festland gezogen und haben ganz andere Berufe gewählt.«

»Vielleicht hat er es ja genau deshalb getan«, murmelte Björn.

»Was hast du gesagt?«

»Vielleicht hat er sich ja deshalb das Leben genommen. Der Druck, all das zu übernehmen, kann überwältigend sein.«

Björn trank die Tasse aus und stellte sie in die Spülmaschine. Die Pfarrerin duldete keine Unordnung im Personalraum.

»Tja, das kann wohl niemand mit Sicherheit sagen«, bemerkte Raymond. »Hoffentlich habt ihr passende Lieder gefunden, genauso wie du hoffentlich die richtigen Worte für den Sohn finden wirst. Das ist sehr wichtig, und ich gehe davon aus, dass dir das bewusst ist.«

Raymond gab erneut sein künstlich blendendes Lächeln zum Besten. Björn spürte, wie die Wut in ihm aufstieg.

»Kümmer du dich um deine Arbeit, ich kümmere mich um meine«, sagte er durch zusammengebissene Zähne und mit geballten Fäusten.

»Schon gut, schon gut«, erwiderte Raymond und hielt beschwichtigend eine Hand hoch. »Ein wenig Lebenserfahrung werde ich wohl teilen dürfen. Ihr jungen Leute habt es immer so eilig, das führt schnell zu Nachlässigkeiten, manchmal seid ihr einfach zu unbedacht. Aber ich vertraue darauf, dass du die letzte Reise des Jungen würdevoll und feierlich gestaltest.«

Björn starrte seinen Kollegen an, ohne dass ihm noch etwas zu sagen einfiel. Deshalb verließ er ohne ein weiteres Wort den Raum, ging in sein Büro und sank auf seinen Stuhl. Er faltete die Hände auf dem Schreibtisch und atmete tief durch.

3

Mittwoch, 4. Mai

Anki näherte sich der Küste, und der Geruch von Tang wirkte befreiend nach dem langen Ritt durch den Wald. Sie ließ die Zügel locker, sodass Austri selbst den Weg wählen konnte. Er schritt direkt zum Wasser, senkte den Kopf, schnüffelte an der Oberfläche und probierte das Brackwasser, das er aber offenbar als untrinkbar einstufte. Allerdings schien es willkommen genug, um die Hufe darin abzukühlen. Anki saß ab und überließ das Islandpferd seinen Erforschungen der Ostsee. Sie setzte sich auf einen Stein, knöpfte die Chaps auf und zog die Jodhpur-Stiefel aus. Ihre Strümpfe waren durchgeschwitzt, weshalb Anki sie auf einem kleineren Stein neben sich ausbreitete. Wenn sie Glück hatte, würde die Sonne sie bis zum Ende der Pause getrocknet haben.

Auch Anki tauchte nun die Zehen ins Wasser. Hier am Ufer war es angenehm kühl für die Füße, die so viele Stunden in Lederstiefel gezwängt hatten zubringen müssen. Ein kurzes Bad wäre sicher auch keine schlechte Idee, aber vermutlich war das Wasser dafür dann doch zu kalt. Selbst wenn es in der Natur an allen Ecken und Enden grünte und sprießte und die Sonne jeden Tag wärmer vom Himmel strahlte, war die Ostsee noch lange nicht aufgeheizt, weshalb Anki sich mit einem Fußbad zufriedengab. Austri schien zu einem ähnlichen Schluss gekommen zu sein, denn er blieb in Ufernähe, wo ihm das Wasser nicht weit über den Kronrand reichte, maximal bis zur Fessel.

Anki fischte das Handy aus der Brusttasche und warf einen Blick auf die Zeitanzeige. Seit vier Stunden war sie unterwegs, war am Strand entlang und durch den Wald mit seinen kurz gewachsenen Kiefern geritten. Auf der Insel gab es unzählige schöne Reitwege, und die Natur war abwechslungsreich. Zu dieser Jahreszeit war es noch dazu außergewöhnlich schön, weil der Boden von Buschwindröschen übersät war. Anki verspürte nicht die geringste Eifersucht auf Tryggve, der an die spanische Südküste wollte. Selbstverständlich konnte sie sich vorstellen, auch einmal dorthin zu fahren, aber sicher nicht zu dieser Jahreszeit. Nein, nein, dafür boten sich der graue November oder der Februar an, bevor die ersten Vorboten des Frühlings auf der Insel eintrafen. Noch kein einziges Mal hatte sie die Entscheidung bereut, von Stockholm nach Gotland zu ziehen und sich die Islandpferde anzuschaffen. Sie hatte sich nach der Pensionierung und dem Tod ihres Mannes ihren Lebenstraum erfüllt. Und sie war nie glücklicher gewesen als jetzt.

Der Magen signalisierte, dass es Zeit zum Essen war, und ein Stück oberhalb des Strands lag ein perfektes Plätzchen für ein Picknick. Aber bevor sie sich selbst versorgen würde, sollte erst einmal Austri bekommen, was ihm zustand. Anki griff nach den Zügeln und verließ mit ihrem Isländer den Strand, als ihr Handy klingelte.

»Hallo, Mama!«

»Hallo, Jocke, wir haben uns ja lange nicht gehört. Wie schön, dass du dich meldest.«

Was sie da spontan sagte, stimmte. Ihr Sohn gehörte nicht gerade zu den Kindern, die sich häufig bei ihrer Mutter meldeten. Andererseits war auch sie häufig so beschäftigt, dass sie nicht an ihre erwachsenen Kinder dachte.

»Wir würden dich gern besuchen kommen, Maja und ich«, sagte Jocke. »Nur wenn es dir passt, natürlich.«

Der Vorschlag war gleichermaßen überraschend wie erfreulich.

»Na, selbstverständlich! Was ist denn mit Caroline? Will sie nicht mitkommen?«

Jocke und Caroline hatten sich vor einer Weile auseinandergelebt, aber dann doch wieder zueinandergefunden, um das Familienleben mit der gemeinsamen Tochter Maja doch noch einmal aufzunehmen.

»Sie ist anderweitig unterwegs«, antwortete Jocke knapp.

Hatte sich seine Tonlage geändert, nachdem sie seine Partnerin erwähnt hatte, oder bildete sie sich das ein? Anki war froh gewesen, dass die beiden ihre Probleme aus der Welt geschafft hatten und wieder zusammengekommen waren, und an Weihnachten, das sie alle zusammen gefeiert hatten, war die Stimmung gut gewesen.

»Dann frage ich mal so«, fuhr Jocke fort, »bist du am Samstag zu Hause?«

Anki ließ den Blick über das Meer wandern, während sie angestrengt nachdachte. Heute war Mittwoch, und sie rechnete damit, am Freitag auf den Heimweg zu sein. Ja, dann sollte sie Jocke und Maja am Samstag in Empfang nehmen können. Vierzehn war ihre Enkelin mittlerweile schon, das ging doch alles viel zu schnell.

»Im Moment mache ich einen mehrtägigen Ausritt mit Austri, aber am Freitag komme ich zurück. Samstag meintest du? Ja, das passt sehr gut.«

Jocke lachte. »Ein mehrtägiger Ausritt? Du bist wirklich krass, Mama. Schön, wir kommen mit dem Flugzeug. Und du musst uns nicht abholen, ich nehme einen Leihwagen.«

Nach dem Auflegen blieb Anki noch kurz stehen und beobachtete zwei lustige Austernfischer, die ein Stück entfernt mit ihren langen roten Schnäbeln nach Futter suchten. Welche Jugendliche wollte denn ihre Großmutter besuchen, die sie kaum kannte? Seit Anki nach Gotland gezogen war, hatten sie sich nur selten gesehen, und davor nur bei Familienzusammenkünften. Bei Christers Beerdigung zum Beispiel. Da waren alle Enkelkinder gekommen, um ihren Großvater für immer zu verabschieden. Anki schickte selbstverständlich etwas zu den jeweiligen Geburtstagen, aber sie erfuhr nur selten, ob die Pakete angekommen waren, und umso seltener telefonierten sie. Nun sollte Maja also zu Besuch kommen, bevor das Schuljahr überhaupt vorbei war.

Anki richtete ihre Aufmerksamkeit wieder auf Austri, der während des Telefonats geduldig gewartet hatte.

»Dann komm mal mit, mein Lieber!«, trieb sie ihn an. »Wir besorgen dir was Frisches zu trinken und zu fressen.«

Sie führte ihn an ein paar Fischerbuden vorbei, deren Holz durch Sonne und Wind silbergrau geworden war. Neben den Buden war eine Pumpe, und dort lag ein umgedrehter Wassereimer. Genau wie verabredet. Anki hatte Kontakt zu dem Bauern aufgenommen, den Tryggve ihr genannt hatte und dem der nächstliegende Hof gehörte. Er hatte angeboten, Heu für Austri auszulegen.

»Schau mal, Austri«, sagte Anki und zeigte auf einen kleinen Heuberg zwischen zwei der Buden. »Da liegt dein Mittagessen. Aber erst möchtest du was trinken, oder?«

Austri schaute sie aufmerksam an, und Anki war sicher, dass er sie verstand.

Sie pumpte Wasser in den Eimer und wartete ab, bis er ausreichend getrunken hatte, bevor sie ihn auf das Heu losließ. Erst dann holte sie ihren eigenen Proviant aus der einen Satteltasche und deckte auf der nächstgelegenen Bank auf. Pfannkuchen mit selbst gemachter Himbeermarmelade hatte sie schon gestern vorbereitet. Sogar Schlagsahne hatte sie in einer kleinen Dose mitgebracht. Außerdem Kaffee in einer Thermoskanne, als kleines Extra.

Die Frühjahrssonne wärmte, und direkt am Strand schmeckte ihre kleine Mahlzeit besser als zu Hause. Sie trank einen Schluck Kaffee, lehnte sich gegen eine der Buden und schloss für einen Moment die Augen. Der Wind war nicht stark, aber stark genug, um die Wellen leise ans Ufer plätschern zu lassen, ein meditatives Geräusch, das Anki leicht wegdösen ließ. Nach dem langen Ritt schmerzten die Glieder, es tat gut auszuruhen. Anki war selten mehrere Stunden am Stück auf dem Pferderücken unterwegs, aber sie bereute nichts. Tryggve hatte zudem ihr Gepäck schon mit dem Auto nach Smissarve gebracht. Nur ein kleiner Gefallen, wenn man in Betracht zog, dass sie im Gegenzug auf Putte aufpassen würde, aber trotzdem sehr nett.

Austri hatte aufgefressen und hielt nun den Kopf ganz still, die Augen halb geschlossen. Er verdiente diese Pause wirklich, er hatte einiges geleistet. Anki dachte kurz darüber nach, wie sie, Putte und die Pferde wohl miteinander zurechtkommen würden. Der Hund war stark, vermutlich konnte er sie mühelos von den Füßen reißen, wenn er plötzlich lossprang. Während der Ausritte wäre es selbstverständlich praktisch, wenn Putte frei nebenherlaufen könnte, aber das war riskant. Er könnte ihr entwischen. Außerdem gab es klare Regeln, wann ein Hund angeleint werden musste. Himmel! Da musste Anki sich dringend schlaumachen, bevor sie Tryggves besten Freund aufnahm. Aber sie würde sicher alle nötigen Informationen im Internet finden.

Tief in Gedanken versunken, bemerkte sie gar nicht den Mann, der sich ihr näherte, bis er direkt neben ihr stand.

»Na, da sitzen Sie also und lassen's sich gut gehen, wie ich sehe.«

Starker Dialekt, aber nicht unverständlich. Anki erkannte die Stimme, dies war der Mann, mit dem sie telefoniert hatte, der Bauer, dem sie das Heu zu verdanken hatte. Sören Pettersson, wenn sie sich recht erinnerte. Er trug eine blaue Arbeitshose, die von breiten Trägern gehalten wurde. Sein Gesicht war bereits sonnengebräunt, und selbstverständlich trug er die obligatorische Schirmmütze auf dem Kopf. Diese war grün-gelb mit dem Logo einer Bank, die es nicht mehr gab.

»Ja, das Wetter ist fantastisch«, antwortete Anki, »allerdings bin ich jetzt ordentlich müde von dem langen Ritt. Danke für das Heu. Was bin ich Ihnen schuldig?«

Er hob abwehrend die Hand. »Lassen Sie's gut sein, das bisschen Heu gebe ich Ihrem Pferd aus. Auf dem Land sollte man sich gegenseitig unterstützen, finde ich. Ein hübsches Tier, aber das ist kein Gotland-Pony, oder?«

Anki schüttelte den Kopf. »Nein, Austri ist ein Islandpferd.«

»Sehr schöne Farbe.«

Sören streichelte den Wallach zwischen den Augen und klopfte ihm dann den Hals.

»Reiten Sie jetzt weiter?«

Sie stand auf.

»Ja, ich wollte heute noch bis Smissarve kommen. Dort wartet ein Stallplatz auf uns. Wahrscheinlich sollte ich möglichst bald aufbrechen.«

Er blinzelte in die Sonne, was Anki vermuten ließ, dass er gerade die Uhrzeit schätzte.

»Immer mit der Ruhe«, sagte Sören. »Es liegen nur noch um die zehn Kilometer vor Ihnen, das meiste haben Sie schon geschafft. Sehen Sie den alten Hof da drüben?«

Anki schaute in die Richtung, in die er zeigte, und erblickte ein Gehöft.

»Dort gibt es ein Gattertor. Wenn Sie da durchreiten, stoßen Sie auf einen Pfad, der Sie direkt nach Smissarve führt. Dann müssen Sie nicht auf der Landstraße reiten.«

Ein verlockender Vorschlag und eine Variante, die Anki entgangen sein musste, als sie ihre Tour plante. Vermutlich weil der kleine Pfad nicht auf ihren Karten verzeichnet war.

»Ist das leicht zu finden?«, fragte Anki, während sie ihre Dosen zusammenpackte. »Oder könnte ich mich verirren?«

»Das glaube ich nicht. Am Ende des Pfades ist ein Weg, der, wenn Sie rechts abbiegen, geradewegs zum Meer führt. Er verläuft zwischen Feldern.«

»Und wenn ich nach links abbiege?«

»Dann kommen Sie sofort zur Kirche und zum Kirchhof von Smissarve, und dahin wollen Sie doch auch, oder? Nein, das können Sie nicht verfehlen. Und falls Sie sich trotzdem verirren sollten, rufen Sie mich an, dann komme ich Sie suchen.«

Als Anki wenig später aufbrach, folgte er ihr bis zum Gatter, hielt es ihr auf und schloss es dann wieder. Sie drehte sich im Sattel um und winkte ihrem neuen Freund zu, bevor sie Austri antrieb, der nach der Mittagspause nur zu gern in einen angenehmen Tölt verfiel.

4

Sören Pettersson behielt recht, es war wirklich nicht mehr weit. Der Pfad war leicht zu reiten, und nach einer knappen Stunde erreichte Anki den beschriebenen Weg zwischen den Feldern. Sie hielt an und betrachtete die Landschaft. Linker Hand erhob sich der eigentümliche und stattliche Kirchturm von Smissarve, das Ziel des heutigen Tages. Es war schon herrlich, diese Etappe abgeschlossen zu haben, aber irgendwie trotzdem zu früh, um schon vom Pferd zu steigen. Da konnte sie genauso gut auch hier noch einmal an den Strand reiten. Der schmale Weg mit einem Streifen Grün in der Mitte lud noch dazu zum ausgedehnten Galopp ein, was ihnen beiden sicher guttäte. Anki nahm die Zügel auf und feuerte ihren Kameraden an.

»Na los, Austri! Wer zuletzt am Ufer ist, hat verloren!«

Austri war sofort mit von der Partie und galoppierte los. Ein paar Hundert Meter vor ihnen lag eine scharfe Kurve. Also verlangsamte Anki sukzessive das Tempo, weil sie keinen gesteigerten Wert darauf legte, mit ihrem treuen Pferd aus der Kurve getragen zu werden.

Das letzte Stück brachte sie im versammelten Schritt hinter sich. Durch das noch nicht dichte Blattwerk schimmerte etwas anderes als nur das Meer. Waren das Scheunendächer direkt am Strand? Es sah fast so aus. Selbstverständlich konnte es sich um ehemalige Lager des Militärs handeln, denn die Präsenz der Verteidigungskräfte war einmal groß gewesen, zu der Zeit, als es gleich drei Regimente auf der Insel gegeben hatte.

Als Anki näher kam, entdeckte sie, dass es drei rote Häuserreihen waren, die einen Innenhof u-förmig umschlossen. Eine gewaltige Felswand erhob sich zur einen Seite und warf einen Schatten über die gesamte Anlage. Gebäude und Innenhof wirkten alles andere als militärisch, sondern erinnerten eher an ein Ferienlager. Vielleicht war es mal eine einfachere Jugendherberge gewesen, die mittlerweile sich selbst überlassen wurde.

Anki saß ab und betrat die Veranda des nächstgelegenen Hauses. Als sie die Klinke herunterdrückte, gab die Tür sofort nach und ging mit einem Quietschen auf. Sie klang genauso wie Tryggves altes Gatter. Man sollte es ölen, dachte sie und lachte dann über die absurde Vorstellung. Wer ölte bitte die Angeln eines verlassenen Hauses? Austri schaute ihr neugierig nach. Wenn sie gekonnt hätte, sie hätte das Pferd mitgenommen, aber das ließ sie vermutlich besser sein. Der Boden schien morsch, im schlimmsten Fall würde er einbrechen.

Sie ging noch einmal zu ihm, streichelte ihm über die Nüstern.

»Warte hier auf mich«, sagte sie.

Er stupste gegen ihre Tasche, wusste genau, wo die Leckerli waren.

»Okay, das hast du dir verdient«, lachte Anki und zauberte eine Möhre hervor. »Lass mich hier bloß nicht allein!«

Er hob und senkte den Kopf, als verstünde er, was seine

Halterin meinte, und wandte seine Aufmerksamkeit dann dem Gras zu, das direkt neben den Stufen wuchs. Anki betrat einen langen, dunklen Flur, von dem mehrere Türen abgingen. Anki schnüffelte. Es roch feucht. Und nach etwas anderem. Schimmel, da war sie sich absolut sicher. Die meisten Türen standen offen und führten in kleine Schlafzimmer. In jedem waren mehrere Betten, also doch ein Ferienlager? Einzelbetten, Doppelbetten und Gitterbettchen für kleine Kinder. Letztere sprachen eher dagegen. In einem der Zimmer stand sogar eine kleine Wiege. So kleine Kinder wurden selten ins Ferienlager geschickt.

»Vielleicht ein Kinderheim?«, flüsterte sie, aber der Gedanke war nicht gerade schön.

Anki betrat das Zimmer mit der Wiege, blieb stehen und hatte das Gefühl, in der Zeit zurückgereist zu sein. Die Medaillontapete zeugte von längst vergangenen Tagen, als das Muster noch in Mode gewesen war. Die in diesem Zimmer war dunkelgrün und verlieh den Raum eine düstere Atmosphäre. An den Wänden hingen alte Gemälde mit religiösen Motiven. Über der Wiege hing ein Schutzengel, über dem großen Bett ein Bild von Jesus und seinen Jüngern. Der religiöse Bezug war nicht zu übersehen. Aber die Gemälde gefielen ihr. Das mit dem Schutzengel würde sie sich durchaus selbst ins Schlafzimmer hängen.

Auf den Fensterbänken und auf den fleckigen Matratzen lagen jede Menge tote Fliegen. In den Ecken die Hinterlassenschaften anderer unerwünschter, vierbeiniger Besucher. Um was für eine Anlage handelte es sich hier bloß? Anki hob ein altes gelbes, fusseliges Stoffküken vom Boden, ein vergessenes Kuscheltier, an dem nicht einmal die Mäuse sich vergangen hatten.

Das Quietschen der Haustür ließ sie erstarren. War etwa

noch jemand hier? Der Boden knarzte, obwohl die sich nähernden Schritte vorsichtig gesetzt wurden. Anki schaute sich um. Eine angelehnte Schranktür. Dort könnte sie sich verstecken. Himmel, da könnte sonst wer hereingekommen sein, und sie war ganz allein in einem verlassenen Haus. Was, wenn ihr irgendein geistig Verwirrter gefolgt war, um sie mit der Axt zu erschlagen? Ihre grässlich lebhafte Fantasie erschreckte sie. Ein Glück, dass Tryggve nicht wusste, wo sie war. Er würde sich wieder darin bestätigt sehen, dass Anki zu waghalsig war. Das hatte er schon häufig beklagt.

Die Schritte kamen immer näher. Ihre Unentschlossenheit bewirkte, dass sie reglos stehen blieb und das fusselige Kuschelküken fest mit beiden Händen umklammerte.

5

»Hallo! Wusste ich's doch, dass jemand hier drin sein muss. Ich hab draußen das Pferd gesehen.«

Der Mann trug eine rot-weiße Trainingsjacke, darunter ein schwarzes Polohemd mit weißem Pfarrerkragen. Seine Haare wurden von einem schwarzen Käppi mit Pilgerzeichen verborgen, nur ein paar rotblonde Strähnen lugten am Nacken darunter hervor, und auf der Nase leuchteten Sommersprossen. Aus leuchtend blauen Augen wurde sie gemustert. Er war jung, konnte kaum älter als dreißig sein.

»Hallo«, sagte Anki.

»Björn Jonsson«, stellte er sich vor. Er nahm die Kappe ab und reichte ihr die Hand.

Anki wollte ihm die ihre reichen, als sie das gelbe Stofftier wieder bemerkte. Schnell ließ sie es zu Boden fallen, damit sie ihm ordentlich die Hand schütteln konnte.

»Anki Karlsson. Ich wohne in Mullvald, mache nur gerade einen mehrtägigen Ausritt.«

»Aha«, erwiderte er und schien damit das Interesse an ihr verloren zu haben. Er betrachtete das Zimmer. Strich mit der Hand über die Medaillontapete. Blieb vor dem Bild mit dem Schutzengel stehen.

»Genau so eins hing früher in meinem Zimmer«, sagte er. »Ein Engel, der über ein Kind im Wald wacht. Es hängt noch bei meiner Mutter. Es war sehr wichtig für mich, als ich ein Kind war, wirkte beruhigend.«

Anki nickte. Was sollte sie dazu sagen? Dass es ihr auch gefiel?

»Wissen Sie, was das hier mal war?«, fragte sie stattdessen. »Sieht aus wie ein Ferienlager für Kinder und auch wieder nicht.«

Er antwortete nicht, sondern betrachtete nun das Bild von Jesus und den zwölf Aposteln, das Motiv über dem Erwachsenenbett.

»Getsemani«, sagte er und tippte mit dem Finger an das Glas im Bilderrahmen. »Schauplatz dieses Gemäldes. Schade, dass es hier so unnütz rumhängt, es würde viel besser in mein Büro passen.«

»Getsemani?«, fragte Anki.

»Ein Garten«, erklärte Björn. »Am Ölberg. Dort war Jesus mit seinen Jüngern am Abend vor seiner Kreuzigung.«

»Ach, stimmt. Das habe ich selbstverständlich schon einmal gehört.«

Anki startete einen neuen Anlauf. Vielleicht hatte er ja ihre Frage nicht gehört. »Wissen Sie, was das hier mal war?«, wiederholte sie. »Es sieht aus, als wären die Bewohner überstürzt aufgebrochen und hätten nur die Tür hinter sich zugezogen.«

Er machte eine Geste, ihm hinauszufolgen. Also verließ Anki das Zimmer hinter ihm und betrachtete dabei seinen weichen, hellen Nacken. Wie konnte einem so jungen Mann die Arbeit hier auf dem Land ausreichen? Gab es wirklich genügend erfüllende Aufgaben?

»Wie Sie sehen, gibt es drei identische Häuserreihen«,

sagte er und deutete mit dem Arm über den Innenhof. »Wahrscheinlich sieht es in den anderen aus wie in diesem, aber das kann ich nur vermuten. Tatsächlich habe ich heute zum ersten Mal eins der Häuser betreten.«

Anki ließ den Blick über den Hof wandern. In der Mitte gab es eine Feuerstelle, um die noch Überreste von Holzbänken standen, die sich dem Einfluss von Sonne, Wind und Regen widersetzt hatten.

»Das Mütterhaus«, sagte er. »Ein Stück Vergangenheit dieser Gemeinde.«

»Und wer genau kam hierher? Dem Namen und den Betten dort drinnen nach zu urteilen, waren es Mütter mit ihren Kindern?«

Er drehte sich zu ihr um und betrachtete sie ernst aus seinen blauen Augen. Seine rotblonden Locken bewegten sich im schwachen Wind. Anki hatte den Impuls, sie zu bändigen und ihm über die Wange zu streichen, wie eine Mutter es getan hätte.

»Genau«, sagte er. »Mütter, für die es sonst keine Möglichkeit gab, sich zu erholen, oder die andere Schwierigkeiten hatten, konnten herkommen. Viel mehr weiß ich auch nicht, aber es wurde von der Gemeinde geleitet, hat Ulrika erzählt.«

Anki interessierte sich nicht dafür, wer diese Ulrika war. Stattdessen schaute sie zum Ufer, wo die steile Klippe und die Wellen aufeinandertrafen.

»Wie trostlos«, stellte sie fest. »Und so finster.«

Er folgte ihrem Blick, ohne etwas zu erwidern. Anki wechselte das Thema.

»Sie sind Pfarrer, wie ich sehe«, sagte sie und deutete zu seinem Hals. »Gibt es mehrere hier in der Gemeinde?«

Widerwillig löste Björn den Blick von der Felswand und wandte sich wieder ihr zu.

»Ja, wir sind zu zweit. Ich und die Pfarrerin Ulrika Trogen. Insgesamt betreuen wir vier Kirchen, es gibt genug Arbeit für uns beide.«

»Das kann ich mir vorstellen.«

»Und Sie kommen also aus Mullvald?«, fragte er und schenkte ihr endlich ein Lächeln. »Das ist ja ein ganz schönes Stück. Was verschlägt Sie in unsere Gegend?«

Dabei streichelte er Austri über das Maul. Der Wallach hielt ganz still und genoss die Berührung mit halb geschlossenen Augen.

»Ich brauchte mal ein bisschen Abwechslung und mache deshalb einen mehrtägigen Ausritt«, erklärte sie. »Manchmal werden die gewohnten Wege ein wenig trist.«

»Ach, dann sind das Sie, die das Pferd im alten Stall auf dem Pfarrhof unterstellen wollen? Dann habe ich von Ihnen gehört.«

»Ja, genau.«

Er streichelte Austri weiter und bohrte seine Nase tief in die dichte weiße Mähne des Pferdes.

»Sie kennen sich mit Tieren aus, wie ich sehe«, sagte sie.

»Ich bin auf einem kleinen Hof aufgewachsen, gar nicht weit von hier.«

»Das ist ja spannend«, sagte sie. »Dann sind Sie also in Ihre Heimatgemeinde zurückgekehrt?«

»Ach, so spannend ist das nun auch wieder nicht«, erwiderte Björn, »aber praktisch, denn ich finde sofort selbst zu den abgelegensten Höfen. Wollen wir noch kurz zum Strand runter?«

Er zeigte ihr einen kleinen Pfad, und schon bald standen sie zwischen Felsbrocken unterhalb der Klippe. Anki blickte nach oben. Hier unten fühlte man sich ganz schön winzig.

»Wenn Sie es einrichten können, dann kommen Sie frühmorgens her«, sagte Björn. »Den Sonnenaufgang von dort oben zu sehen ist unschlagbar.«

Sie beobachtete, wie er sich mit dem Finger unter den Augen entlangrieb und ein paarmal schluckte.

»Geht es Ihnen gut?«, fragte sie und berührte ihn leicht am Arm.

Der junge Pfarrer setzte schnell ein Lächeln auf.

»Absolut, ja. Alles gut, ich hatte nur was im Auge.« Er warf einen Blick auf die Uhr. »Ich muss jetzt auch wieder weiter.«

Und bevor Anki noch etwas sagen konnte, hatte er sie bereits allein am Strand zurückgelassen.

6

Eins noch, bevor ich uns ins Wochenende entlasse«, sagte Ulrika Trogen und schaute in die kleine Runde. »Am Montag werden wir Ninni Weström in unserer Mitte begrüßen. Sie will etwas recherchieren und dazu unsere alten Akten durchgehen.«

Ihre Mitarbeiter waren müde von der Besprechung. Der Kantor blätterte in seinem Kalender, Björn kritzelte Figuren in seinen Notizblock. Raymond hatte die Arme vor der Brust verschränkt und sah aus, als wäre er der Einzige, der ihr noch zuhörte.

»Ahnenforschung?«, fragte er. »Aber wir haben doch gar keine Kirchenbücher mehr, die wurden schon vor langer Zeit an den Staat übergeben.«

Ulrika schüttelte den Kopf und lächelte.

»Sie interessiert sich nicht für die Kirchenbücher«, sagte sie. »Ninni ist Journalistin und sucht nach Informationen zum Mütterhaus. Ihr wisst schon, die alten Baracken unten am Strand.«

»Die alten Bruchbuden? Das soll sich lohnen?«, fragte Raymond und runzelte die Stirn.

Björn hörte auf zu kritzeln und schaute auf.

»Da war ich vorhin erst«, sagte er. »Ich hab da diese Reiterin getroffen. Wäre sicher spannend, mehr darüber zu erfahren.«

»Das sehe ich ganz genauso«, sagte Ulrika, dankbar für die Reaktion ihres Kollegen.

»Ja, ja«, sagte Raymond und stand auf. »Dann sind wir hier fertig? Mach dir keine Sorgen, Ulrika, wir werden uns schon bestmöglich um diese Journalistin kümmern. Jetzt gehe ich nach Hause, aber wir sehen uns ja morgen zum Gottesdienst.« Diesmal akzeptierte Ulrika, dass der Diakon die Besprechung auflöste und aufbrach, aber nur diesmal. Sie würde ihn beim nächsten Mitarbeitergespräch darauf hinweisen. Hier hielt immer noch die Pfarrerin den Taktstock in der Hand und niemand sonst.

Der Kantor fuhr mit seinem Wagen davon zu einer Beerdigung in einer anderen Gemeinde. An Kantoren mangelte es, manchmal musste er andernorts einspringen. Björn machte sich auf den Weg zur Kirche. Ulrika wusste, dass er sich dort mit den Jugendlichen zum Üben traf. Er hatte ihr versprochen, dass die Konfirmation diesmal etwas ganz besonderes werden würde. Sie selbst wollte sich zurückziehen und sich endlich Gedanken über Gehaltserhöhungen für ihre Mitarbeiter machen. Außerdem tagte am Montag der Pfarrgemeinderat, dazu musste sie noch die Tagesordnung durchgehen. Wäre gut, wenn sie das noch vorm Wochenende schaffen würde.

Als Ulrika ihr Büro erreichte, erblickte sie Dagny Jonsson im Besuchersessel. Wusste Björn, dass sie hier war? Und wieso kam Frau Jonsson einfach unangemeldet her und setzte sich in ihr Büro?

»Entschuldigen Sie«, sagte sie, »dass ich mich so aufdränge. Aber ich muss mit Ihnen reden.«

»Selbstverständlich«, sagte Ulrika und gab sich die größte Mühe, nicht auf die Uhr zu schauen.

Sie zog die Tür hinter sich zu und setzte sich ihr gegenüber hin.

»Was haben Sie auf dem Herzen?«

»Ich möchte über Björn sprechen«, sagte Dagny Jonsson.

»Björn?«

»Ja, ihm geht es gar nicht gut, und ich glaube, es wäre gut, wenn Sie das wissen.«

Ulrika betrachtete die Mutter ihres noch relativ frisch eingestellten Pfarrers. Sie wusste, dass Dagny und ihr verstorbener Mann Gunnar sich für ihren Sohn verausgabt hatten. Oder – wie man heute sagen würde – Helikoptereltern gewesen waren. Aber zur Chefin des erwachsenen Sohnes zu kommen, um über ihn zu sprechen, ging vielleicht doch ein bisschen zu weit.

»Möchten Sie mir ein bisschen mehr dazu erzählen?«, fragte Ulrika, die trotz allem neugierig war, was Dagny Jonsson zu sagen hatte.

»Seit seiner Rückkehr nach Gotland hat er seine Anfälle häufiger«, antwortete sie. »Er fährt dann nicht zu sich nach Hause, sondern kommt zu mir, stellt sich unter die Dusche, dreht das Heißwasser auf und bleibt darunter, bis der Boiler leer ist. Ich habe vor der Tür gestanden, ich weiß, dass er dabei weint.«

»Er weint?«

»Ja, ich kann das nicht so genau beschreiben. Das sind wohl Panikattacken oder so etwas, die er auf diese Weise bewältigt. Nach diesem manischen Duschen schläft er dann immer ein paar Stunden.«

»Das klingt nicht gut. Mir ist bisher noch nichts Ungewöhnliches an seinem Verhalten aufgefallen.«

»Und dann ist da noch Raymond. Es ist nämlich so, dass er und Björn …«

Es klopfte jemand an die Tür und öffnete sie einen Spaltbreit. Ulrika hätte das »Bitte nicht stören«-Schild an die Klinke hängen müssen, aber Dagny Jonsson hatte sie überrumpelt, sodass sie es vergessen hatte.

Terttu Dixén, Raymonds Frau, steckte den Kopf herein.

»Ich störe, wie ich sehe, aber ich wollte nur nachfragen, wohin der Überraschungsfrühlingsausflug geht. Ich spiele mit dem Gedanken, mich anzumelden.«

Ulrika starrte sie sprachlos an, und Dagny Jonsson brach in Gelächter aus.

»Tja«, sagte Ulrika, »der Herr möge es mir vergeben, aber das verrate ich nicht.«

»Nicht?«

Terttus Mundwinkel bogen sich nach unten.

»Nein, denn dann ist es ja keine Überraschung mehr. Aber ich kann Ihnen gern das Datum sagen.«

Terttu schnaubte.

»Das weiß ich schon. 17. Mai, wenn ich mich nicht falsch entsinne, und das tue ich nie.«

Dagny Jonsson stand auf.

»Ich komme ein andermal wieder«, sagte sie. »Danke fürs Zuhören.«

Dagny Jonsson schüttelte den Kopf, als sie an Terttu vorbeiging, und Ulrika hätte schwören können, dass sie dabei flüsterte, dass Terttu nicht ganz richtig im Kopf war. Das traf selbstverständlich nicht zu, am Verstand haperte es bei Terttu keineswegs, sie war nur manchmal etwas zerstreut. Sie engagierte sich ehrenamtlich bei der Gemeinde und machte ihre Arbeit immer tadellos. Sie half, wo sie gebraucht wurde, sei es nun bei den Kindergruppen oder bei

Gedenkstunden. Aber Terttu übernahm keine festen Aufgaben, sondern begleitete Raymond nur, wenn sie Lust hatte, von Visby nach Smissarve zu fahren.

Als Ulrika endlich allein war, stellte sie sich ans Fenster und schaute hinaus, betrachtete die schöne Kirche, die grüne Wiese des Pfarrhofs und die hohen Eschen mit ihren klebrigen Sprossen. Eine Traube Jugendlicher quoll aus der Kirche. Ulrika löste die Haken am Rahmen und öffnete das Fenster, um zu lauschen, wie sie sich lauthals von ihrem Konfirmationslehrer verabschiedeten. Björn kam so gut mit ihnen klar. Ging es ihm wirklich so schlecht, wie seine Mutter behauptet hatte?

7

Donnerstag, 5. Mai
Christi Himmelfahrt

»Solang die Welt besteht, der Frühling kommt, wenn der Winter geht …«

Anki klappte das Gesangbuch zu und konzentrierte sich auf das, was die Pfarrerin sagte. Ulrika Trogen stand wenige Meter von der Klippe entfernt, das Meer hinter ihr konnte keine schönere Kulisse bieten an diesem wunderbaren Himmelfahrtstag. Der Himmel war blau, es gab nur vereinzelte Wolkentupfen. Die Sonne war um exakt 04:47 Uhr aufgegangen, wie Anki ihrer stets informativen Wetter-App entnommen hatte. Björns Rat zu folgen und sich von hier den Sonnenaufgang anzusehen musste ein fantastisches Schauspiel sein, das sie sich allerdings ein andermal würde ansehen müssen, heute Morgen war sie nicht zeitig genug aus dem Bett gekommen. Allerdings hatte sie sich aufraffen können, zu diesem Gottesdienst zu gehen, worüber sie nun sehr froh war.

Mindestens zwanzig weitere Menschen hatten Klappstuhl und Picknickkorb mit an die Klippe am Meer gebracht, um dabei sein zu können. Ihre Mutter hatte häufig von der Tradition erzählt, an Christi Himmelfahrt den Gottesdienst unter freiem Himmel abzuhalten. Lebhafte Schilderungen von Jugendlichen, die mit Proviant und Fernglas in die Wälder und Wiesen aufbrachen, um davor oder danach Vögel zu beobachten. Auch Anki hatte heute ein Fernglas im Gepäck, und das sollte nach dem Gottesdienst eingesetzt werden. Hier gab es sicher eine ganze Menge unterschiedlicher Vogelarten zu bestaunen.

Das Feriendorf, das Tryggve ihr empfohlen hatte, bot Frühstück und Mittagessen an, und die Mahlzeit am Vorabend war sehr zufriedenstellend gewesen. Authentisches mexikanisches Essen, und nicht nur diese Tacos für Faule, auf die heutzutage die Kids so wild waren.

»Im Namen des Vaters, des Sohnes und des Heiligen Geistes«, begann Ulrika und sprach dann über den Frühling, das Wunderwerk der Natur.

Ankis Gedanken wanderten zu dem Feriendorf, in dem sie übernachtet hatte. Dort wohnte außer ihr derzeit nur ein weiterer Gast, eine Frau um die vierzig, die beim Frühstück und Mittagessen an ihrem Computer geklebt hatte. Die Frau hatte dickes, dunkles Haar, das sie zurückgekämmt und mithilfe eines Schals mit Leopardenmuster zusammengefasst hatte. Die braunen Augen wiesen einen ausgiebigen Lidstrich auf, die Lippen waren knallrot geschminkt. An einer anderen Frau hätte das vermutlich billig gewirkt, ihr stand es jedoch sehr gut. Sie trug eine schwarze Jeans und ein schwarzes Hemd. Anki hatte nicht mit ihr gesprochen, ihr nur einen guten Morgen gewünscht. Es war nicht zu übersehen, dass die Frau beschäftigt war und in Ruhe arbeiten wollte, woran auch immer. Vielleicht war sie Schriftstellerin?

»Der Herr segne und behüte dich …«, hörte Anki die Pfarrerin sagen.

Sie war so tief in Gedanken versunken gewesen, dass sie vom eigentlichen Gottesdienst gar nichts mitbekommen hatte, und jetzt war er schon fast vorbei, ohne dass sie es sich erklären konnte. Der Organist machte sich bereit, er spielte auf einer kleinen Reiseorgel, die eher einer aufgeklappten Reisetasche glich. So etwas hatte Anki noch nie zuvor gesehen. Wie praktisch, man konnte sie einfach zum Freiluftgottesdienst mitnehmen!

Während das Schlusslied gesungen wurde, schaute Anki sich um. Schräg vor ihr saß tatsächlich die dunkelhaarige Frau aus dem Feriendorf. Wie schön, dass auch sie hergekommen war. Vielleicht konnte Anki sie jetzt einmal richtig begrüßen, nicht zuletzt weil sie mehr über die Frau erfahren wollte.

Die Pfarrerin Ulrika Trogen dankte allen für ihr Kommen und forderte sie dazu auf, zu bleiben und die Natur zu genießen, Vögel zu beobachten, Kaffee zu trinken und es sich gut gehen zu lassen.

»Aber erst möchte ich unserem Diakon noch das Wort überlassen, damit er uns etwas über diesen Ort erzählen kann«, sagte sie. »Bitte, Raymond.«

Ein großer, schlanker Mann erhob sich, das graue Haar zum Pferdeschwanz zusammengebunden. Er war nicht gerade blutjung, schätzungsweise etwas über siebzig, aber arbeitete offenbar noch. Anki erkannte ihn wieder, denn er war gestern gerade mit dem Rad auf den Hof gefahren, als sie Austri in den Stall brachte. Aber unterhalten hatten sie sich nicht.

»Guten Morgen«, setzte er an. »Ich wollte nur ein bisschen was zu den Vögeln hier sagen. Vor langer Zeit gab es hier mal eine Tordalk-Kolonie, aber die ist längst fort. Wenn Sie solche beobachten wollen, müssen Sie mit dem Schiff nach Stora Karlsö übersetzen. Wussten Sie, dass es an der Klippe hier vierzig Meter in die Tiefe geht?«

»Zweiundvierzig Meter dreißig«, sagte ein dicker Bauer mit hochrotem Gesicht. »Fallen Sie da bloß nicht runter, Sie stehen ein bisschen dicht an der Kante.«

Raymond Dixén lachte nur und entfernte sich ein paar Schritte vom Abgrund.

»Ja, Sojvide-Frans, wir müssen uns natürlich an die Fakten halten. Wenn Sie sagen, es sind zweiundvierzig Meter dreißig, dann ist das selbstverständlich richtig.«

Frans wedelte erfreut mit der Zimtschnecke, die er in der Hand hielt.

»Allerdings können Sie hier verschiedene Möwen und Seeschwalben beobachten, unten im Wasser schwimmt sogar ein Haubentaucherpaar. Mit guten Augen oder einem guten Fernglas können Sie auch Rotschenkel entdecken, vielleicht hören Sie diese aber auch nur. Sie sind sehr laut. Herrliche Austernfischer haben Sie vermutlich schon gesehen, die sind recht leicht zu finden, und es macht großen Spaß, sie zu beobachten.«

Etwas schien ihn abzulenken, denn er verstummte, den Blick auf die Uferwiesen hinter ihnen gerichtet. Anki drehte sich um. Mit flatterndem schwarzem Jackett kam der Pfarrer angeradelt, den Anki bei den roten Häusern getroffen hatte. Wie hieß er noch gleich? Björn? Er blieb ganz hinten stehen.

»Auf den Wiesen direkt hier hinter stehen sicher tausend Weißwangengänse«, verkündete er.

Zwischen den Brauen des Diakons bildete sich eine Falte.

»Ach, die muss man sich ja nicht antun. Kacken alles voll und machen alles kaputt.«

Der junge Pfarrer grinste ihn an und setzte sich zu einer älteren Frau mit Klappstuhl.

»Auch sie sind Gottes Geschöpfe«, sagte er und nahm die dampfende Tasse entgegen, die die Frau ihm reichte.

Anki machte sich nichts aus der Diskussion um die Gänse. Sie hatte eine Thermoskanne und eine Packung Kekse dabei, die sie gern teilen wollte. Sie stand auf und ging zu der dunkelhaarigen Frau. Der Wortwechsel der beiden Männer interessierte sie nicht. Ihr Ton war nicht gerade freundlich, eher eine Spur scharf.

»Hallo«, sagte sie und hielt der Dunkelhaarigen das Paket hin. »Wie wär's mit einem Keks?«

Die Frau lächelte und nahm sich zwei Plätzchen aus der Packung.

»Ich muss zugeben, dass Sie mich neugierig gemacht haben«, sagte Anki. »Wir haben uns beim Frühstück und Mittagessen gesehen, und Sie sind ja ganz schön fleißig.«

»Ich heiße Ninni Weström und bin freie Journalistin.«

»Anki Karlsson, Schwedischlehrerin im Ruhestand.« Anki lächelte. »Eine Journalistin also, dann verstehe ich auch, warum Sie so ein enges Verhältnis zu Ihrem Computer haben.«

Ninni Weström bat Anki, sich zu ihr zu setzen, und nach zwei Tassen Kaffee wusste Anki mehr über Ninnis Projekt. Die Journalistin plante, die jüngste Geschichte der Gemeinde niederzuschreiben.

»Ich gehe nicht allzu weit zurück«, sagte sie und lächelte. »Nur in die Siebziger. Die Häuserreihen am Fuß dieser Klippe haben beispielsweise eine spannende Geschichte, die erzählt werden sollte.«

»Ich war gestern dort«, sagte Anki. »Der Pfarrer hat mich ein bisschen herumgeführt. Wir waren sogar in einem drin. Interessante Vorstellung, dass es mal so eine Mutter-Kind-Einrichtung war. Hoffentlich hatten sie eine gute Zeit hier.«

»Sonnige Tage wird es auch damals gegeben haben«, sagte Ninni.

Ein Schatten fiel auf die Decke, und Anki schaute auf. Vor ihnen stand der Diakon und neben ihm eine Frau, die etwas kleiner war als er. Die Frau hatte hohe Wangenknochen und mandelförmige Augen. Insgesamt war sie recht farblos, fand Anki. Beige von Kopf bis Fuß, vom Schuh bis zum Polohemd. Ganz so, als würde sie bewusst nicht auffallen wollen. Es juckte Anki förmlich in den Fingern, ihr schönes Gesicht zu schminken und ihr Kleidung mit Farben zu geben, die ihre ganze Erscheinung zum Leuchten brächten.

»Das Mütterhaus?«, fragte Raymond Dixén und versuchte sich an einem Lächeln. »Ich habe zufällig gehört, worüber Sie sprechen. Dann sind Sie die Frau, die zu uns kommen will, um diverse Nachforschungen anzustellen?«

»Ninni Weström«, sagte die Journalistin und reichte ihm die Hand. »Wir sind uns offenbar noch nicht begegnet.«

»Gibt es denn wirklich etwas über dieses Haus zu berichten?«, fragte die Frau an seiner Seite.

Anki und Ninni betrachteten das Paar fragend.

»Ach, selbstverständlich. Entschuldigen Sie meine Nachlässigkeit«, sagte der Mann. »Ich bin Raymond Dixén, Diakon der Gemeinde, und das hier ist meine Frau, Terttu. Dann müssen Sie Anki Karlsson sein, die gestern hergeritten gekommen ist?«

»Ja, genau die.«

Terttu drückte ihr zaghaft die Hand.

»Schön, Sie kennenzulernen«, sagte sie. »Von dem Reitausflug hatte ich gehört. Dass Sie es wirklich geschafft haben, bis hierher zu reiten!«

»Ach, das ist gar nicht so weit, wenn man es gewohnt

ist«, erwiderte Anki. »Im Moment interessiere ich mich allerdings am meisten für Ninnis Arbeit.«

»In der Vergangenheit herumzugraben«, warf Raymond ein, »lohnt sich in den seltensten Fällen.«

Anki hatte den Eindruck, dass sein Blick von einer gewissen Härte erfüllt wurde, aber wahrscheinlich bildete sie sich das nur ein.

»Sagen Sie das nicht«, erwiderte Ninni Weström und schenkte dem Diakon ein strahlendes Lächeln. »Ich habe schon jetzt eine ganze Menge interessanter Dinge gefunden, und bei Ihnen in der Kirche kommen sicher noch ein paar dazu. Ich habe meine eigenen Gründe, weshalb ich über das Haus schreiben will, und die Artikel werden in einer der überregionalen Zeitungen erscheinen.«

8

Samstag, 7. Mai

Anki stand früh auf, um sich der Lederpflege widmen zu können, bevor Jocke und Maja ankamen. Das Zaumzeug musste nach dem langen Ausritt gereinigt und gefettet werden, wozu Anki nach ihrer gestrigen Ankunft am späten Abend einfach keine Kraft mehr aufbringen konnte. Sie hatte nur noch schnell Austri und sich selbst versorgt und war dann gerädert ins Bett gefallen.

Anki liebte die Lederpflege, empfand sie als beruhigend und angenehm. Man tauchte den Schwamm in den Wassereimer, wrang ihn ordentlich aus, bevor man damit etwas aus der Sattelseifendose holte und anfing, es einzureiben. Man sah sofort Resultate, und außerdem mochte sie den scharfen Geruch, der entstand, wenn die Seife auf das Leder traf. Anki hatte einen Strohballen hinausgeschleppt und es sich vorm Stall in der Sonne gemütlich gemacht. Die Vögel zwitscherten wie verrückt im Gebüsch, und statt zu versuchen, die verschiedenen Rufe den Arten zuzuordnen, ließ Anki ihren Gedanken freien Lauf. Im Moment kreisten sie vor allem um ihre Kinder. Je länger sie darüber nachdachte, desto sicherer war sie, dass Jocke mit seinem Besuch irgendetwas im Schilde führte. Ein so hart arbeitender Journalist wie er nahm sich nicht einfach nur aus Höflichkeit frei. Ein Grund könnte natürlich sein, dass er einen Auftrag hier auf der Insel hatte, die Idee war ihr bisher noch gar nicht gekommen. In dem Fall war es natürlich selbstverständlich, dass er seiner alten Mutter einen Besuch abstatten wollte.

Anki stand auf und stöhnte laut, als sich die vermaledeite Steifigkeit bemerkbar machte.

»Zur Hölle!«, murmelte sie. »So darf ich nicht klingen! Oma-Alarm.«

Ein Teil der Schmerzen war Folge des langen Ausritts, aber die Ungelenkigkeit blieb eben mit fortschreitendem Alter nicht aus. Jedes Mal, bevor Anki aus dem Auto stieg, musste sie sich nun daran erinnern, nicht laut zu stöhnen. Die Lösung war, sich zusammenzureißen und stoisch und unverdrossen jeden Tag ihre Morgengymnastik zu machen.

Anki warf einen Blick auf die Uhr. Es blieben ihr noch ein paar Stunden, bis sie ihre Lieben begrüßen konnte. Die sollten ausreichen, um außer dem Stall auch noch sich selbst ein wenig Pflege zukommen zu lassen. Die Sauna hatte sie bereits vor einer Weile angestellt, mittlerweile war sie sicher schön warm und bestens dazu geeignet, die steifen Glieder zu lockern. Die Sauna war das Beste an ihrem Gotlandhaus. Sie wirkte gegen alles, sei es, um nach einem langen Tag mit schmutziger Stallarbeit wieder porentief rein zu werden oder um sich nach Schlechtwetter und Bindfadenregen aufzumuntern.

Eine gute Stunde später, nach einem ausgiebigen Saunagang, pflückte Anki im Garten einen Strauß Himmelsschlüssel. Sie konnte sich glücklich schätzen, denn die Blumen wuchsen reichlich direkt bis ans Haus. Noch viel mehr wuchsen unten an der Fjäler Wiese, die von Mullvald aus gut mit dem Rad zu erreichen war. Tryggve hatte ihr diesen magischen Ort gezeigt, dort gab es interessante Überreste von Gebäuden aus der Eisenzeit zu sehen, und im Frühling war das gesamte Gebiet von den hübschen Himmelsschlüsseln übersät. Anki hätte wetten können, dass Tryggve sich in Spanien nach genau diesem Ort sehnte, allerdings würde er das ihr gegenüber niemals zugeben.

Anki suchte eine kleine Vase aus grünem, mundgeblasenem Glas heraus, arrangierte den Strauß darin und stellte ihn auf den Tisch im Esszimmer. Sie schaute genau in dem Moment zum Fenster hinaus, als ein Mietwagen auf den Hof fuhr. Sofort eilte sie hinaus auf die Veranda, um ihren Sohn und Maja in Empfang zu nehmen.

»Herzlich willkommen!«, rief sie und wurde stürmisch von Jocke umarmt. Dann legte sie vorsichtig den Arm um Maja, die ihn zwar nicht wegschlug, aber die zögerliche, halbherzige Umarmung ihrer Großmutter auch nicht erwiderte. Also klopfte Anki ihr kurz auf die Schulter.

»Willkommen, Maja, schön, dich zu sehen.«

Sie bekam keine Antwort, konnte sich aber auch nicht sicher sein, ob das Mädchen sie gehört hatte, schließlich steckten Kopfhörer in ihren Ohren. Die Musik musste ganz schön laut in die jungen und empfindlichen Ohren dringen, denn selbst Anki konnte sie schwach hören. Jocke wechselte einen Blick mit seiner Mutter und zuckte dann mit den Schultern. Hier war Vorsicht geboten, das begriff sie sofort, und Anki wollte es sich nicht mit ihrer Enkelin verscherzen. Maja sollte den Takt angeben. Durch ihre vielen Jahre als Lehrerin hatte Anki gelernt, dass nicht alle Menschen sofort offen und zugänglich waren, manchmal musste man einen anderen Weg wählen.

Maja war hübsch mit ihrem langen braunen Haar. Ihre Augen waren geschminkt, aber dezent und sehr schön.

»Teenie«, flüsterte Jocke.

Anki lächelte und brachte sie ins Haus.

»Ich bin davon ausgegangen, dass ihr zumindest über Nacht bleiben werdet, also habe ich zwei Zimmer hergerichtet. Ich dachte, das Rosenzimmer könnte dir gefallen, Maja. Und du, Jocke, schläfst sicher bestens im Blauen Zimmer.«

Maja fuhr herum und schaute ihre Oma an. Ein kleines Funkeln war in ihren blauen Augen zu erahnen.

»Deine Zimmer haben Namen?«, fragte sie.

»Ja, das ist doch lustig.«

Das Mädchen lächelte, wenn auch sparsam.

»Und wie heißt dein Zimmer?«

»Das Gemach der Lehrerin«, lachte Anki.

»Das passt ja«, bemerkte ihre Enkelin, betrat das Rosenzimmer und legte ihre Tasche aufs Bett.

Das Eis war noch nicht wirklich gebrochen, aber eine kleine, warme Schneise hatte Anki geschlagen, und das völlig unerwartet.

»Dann packt mal aus«, schlug sie vor, »oder wascht euch den Staub der Reise ab, wie man früher sagte. Die Sauna läuft noch, falls ihr Interesse habt. Ich bin dann erst mal in der Küche und koch uns was. Essen gibt es in einer Stunde.«

»Und was ist mit Caroline?«, fragte Anki, als sie etwas später am Esstisch saßen. »Warum ist sie nicht mitgekommen?«

Anki war auf Nummer sicher gegangen und hatte Spaghetti bolognese gemacht, Jockes Lieblingsessen, als er klein gewesen war. Maja schien einen ähnlichen Geschmack zu haben, streute ordentlich Parmesan obendrauf und aß mit gutem Appetit. Handy und Kopfhörer hatte sie zum Essen im Zimmer lassen müssen, da war ihr Vater hart geblieben.

»Caroline hatte was anderes vor«, antwortete Jocke, woraufhin seine Tochter ihm einen finsteren Blick zuwarf. »Wie gut das schmeckt, Mama. Es ist wirklich lange her, dass ich so gut gegessen habe. Vermutlich nicht, seit ich von zu Hause ausgezogen bin.«

Auch wenn Jocke meinte, der Frage geschickt ausgewichen zu sein, war Anki der Themenwechsel nicht entgangen. Maja schien aber genauso wenig darüber sprechen zu wollen. Also gut, dann würde sie nicht weiter nachhaken, sondern sie kommen lassen, wenn sie bereit waren.

»Wie schön, dass es euch so schmeckt«, sagte Anki. »Aber lasst noch ein bisschen Platz für den Nachtisch. Ist aber nichts Besonderes, nur Eis mit Obst. Mit den gotländischen Safranpfannkuchen muss ich ein andermal aufwarten, wenn ich mehr Zeit habe.«

»Hast du in der letzten Zeit was von Jenny gehört?«, fragte Jocke, während sie abräumten.

»Das ist schon eine Weile her«, sagte Anki. »Aber ich war wenige Tage nach der Geburt der Jüngsten da. Wie geht es ihnen allen?«

Sie hatte nicht die geringste Lust, darüber zu sprechen, wie schwierig und jammerig sie Jockes Schwester gerade fand. Bei jeder Unterhaltung klagte Jenny über irgendwas, trotzdem meldete Anki sich pflichtschuldigst in regelmäßigen Abständen bei ihr. Ihre Enkelkinder Molly und Elvin ließen für gewöhnlich abwechselnd voneinander hören. Vor einer Weile hatte Anki überstürzt nach Stockholm fahren müssen, weil das Baby einen Monat zu früh gekommen war. Ein kleines Mädchen, niedlich und wohlauf. Alle schlossen sie sofort ins Herz, inklusive Anki. Sie hatte das kleine Wesen die meiste Zeit herumgetragen und nur widerwillig aus der Hand gegeben, wenn Jenny stillen musste. Eine besondere Erfahrung, sich so sehr in einen kleinen Menschen zu verlieben. Selbstverständlich liebte sie alle ihre Enkel, aber die kleine Gullvi war etwas ganz Besonderes.

»Wie geht es mit dem Baby, kommen sie gut zurecht?«, fragte sie und füllte gleichzeitig Schlagsahne in eine rote Glasschüssel, die sie beim Antikhändler in Kräklingbo gekauft hatte.

»Ich glaube schon. Sie haben großes Glück, die Kleine ist ziemlich ruhig und pflegeleicht, nicht so ein Schreihals wie gewisse andere Kinder«, sagte er und trug das Dessert zum Tisch. »Mit Maja hatten wir in den Nächten unsere helle Freude, aber das hat sich ja mittlerweile gelegt.«

Er wuschelte seiner Tochter durchs Haar.

»Hör auf!« Maja bedachte ihren Vater mit einem wütenden Blick.

Als sie mit ihren Schüsselchen dasaßen und Anki alle mit frischem Espresso versorgt hatte, konnte sie nicht länger an sich halten.

»Sagt mal, was wollt ihr denn nun auf der Insel?«, fragte sie. »Ich platze ja fast vor Neugierde.«

Jocke legte den Löffel beiseite, strich sich das Haar aus der Stirn und lachte. Er wurde langsam grau an den Schläfen.

»Dich besuchen«, sagte er. »Das ist ja wohl selbsterklärend, oder?«

»Sie möchte wissen, warum wir *eigentlich* hier sind«, sagte Maja, und Anki schaute erstaunt zu ihrer Enkelin hinüber, die bisher noch fast gar nichts von sich gegeben hatte.

»Du hast völlig recht«, stimmte Anki zu. »Genau darauf zielte meine Frage ab. Ich glaube nämlich nicht, dass ihr nur hier seid, um mich zu besuchen, selbst wenn das sehr schön wäre. Wenn ich dich richtig einschätze, Jocke, dann hast du ein Anliegen. Irgendwas Berufliches?«

Maja verschwand im Rosenzimmer und kehrte sogleich mit ihrem Handy zurück.

»Wir sind fertig mit essen«, sagte sie und schaute ihren Vater trotzig an, der nicht mal protestierte.

Er ließ sich gegen die Rückenlehne fallen und verschränkte die Hände im Nacken. Anki kommentierte nicht, dass er kippelte, wenngleich sie das überhaupt nicht mochte.

»Na gut«, sagte er. »Es ist so, mir wurde ein Auftrag im Ausland angeboten, und ich möchte Maja nicht allein zu Hause lassen, auch wenn es nur relativ kurz wäre. Könnte sie so lange bei dir unterkommen?«

Anki verschluckte sich an einem Stück Obst und fing an zu husten. Sie nahm die Serviette vom Schoß und hielt sie sich vor den Mund.

»Bei mir?«, krächzte sie und fühlte sich schrecklich dumm, nichts Ausgereifteres von sich geben zu können. Sie stürzte den ganzen Espresso auf einmal hinunter, in der Hoffnung, damit den rauen Rachen zu besänftigen.

»Ja, und nur, bis das Schuljahr vorbei ist, und das ist es ja schon bald. Nur noch anderthalb Monate ungefähr. Nicht mal.«

Anki betrachtete Maja, die sich gerade die Kopfhörer in die Ohren steckte. Gleichzeitig bekam sie einen eher abwesenden Blick, dabei war Anki sich ziemlich sicher, dass überhaupt keine Musik lief. Maja verstand vermutlich jedes gewechselte Wort.

»Und wohin verschlägt es dich?«

»Albanien, eine Reisereportage.«

»Albanien? Ist das nicht so gut wie abgeriegelt? Kann man da überhaupt hinfahren?«

»Mama, das hat sich gewandelt. Albanien ist das Touristenziel der Zukunft und hat eine spannende Geschichte.«

»Und Caroline ist auch die ganze Zeit über weg?«, fragte Anki.

»Sozusagen«, antwortete Jocke. »Bitte, Mama. Das ist ein Hammerangebot, das ich nicht ausschlagen will, und ich wage es halt nicht, Maja allein zu lassen. Sie ist doch erst vierzehn. Es wäre wirklich toll, wenn sie bei dir unterkommen könnte.«

Anki stand auf und sammelte die Schälchen zusammen, um sie in die Küche zu tragen. Sie brauchte ein bisschen Bedenkzeit, musste kurz in sich gehen. Plötzlich die Ersatzmutter für einen Teenie zu sein war jetzt nicht direkt eine Traumvorstellung für Anki. Außerdem würde Putte demnächst eine Weile bei ihr einziehen. Maja ging noch zur Schule, war ein Wechsel so kurz vor Ende des Halbjahres nicht sehr unvernünftig? Und warum hatte Caroline sich denn jeglicher Verantwortung entzogen? Sprachen sich Majas Eltern etwa gar nicht ab?

Sie holte tief Luft und kehrte ins Esszimmer zurück.

»Maja«, sagte sie in ihrem nachdrücklichsten Lehrerinnenton. »Würdest du bitte mal für einen Moment die Kopfhörer rausnehmen?« Anki deutete zu ihren Ohren, und erstaunlicherweise folgte Maja der Aufforderung. »Was sagst du selbst dazu?«, fragte sie ihre Enkelin direkt. »Willst du hier bei mir bleiben?«

Maja zuckte mit den Schultern und wollte schon die Kopfhörer wieder reinpfriemeln, da streckte Anki schnell die Hand aus.

»Warte«, bat sie. »Ich hab auch noch was zu sagen. Wenn du weiter jeden Tag zur Schule gehst, kannst du gern bei mir wohnen.«

»Wo ist die Schule denn?«

»In Roma. Du wirst den Schulbus nehmen müssen, dann bist du eine knappe halbe Stunde unterwegs, schätze ich. Bis alle eingesammelt sind.«

Maja nickte und steckte die Hörer wieder in die Ohren.

»Danke, Mama!«, jubelte Jocke. »Das ist eine solche Erleichterung für mich. Und selbstverständlich gehst du hier zur Schule, Maja, nicht?«

Er bekam keine Antwort, nur einen Blick, der alles andere als Sympathie ausdrückte.

»Moment«, sagte Anki und deutet noch einmal auf die Kopfhörer. »Ich habe noch eine Bedingung.«

Maja seufzte, behielt die Kopfhörer aber drin.

»Okay, was? Ich kann dich auch so verstehen.«

»Ich bekomme bald noch einen Gast. Er heißt Putte und ist ein ziemlich pfiffiger Rottweiler. Und ich werde deine Hilfe brauchen, Maja. Du müsstest jeden Tag einmal mit Putte rausgehen, direkt nach der Schule. Morgens übernehme ich, schließlich bin ich sowieso immer früh im Stall.«

Ihre Enkelin betrachtete sie ausdruckslos, weshalb schwer vorherzusehen war, was sie von dem Vorschlag hielt.

»Ein Hund?«, fragte sie wenig enthusiastisch. »Das kriege ich wohl hin.«

Als Anki später am Abend zu Bett ging, hörte sie etwas im Rosenzimmer. Ein ewiges Geplapper, nur hin und wieder unterbrochen von ausgiebigem Kichern. Es dauerte eine Weile, bis sie begriff, dass Maja telefonierte, obwohl es fast Mitternacht war. Anki musste lächeln. Wie gut, dass sie doch auch ihren Spaß zu haben schien. Aber wie sollte sie morgens aus den Federn kommen – mit solchen Schlafgewohnheiten? Worauf hatte Anki sich da eingelassen?

9

Montag, 9. Mai

»Ich habe ein wenig im Archiv gegraben und die hier gefunden«, sagte Pfarrerin Ulrika Trogen und legte einen Stapel Bücher vor Ninni Weström auf die Tischplatte.

Ninni setzte sich an den Tisch, den sie vorübergehend als Arbeitsplatz nutzen durfte, und schälte sich aus der Jeansjacke, die sie über die Stuhllehne hängte. Dann löste sie den Seidenschal mit Leopardenmuster und fasste damit die Haare zusammen, bevor sie Notizbuch und Stift zur Hand nahm.

»Stiftung Mütterhaus«, las Ninni vom Einband eines der Bücher, das eher einem Tagebuch ähnelte. Sie betrachtete die schnörkelige Schrift, die in ihr ein Gefühl von Ruhe und Frieden auslöste. Ein weißer Aufkleber, blau eingerahmt, die Buchstaben sorgfältig mit Tinte geschrieben. Eine Schrift, die man heute nur noch selten sah, vermutlich gab es kaum noch junge Menschen, die sie lesen, geschweige denn schreiben konnten.

»Wie schön«, sagte sie und schaute zu Ulrika auf.

»Ja, Schönschrift konnten sie wirklich«, stimmte die Pfarrerin zu.

Ninni öffnete das Buch und schlug die erste Seite auf. Die Einschätzung, es handele sich um ein Tagebuch, traf nicht ganz zu. Es wirkte eher wie ein Logbuch. Es war verzeichnet worden, wer ankam und wer abreiste. Namen von Frauen und den Kindern, die sie begleiteten. Wenn etwas Besonderes vorgefallen war, wurde es vermerkt, aber nicht detailliert. *Susanne war heute traurig und hatte Heimweh. Kerstin tröstete und unterstützte sie, wir konnten die Sorgen zerstreuen. Abends machten wir Kreisspiele mit den Kindern.* Vermutlich wurden die sehr persönlichen Vorkommnisse an anderer Stelle dokumentiert, schätzte Ninni. Manchmal stand dort nur *alles ruhig*, und sehr oft war das Wort falsch geschrieben, »ruich«. Rechtschreibung hatte ihre Tücken, dachte Ninni und grinste. Ihre Mutter war unerbittlich gewesen und hatte immer darauf beharrt, dass sie korrekt schreiben lernen musste.

Die Eintragungen waren mit Initialen gekennzeichnet. Sie schrieb sie ab, in der Hoffnung, die dazugehörigen Namen herauszufinden, indem sie sie mit den Namen aus den Tagebüchern ihrer Mutter abglich. TN und TP kamen häufig vor, und noch ein paar andere.

»Weiterführende Aufzeichnungen gibt es nicht«, erklärte Ulrika, als hätte sie Ninnis Gedanken gelesen. »Es fiel nicht in den Zuständigkeitsbereich der Kirche, den medizinischen Teil zu dokumentieren. Zweimal pro Monat kamen ein Arzt und eine Krankenschwester und kümmerten sich um alles, soweit ich gehört habe. Aber wo die Aufzeichnungen sind, weiß ich leider nicht.«

»Sie scheinen ja auch sehr vertraut mit allem um das Haus«, stellte Ninni fest, »dabei können Sie das doch unmöglich in Ihrer aktiven Zeit miterlebt haben.«

Ulrika lächelte freundlich. »Nein, aber mein Vorgänger hat praktisch seine gesamte Amtszeit hier verbracht und dafür gesorgt, dass ich über die Geschichte der Gemeinde informiert war. Er kam fast jeden Tag her und hielt regelrechte Vorlesungen bis zu seinem Tod.«

Ulrika spielte mit dem Kreuz an ihrer Kette und versank kurz in Gedanken, bis sie wieder in der Gegenwart auftauchte.

»Ich werde mich dann mal zurückziehen und selbst arbeiten«, sagte sie. »Wenn Sie was brauchen, melden Sie sich bitte einfach.«

Mehr Informationen zu ihrem Vorgänger wären vielleicht wertvoll, dachte Ninni. Ein Mann mit so viel Enthusiasmus hätte ihr sicher auch einiges mitzuteilen gewusst; wie schade, dass es dafür nun zu spät war.

»Vielen Dank«, sagte sie, »damit bin ich erst mal eine Weile versorgt.«

Die ersten Jahre blätterte Ninni schnell durch und hielt nur inne, wenn sie auf etwas Ungewöhnliches, Interessantes oder Lustiges stieß. Es war ein ordentlicher Stapel Bücher, und sie suchte sich das mit den Jahren 1975–1976 heraus. Sie verspürte einen Stich. Was würde sie erfahren?

Ninni blätterte zum Sommer 1976 vor und konnte sich noch daran erinnern, in kurzer gelber Hose und Holzschuhen herumgerannt zu sein. Damals wirkte das Leben wie ein einziger langer Sommerurlaub, der nie enden würde. Und dort fand sie tatsächlich einen interessanten Eintrag. *Kerstin ist über Nacht mit ihrer Tochter verschwunden. Zimmer am Morgen leer.*

Der herrliche Sommerurlaub am Meer hatte nämlich geendet, ohne dass Ninni je erfuhr, warum. Sie wusste nur, dass ihre Mutter nie wieder über Smissarve hatte sprechen wollen. An jenem regnerischen Tag im Herbst, als sie zusammen ein Album durchblätterten, hatte ihre Mutter bei einem Foto sehr aufgeregt reagiert. In dem Moment hatte Ninni beschlossen, der Wahrheit auf den Grund zu gehen und herauszufinden, was wirklich passiert war.

Sie las konzentriert weiter, weshalb sie erst merkte, dass jemand zu ihr getreten war, als der sich von hinten über sie beugte und einen sehr üblen Mundgeruch verbreitete. Erschrocken fuhr sie herum, einen Finger ins Buch gelegt, um die Stelle nicht zu verlieren.

»Blicken Sie mir heimlich über die Schulter?«

Sie starrte den Mann an, der sich sofort aufrichtete und einen Schritt zurückwich. Aber nicht mehr.

»Raymond Dixén, ich bin der Diakon.«

»Wir sind uns bereits begegnet«, sagte Ninni. »Beim Gottesdienst, vielleicht erinnern Sie sich?«

»Stimmt, da haben Sie recht.«

Er trug ein grünes Hemd, und um den Hals hing eine Kette, an der ein rundes Schmuckstück mit einer Taube und einem Olivenzweig baumelte. Das hätte schon gereicht, aber der Mann hatte als pfiffiges, kleines Extra noch einen dünnen rosafarbenen Wollpulli umgebunden. Sicher hielt er sich für unwiderstehlich. Was hatte er an ihrem Schreibtisch verloren? Ninni wollte in Ruhe arbeiten.

»Diakon«, sagte Ninni, »was macht man denn da?«

»Eine ganze Menge«, antwortete Raymond Dixén. »Ich übernehme vor allem die sozialen Aufgaben, führe zum Beispiel Gespräche in Trauergruppen, aber helfe auch beim Gottesdienst. Dieses Jahr widme ich mich vor allem unseren Asylsuchenden.«

Ninni hatte ein paar von ihnen an der Straße gesehen, als sie nach Smissarve gekommen war. Manche waren auf sehr klapprigen Fahrrädern unterwegs gewesen, die ihnen sicher von Anwohnern geschenkt worden waren. Sie hatten einen weiten Weg zurückgelegt und waren auf Gotland gelandet.

Menschen, die vermutlich auf dem Weg zum Schwedischunterricht waren oder zu irgendeiner anderen Aktivität.

»Oh, Sie haben schon mit Ihren Recherchen angefangen, wie ich sehe«, sagte er. »Hoffentlich finden Sie etwas Brauchbares in den alten Büchern. Aber sicher ist das nicht, darin stehen ja nur kurze Tagesnotizen, wenn ich das richtig verstanden habe.«

»Vielleicht haben Sie ja noch zusätzliche Informationen für mich?«, fragte Ninni. »Sie scheinen in einem Alter zu sein, dass Sie die aktive Zeit sogar miterlebt haben könnten.«

Sein gruseliges Lächeln erlosch, er wickelte sich den Pferdeschwanz um die Finger und zog daran. Das Haargummi passte farblich zum rosa Pulli.

»Nein, da kann ich Ihnen nicht weiterhelfen, denn Raymond Dixén war damals noch nicht im Team.«

Plötzlich stand die Pfarrerin in der Tür, dabei hatte Ninni nicht mal ihre Schritte gehört.

»Wie läuft es?«

Sie trug eine rote Brille auf der Nasenspitze und betrachtete sie wohlwollend. Ninni wollte gerade antworten, da fuhr Ulrika schon fort: »Oh, und Besuch haben Sie auch schon bekommen«, sagte sie und tätschelte den Arm des Diakons. »Wie schön. Raymond, Terttu hat doch ein paar Sommer lang dort gearbeitet, nicht wahr? Sie hat sicher eine Menge zu erzählen.«

»Das klingt ja großartig«, sagte Ninni. »Wie kann ich sie erreichen?«

Raymond kratzte sich am Kinn und schüttelte bekümmert den Kopf.

»Ich bezweifle, dass sie sich noch an viel erinnern wird«, sagte er, »aber ich gebe Ihnen gern ihre Nummer, dann können Sie es zumindest versuchen. Terttu kam vor vielen Jahren als Kriegskind aus Finnland. Heute geht es ihr gut, aber sie spricht nur ungern über Dinge, die so weit in der Vergangenheit liegen, was auch nicht weiter verwunderlich ist. Sie war ja noch sehr klein, als sie von ihren Eltern getrennt wurde.«

Er gab Ninni die Nummer und warf dann einen Blick auf die Uhr.

»Ich hab noch einiges zu tun, das Sprachcafé schließt schon bald«, murmelte er und verschwand.

Endlich hatte sie Ruhe. Ninni ergriff sofort die Gelegenheit beim Schopfe und wählte die Nummer.

Terttu Dixén wurde sogleich vorsichtig, als Ninni sich und ihr Anliegen präsentierte. Das kannte Ninni, so begegnete man ihr häufig, wenn sie sich vorstellte. Sie musste behutsam vorgehen, ein Gefühl von Sicherheit schaffen, einen Zugang finden, erst dann konnte sie Fragen stellen. Und hoffentlich folgten dann gute Antworten, mit denen sich etwas anfangen ließ.

»Nein«, antwortete Terttu auf Ninnis Frage, ob ihr etwas Unvergessliches aus der Zeit der roten Häuser in den Sinn kam. »Ich erinnere mich nicht an viel.«

Sie lachte verlegen.

»Aber an manches doch?«, hakte Ninni nach. »Das Lagerfeuer? Die Spiele? Die Pfarrerin hat gesagt, Sie waren so eine Art Erzieherin. Können Sie sich noch an Kinder von damals erinnern?«

»Selbstverständlich erinnere ich mich an die schönen Abende, aber wenn Sie etwas über ganz bestimmte Bewohnerinnen wissen möchten, kann ich nicht weiterhelfen. Und die Kinder… das waren so viele. Wie soll man sich an alle erinnern?«

Ninni las ein paar Namen aus dem Logbuch vor, aber das

führte nirgendwohin. Terttu Dixén konnte mit nichts Weiterführendem aufwarten.

»Wir waren mehrere Jahre im Ausland«, sagte sie entschuldigend, »und wir haben viele Menschen getroffen, mein Mann und ich. Das Einzige, was ich wirklich sagen kann, ist, dass ich diesen Sommerjob in guter Erinnerung habe. Es hat Spaß gemacht, dort zu arbeiten.«

Ninni gab auf und bedankte sich für das Telefonat.

Eine Tür etwas weiter hinten im Gang öffnete sich, sofort erfüllten fröhliche Stimmen und Gelächter den Flur des Pfarrhauses. Ninni stand auf und schaute hinaus. Dort waren Menschen aus ganz anderen Teilen der Welt, Männer wie Frauen. Der Unterricht schien Spaß gemacht zu haben. Sie sagten etwas in ihrer Muttersprache und warfen dann vielsagende Blicke zum Diakon, der zwischen ihnen stand und lachte. Das mit dem Sprachcafé schien ein voller Erfolg zu sein, vielleicht sollte sie darüber schreiben. Aber später. Erst wollte sie diese Artikelserie fertigstellen, die für den Moment ihre gesamte Aufmerksamkeit verlangte. Als Ninni ein paar der schönen Logbücher vom Tisch nahm, um sie ins Büro der Pfarrerin zurückzubringen, rutschte ein Zettel heraus und flatterte zu Boden. Schnell beugte Ninni sich hinunter und hob ihn auf. Es war eine etwas unscharfe Schwarz-Weiß-Fotografie. Ein Gruppenfoto von jungen Frauen, in deren Mitte ein Mann stand. Sie alle trugen Badesachen und lächelten in die Kamera. Als sie die Gesichter näher betrachtete, erkannte sie die Frau ganz rechts. Das war ihre Mutter. Die einzige der Frauen, die nicht lächelte.

»Ach, Sie sind ja noch da«, stellte Raymond fest, der in diesem Moment ins Zimmer kam.

»Ja, aber ich wollte gerade gehen«, sagte Ninni und ließ die Fotografie heimlich in der Hosentasche verschwinden.

10

Dienstag, 10. Mai

Anki saß am Küchentisch und blätterte gedankenverloren in der Lokalzeitung. Nach dem heutigen Waldritt und der darauffolgenden Arbeit im Stall war sie angenehm müde. Richtig schön entspannt. Die Islandpferde hielten ihren Körper fit, und dank der vielen frischen Luft blieben vermutlich sogar ihre Gehirnzellen auf Trab.

Osk war wieder zu Hause, und Anki hatte doppelt so viel Arbeit. Austri wirkte froh darüber, Osk wieder an seiner Seite zu haben. Er musste einsam gewesen sein in ihrer Abwesenheit, hatte meist nur auf der Weide rumgestanden. Jetzt konnte er Osk wieder necken oder sie zu einem kleinen Galopp auffordern, worauf die Stute sich nur zu gern einließ.

Ob sie trächtig war oder nicht, konnte noch niemand sagen. Die Tierärztin würde in ein paar Wochen vorbeikommen und mithilfe eines Ultraschallgeräts nachschauen. Wer abergläubisch war, konnte sich am Pendeln versuchen. Den Trick hatte Anki vor vielen Jahren in Stockholm beobachtet. Ursan, ihre schroffe Reitlehrerin, konnte das. Dazu knotete man einen Ring an ein Haar aus dem Pferdeschweif, das man sich an den Zeigefinger band, dann hielt man es über den Rücken des Pferdes. Wenn der Ring sich bewegte, war ein Fohlen im Anmarsch. Bewegte er sich in Kreisen, wurde es eine Stute, bewegte es sich gerade vor und zurück, wurde es ein Hengst. Vielleicht konnte sie das ja zusammen mit Maja ausprobieren, wenn diese von ihrem Spaziergang mit Putte zurückkehrte.

Sein Herrchen hatte bereits eine besorgte SMS geschrieben, dabei war er gerade mal einen Tag fort. Anki hatte umgehend geantwortet, dass es dem Hund prächtig gehe. Ihr selbst ebenfalls. Und Tryggve solle sich keine Gedanken machen, sondern Sonne und Wasser genießen.

Anki schaute von der Zeitung auf und lauschte, wie es gegen die Scheiben prasselte. Es regnete noch immer heftig, und sie war froh, dass sie Maja doch davon hatte überzeugen können, sich ihre Stiefel und einen Schirm auszuleihen – obwohl ein Regenmantel noch praktischer gewesen wäre, dann hätte sie die Hände frei gehabt. Aber Maja hatte über das Leopardenmuster von Ankis Regenmantel gekichert und sich anfangs sogar geweigert, »irgendwelche dreckigen Stallstiefel« anzuziehen. Aber als Anki ihre nagelneuen Hunterstiefel präsentiert hatte, gab Maja nach und zog sie mit einem fast zufriedenen Gesichtsausdruck an.

Anki schenkte sich nach, und dann fiel ihr Blick auf einen Artikel in der Zeitung. Die Region Gotland hatte Anfang des Jahres einen Wettbewerb ausgeschrieben, der sich an Mittelstufenschüler richtete, die Aufsätze einreichen sollten. Da die Beteiligung bisher wenig zufriedenstellend gewesen war, starteten sie nun einen neuen Aufruf und verlängerten die Abgabefrist. Dotiert war der Preis mit ganzen fünftausend Kronen als Zuschuss zu einer Klassenfahrt.

Anki lehnte sich zurück und dachte an die Zeit, als solche Wettbewerbe für Auflockerung in ihrem Arbeitstag als

Schwedischlehrerin gesorgt hatten. Sie hatte Schülerinnen und Schüler mit einer Vorliebe fürs Schreiben zur Teilnahme ermuntert, und das waren pro Klasse stets ein paar gewesen. Sie hatte immer Mitleid mit denen gehabt, für die es schon eine Qual gewesen war, sich ein paar Zeilen abzuringen. Als Lehrerin war man gehalten, das Beste in dem wenigen zu sehen, was sie ablieferten, und eigentlich hatte sie auch immer etwas Positives gefunden. Jetzt fragte sie sich, ob Maja wohl gern schrieb.

Nach einem richtig langen Spaziergang kehrte Maja mit dem schmutzigsten Hund der Welt zurück, und Anki half ihr dabei, Putte in die Dusche zu verfrachten, um das Gröbste abzuspülen. Maja hatte ein Händchen für den Hund, die beiden schienen sich miteinander wohlzufühlen.

»Wenn du ein bisschen Appetit hast, ich habe gerade Scones gebacken«, sagte Anki, als Putte wieder sauber war. »Magst du Pflaumenmarmelade?«

»Klar.«

Maja versorgte sich mit einer Teetasse und setzte selbst Wasser auf, während Anki die Scones auf den Tisch stellte, die sie am Vormittag schnell zusammengerührt hatte. Es gefiel ihr, Maja ein wenig zu verwöhnen, und selbst wenn ihre Enkelin nicht gerade viel Enthusiasmus zeigte, schien es ihr zu gefallen.

Sie tranken den Tee schweigend. Maja streckte sich nach einem weiteren Scone, hobelte Käse vom Block und rundete das Ganze mit einem Kleks Marmelade ab. Dann seufzte sie schwer und schaute ins Nichts, während sie aß. Als die Teetasse leer war, stellte sie diese ordentlich in die Spüle und ging ins Wohnzimmer.

Dort sank sie aufs Sofa und starrte weiter ins Leere. Anki

fiel auf, dass ihr Handy ausnahmsweise mal Pause zu haben schien. Also erdreistete sie sich, gegenüber von ihrer Enkelin Platz zu nehmen.

»Alles in Ordnung?«

Maja zuckte mit den Schultern. »Was soll ich denn sagen?«

»Zum Beispiel, ob es einigermaßen läuft in der Schule. Ob deine Klassenkameraden und -kameradinnen okay sind, die Lehrerinnen gut. Ob du halbwegs gern im Unterricht mitmachst.«

Maja setzte sich aufrecht hin. Anki bemerkte, dass Maja heute gar keinen kräftigen Lidstrich gezogen hatte, sondern ihre Augen in ihrer natürlichen Schönheit strahlten. Hatte sie geweint und sich deshalb abgeschminkt? Oder lag es am Regen?

»Die wollen auf Klassenfahrt.«

Anki dachte nach, bevor sie darauf reagierte. Majas kurzer Satz hatte vermutlich mehr Bedeutung als die vier einzelnen Wörter, die sie hervorgebracht hatte.

»Ich nehme an, die Klasse hat schon lange dafür gesammelt und gespart?«, fragte sie. »Und die Mütter haben sicher Kuchen gebacken, die verkauft wurden?«

Maja nickte. »Oder die Väter«, sagte sie tonlos.

»Und du kommst zum Ende des Schuljahrs dazu und hast nichts beigetragen?«, fuhr Anki fort.

Vom Sofa kam ein weiterer Seufzer.

»Ich kann nicht mit. Ist mir aber auch scheißegal.«

Anki ging über diese Behauptung hinweg.

»Wohin soll die Reise denn gehen?«, fragte sie stattdessen. »Und wann?«

»Nach Island«, murmelte Mara. »In der ersten Ferienwoche.«

»Island klingt ziemlich spannend, das muss ich zugeben. Dahin würde ich auch mal gern, ich hab ja selbst Islandpferde.«

»Dann fahr doch! Du hast doch sicher einen Haufen Geld. Außerdem ist es doch total egal, ob ich nun mitfahre oder nicht. Ich bleibe ja sowieso nicht in der Klasse. Bald bin ich ja schon wieder zu Hause.«

Anki hatte noch nichts von Jocke gehört, wusste also nicht, wie lange genau Maja bei ihr bleiben würde. Und das zählte im Moment auch gar nicht. Nein, gerade musste sie das Mädchen unterstützen. Sie sollte sich nicht außen vor fühlen müssen, weil sie später dazugekommen war. Sicherlich könnte Anki die Reise für sie zahlen, aber das fühlte sich nicht ganz richtig an. Maja musste selbst etwas tun, um sich zugehörig zu fühlen. Irgendein Einsatz für die Klasse.

»Du, Maja, darf ich dich was fragen?«

»Klar«, sagte sie und zuckte mit den Schultern.

»Was ist denn eigentlich dein Lieblingsfach in der Schule? Kunst? Sport? Mathe?«

Zum ersten Mal wurde Anki mit einem breiten Lächeln bedacht.

»Machst du Witze? Ich hasse Sport und Mathe. Kunst ist ganz okay.«

»Und was machst du am liebsten?«

»Schreiben«, sagte Maja, und das Lächeln wurde noch etwas breiter. »Ich schreibe echt gern. Ich möchte später damit arbeiten, genau wie Papa.«

Anki stand auf und verließ das Wohnzimmer, nur um sofort darauf mit der Zeitung zurückzukehren, die sie am Vormittag gelesen hatte. Sie blätterte zu der Seite mit dem Aufruf und legte sie vor Maja auf den Tisch.

»Schau mal«, sagte sie. »Wenn du gern schreibst, hast du

hier deine Chance, was zur Klassenfahrt beizutragen. Wirf mal einen Blick auf die Gewinnsumme.«

Maja überflog den Artikel und schaute dann zu Anki.

»Fünftausend! Oma, das wäre ja genial! Man bekommt wirklich so viel Geld für einen Aufsatz?«

Wie gut es tat, zum ersten Mal in dieser Woche Oma genannt zu werden.

»Es ist ziemlich viel Geld, ja. Aber sie brauchen mehr Beiträge«, sagte sie. »Bislang sind zu wenig eingegangen, das steht auch im Artikel.«

Maja schaute zurück auf die Seite.

»Liebe«, las sie laut vor und sah Anki fragend an.

»Genau, davon soll der Aufsatz handeln. Aber dabei kann es um die Liebe zu allem Möglichen gehen. Zu einem Freund, der Natur, einem Tier.«

»Oder einer Mutter«, murmelte Maja.

Es war, als hätte jemand Anki ein Messer ins Herz gestoßen. Warum war Caroline einfach aufgebrochen und hatte ihre Tochter zurückgelassen? Was war passiert?

»Meinst du, das wäre was für dich?«, fragte Anki, die ihre Enkelin nicht mit Nachfragen zu ihrer Mutter aufwühlen wollte.

»Ich kann es ja mal versuchen«, meinte diese und stand auf.

Mit der Zeitung in der Hand verschwand sie im Rosenzimmer. Zwei Stunden später, als Anki an ihre Tür klopfen und durchgeben wollte, dass das Essen fertig war, hielt sie inne. Aus Majas Zimmer drangen Tippgeräusche. Engagiertes Tippen. Sie arbeitete nun schon seit zwei Stunden hoch konzentriert, und Anki wollte sie nicht stören. Das Essen konnte schließlich auch später in der Mikrowelle aufgewärmt werden, wenn sie Hunger bekam.

11

Mittwoch, 11. Mai

Anki drückte die Tür zu Tryggves Haus auf und leinte sogleich Putte ab. Der Hund sprang sofort los und zeigte deutlich, wer Herr im Haus war. Zimmer nach Zimmer wurde voller Eifer abgesucht, in der Hoffnung, das Herrchen zu finden.

»Mach langsam, kleiner Freund«, sagte Anki. »Dein Herrchen ist noch nicht wieder zu Hause. Er musste mal in die Sonne, hörst du? Im Meer baden und Drinks an Bars trinken und all so langweiligen Kram.«

Putte betrachtete sie mit seinen dunklen Augen und legte sich dann auf die Decke im Flur, von wo er das meiste überblicken konnte und als Erster an der Tür war, falls sein Herrchen doch noch auftauchen sollte. Anki lachte über ihn und überlegte dann, wo Tryggve wohl das Trockenfutter aufbewahrte. Das hatte er nämlich vor seiner Abreise vergessen zu erwähnen, und die kleine Tüte, die er ihr mitgegeben hatte, war ziemlich schnell leer gewesen. Sie wusste, dass er immer große Säcke kaufte, und die dürften anderswo gelagert sein als in der Speisekammer. Anki öffnete die Kellertür, und gleich auf dem obersten Treppenabsatz erwartete sie der Sack.

»Bingo! Da ist er. Das hättest du aber auch sagen können, Putte!«

Der Hund wedelte träge mit dem Schwanz, schien aber nicht interessiert genug zu sein, um aufzustehen. Anki dachte kurz nach und ging dann in die Küche, um zwei Beutel herauszusuchen, in die sie das Futter füllen konnte.

Aber sollte sie nicht noch etwas anderes erledigen? Ach, klar, sie sollte sich um die Blumen kümmern, das hatte sie versprochen. Auf der Spüle standen zwei gefüllte Gießkannen bereit. Anki fing bei den Topfpflanzen im Wohnzimmer an und hörte bei den Pelargonien in der Küche auf. Im Winter hatten sie schlecht ausgesehen, aber langsam blühten sie auf. Der umsichtige Tryggve hatte sie selbstverständlich vor ein paar Monaten mit frischer Erde und größeren Töpfen versorgt. Nicht weiter verwunderlich, dass seine Mischung unterschiedlicher Sorten viel besser war als ihre. Anki hatte nur die gewöhnlichen Mårbacka-Pelargonien, und selbst die verdienten eine bessere Behandlung als die, die Anki ihnen angedeihen ließ. Sofort nahm sie sich vor, etwas daran zu ändern. Noch am Wochenende würde sie ihre Pflanzen umtopfen, dazu gute, neue Erde und größere Gefäße besorgen.

»O nein, wie ungeschickt«, murmelte Anki, weil sie auf dem Fensterbrett beim Küchentisch danebengegossen hatte.

Sie stellte die Gießkanne weg, holte den Lappen von der Spüle und wischte das Wasser auf. Ein bisschen war bis zum Boden gelaufen, und Anki ging in die Hocke, um unter den Tisch zu kommen. Mit dem Lappen stieß sie gegen etwas, und Anki fischte ein schwarzes Notizbuch hervor, das sie glücklicherweise nicht durch ihre Ungeschicklichkeit ertränkt hatte. Sie stand auf, legte den Lappen weg und schlug das Buch auf. Es war von vorn bis hinten vollgeschrieben, die Daten bei den Eintragungen deuteten darauf hin, dass es sich um ein Tagebuch handelte – oder zumindest ein Buch mit kurzen Tagesanmerkungen. Aufgeschrieben wurde alles 1976, aber leicht zu entziffern war es nicht, die Handschrift war nicht gerade die schönste. Durch ihre vielen Jahre als Schwedischlehrerin waren Anki eine Menge unterschiedlicher Handschriften begegnet. Alles von unleserlichem Gekrakel bis hin zu zierlichen, wohlgeformten Buchstaben. Schnell blätterte sie sich durch die Seiten und verschaffte sich einen Überblick. Eigentlich nicht, weil sie neugierig war, eher um herauszufinden, ob Tryggve etwas Wichtiges verloren hatte. Etwas, um das Anki sich bis zu seiner Rückkehr kümmern sollte. Ihr Blick blieb an einem Ortsnamen hängen, den sie kannte. Die Aufzeichnungen handelten von Smissarve. Vom Mütterhaus, den roten Baracken im Schatten der Klippe am Strand. Das war ja höchst interessant.

Sie ließ sich auf den nächsten Küchenstuhl sinken und las ungeniert weiter. Vergas Zeit und Raum, während Putte auf seiner Decke im Flur tief schlummerte.

»Weström«, las sie laut und tippte mit dem Finger auf den Nachnamen. *Sexuelle Nötigung oder Vergewaltigung? Belästigung?* Tryggve hatte etwas von einem sechsjährigen Mädchen geschrieben und ein Fragezeichen dahinter gesetzt. Auf der letzten Seite stand klar und deutlich, dass man letztlich »niemanden mit der Tat in Verbindung bringen« konnte und »die Ermittlungen aus Mangel an Beweisen eingestellt« wurden.

Anki schaute auf und zum Fenster hinaus. Hinter dem blühenden Apfelbaum konnte sie das Meer glitzern sehen. Diese Aufzeichnungen waren vierzig Jahre alt und selbstverständlich Tryggves Privatnotizen. Sicher gab es dazu noch eine offizielle Dokumentation, die Anzeige des Übergriffs. Und dieses Mädchen, das erwähnt wurde? Konnte sie mit der Journalistin verwandt sein, die oben in Smissarve forschte? Oder war sie es vielleicht sogar selbst? Wusste sie von der Anzeige bei der Polizei?

12

Ninni goss sich eine große Tasse Tee ein und setzte sich vor den Computer. Sie nippte an dem heißen Getränk und schaute dabei über den Rand der Tasse. Mit der Aussicht von ihrem Arbeitsplatz aus war sie sehr zufrieden. Rote Hausdächer, zum Teil mit winzigen Gauben, und mittendrin erhob sich eine der vielen Kirchenruinen der Stadt. Hinter all den Häusern lag schließlich das Meer, ständig kamen und fuhren die Fährschiffe, abhängig nur von den jeweils herrschenden Wind- und Wetterverhältnissen. Manchmal legte sich das Wasser besonders ins Zeug und glänzte im Sonnenschein, da konnte man gar nicht anders als glücklich sein. Wenn sie den Gotlandfähren hinterherschaute, die Richtung Festland steuerten, bekam Ninni manchmal Lust, nach Stockholm zurückzukehren, wo sie seit ihrem Abitur gelebt hatte. Aber alles in allem war sie froh, wieder an dem Ort zu wohnen, den sie seit ihrer Geburt kannte. Als klar war, dass ihre Mutter nicht mehr zu Hause wohnen konnte, hatte Ninni keine Sekunde gezögert, sondern war wieder auf die Insel gezogen, um bei ihrer Mutter zu sein. An anderen Tagen, wenn das Meer grau und bedrohlich war und Fähren weder kamen noch ablegten, fühlte sie sich mitunter isoliert und sehnte sich nach einem fordernden und spannenden Job in einer Großstadtredaktion. Gleichzeitig liebte sie die Freiheiten der Selbstständigkeit. Viel Geld verdiente sie nicht, aber es reichte, und das war die Hauptsache. Außerdem war ihr Haus schuldenfrei. Anfangs hatte es Ninnis Großeltern gehört, und als sie es nicht mehr allein bewohnen konnten, hatte ihre Mutter es übernommen. Ninni war um die zehn, als sie aus dem kleinen Buttle mitten auf der Insel nach Visby umsiedelten. Und seit ihre Mutter vor einem halben Jahr ins Seniorenheim gezogen war, lebte Ninni in einer der schönsten Ecken der Stadt.

Ninni klappte den Laptop auf. Von der Zeitung hatte sie grünes Licht bekommen, drei Artikel über das Mütterhaus zu schreiben, der erste war heute erschienen, aber die Zeitung würde erst morgen in den Briefkästen der Inselbewohner landen. Zeit, mit der Fortsetzung anzufangen. Zögernd tippte sie die ersten Wörter ein, schon war sie in Fahrt. Nach einer Weile legte sie eine Pause ein und betrachtete ein paar Fotos. Eins zeigte einen Auszug aus dem Logbuch, auf dem etwas über das Essen und die Aktivitäten stand und der Satz über die Bewohnerin, die traurig gewesen war. Ninni hatte Fotos von den roten Häuserreihen gemacht, sie Gemeindemitgliedern gezeigt und eine einzige Reaktion darauf bekommen: »Der Ort, an dem die Sonne niemals scheint«, hatte der junge Pfarrer gesagt und damit die hohe Klippe gemeint, die einen riesigen Schatten auf den gesamten Bereich warf.

Sein Satz war ein wunderbarer Einstieg, den sie übernehmen konnte.

Ninni schrieb auf, was sie erfahren hatte, und hübschte den Text auf, ohne etwas dazuzudichten, aber sie wollte die

Story so spannend wie möglich aufziehen. Die Leserschaft musste neugierig bleiben bis zum letzten Punkt des dritten Artikels.

Eine ganze Weile lang tippte Ninni ununterbrochen. Dass der Tee kalt wurde und die Sonne schien, bekam sie gar nicht mit. Erst als die Glocken der Domkirche schlugen, schaute sie wieder aufs Meer hinaus. Vermutlich fand gerade eine Beerdigung statt. Die Nachmittagsfähre aus Nynäshamn war auf dem Weg zur Insel. Ninni war beim Schreiben richtig in Fahrt gekommen, hatte eine Idee nach der anderen. Allmählich gewann sie eine Vorstellung davon, wie sie die beiden folgenden Artikel aufziehen würde, sie musste nur noch mehr Leute zum Reden bringen, und dass dies nicht gerade die leichteste Aufgabe war, hatte sie ja schon erfahren dürfen.

Ein paar Namen anderer Mütter hatte sie ausfindig gemacht, Namen, die sowohl in den Tagebüchern ihrer Mutter und in den Logbüchern von Smissarve aufgetaucht waren. Einer davon war Susanne Bendelin, die Ninni bereits getroffen und mit der sie lange gesprochen hatte. Auch die alte Fotografie, die aus einem der Logbücher gerutscht war, hatte sie Susanne gezeigt.

»Erkennen Sie jemanden auf dieser Aufnahme?«, hatte Ninni gefragt.

Susanne hatte das Bild betrachtet, dann den Kopf geschüttelt.

»Sie können es behalten«, hatte Ninni gesagt. »Ich habe es gescannt.«

»Und was soll ich damit?«

»Falls Ihnen doch noch ein Name einfällt, können Sie mich anrufen.«

Sie hatte ihr Glück bei zwei weiteren Frauen versucht,

Inga Olofsson und Ulla Endrell. Beide hatten etwas beitragen können, wenn auch nur spärlich.

Ninni überflog ihre Datei. Auch wenn die Frauen nicht gerade gesprächig gewesen waren, hatte die Geschichte doch einen Sog. Sie fügte noch etwas hinzu, das ein Paar aus Smissarve erzählt hatte. Es war gemunkelt worden, dass es des Nachts dort in den Häusern am Ufer wild zuging. Die Aussagen der beiden älteren Leute deckten sich mit dem, was Ulla und Susanne angedeutet, aber nicht direkt ausgesprochen hatten. Ninni warf einen letzten Blick auf den Computerbildschirm, speicherte das Dokument und schickte eine Kopie an einen guten Freund, der beim Lokalradio arbeitete, wie sie es immer tat. Zur Sicherheit. Vorsicht war die Mutter der Porzellankiste, schließlich bestand die Gefahr, dass ein Computer gestohlen wurde oder man Wein darüber verschüttete.

Zufrieden mit ihrem Tagwerk nahm Ninni ihr Telefon zur Hand und tippte die Nummer ein, die sie von dem Paar in Smissarve bekommen hatte. Nach dem kurzen Gespräch packte sie ihren Notizblock, Kuli und Computer ein und machte sich auf den Weg.

Nur zehn Minuten später saß sie in einem der prächtigen mittelalterlichen Häuser der Visbyer Innenstadt, dem Haus, in dem die Stiftung Mütterhaus seit hundert Jahren saß und sich um die Belange bedürftiger Frauen kümmerte. Ihr gegenüber auf einem gustavianischen Sofa saßen zwei ältere, lebhafte Damen über achtzig, die sie warm und erwartungsvoll anlächelten. Sie hatten einem Treffen mit Ninni spontan zugestimmt. Über ihnen hingen Porträts in Goldrahmen von Frauen einer vergangenen Zeit. Das Gemälde in der Mitte, so nahm Ninni an, stellte die Prinzessin dar, die die Stiftung gegründet hatte.

»Das Mütterhaus«, sagte eine der Damen, »ist eine der Institutionen, auf die wir richtig stolz sein können. Dort wurde gute christliche Arbeit geleistet, nicht wahr?«

Die Frage richtete sie an die Frau neben sich, die selbst nicht bei der Stiftung beschäftigt gewesen war, sondern beim Sozialamt in der Stadt, aber die Zusammenarbeit war eng gewesen.

»In der Tat«, pflichtete diese bei. »Allein wenn man an die vielen Frauen denkt, die durch das Haus eine Möglichkeit fanden, voranzukommen und eine hoffnungslose Situation hinter sich zu lassen. Ein Teil machte Weiterbildungen. Auf das Projekt kann man nichts als stolz sein.«

Um eine Frage hatte Ninni sich bis zuletzt gedrückt, nun stellte sie sie doch.

»Und der damalige Pfarrer?«, fragte sie. »Machte er seine Aufgabe, wie er sollte? Ulrika Trogen hat gesagt, dass das Mütterhaus so etwas wie sein Lebenswerk war. Würden Sie diese Aussage unterschreiben?«

Die beiden Frauen wechselten einen Blick, bevor sie gleichzeitig lossprudelten.

»Sagen Sie nichts Schlechtes über ihn.«

»Nein, der Pfarrer war die Güte in Person, Gott hab ihn selig.«

Als Ninni kurz darauf die beiden reizenden Damen zurückließ, um wieder nach Hause zu gehen, hatte sie eine klare Vorstellung davon, wie sie die nächsten beiden Artikel aufteilen würde. Im zweiten würde sie das Gewicht auf Polizei und Sozialamt legen und selbstverständlich auch die Stiftung erwähnen. Der dritte und abschließende Artikel würde ausschließlich von ihrer Mutter handeln, und er würde der schwierigste und schmerzhafteste werden.

13

Donnerstag, 12. Mai

Anki las den Artikel noch einmal. Zum wievielten Mal in Folge, seit sie die gestrige *Dagens Nyheter* aus dem Briefkasten geholt hatte, konnte sie gar nicht sagen. Die Geschichte des Mütterhauses war interessant, eigentlich als Einrichtung gedacht, die alleinerziehenden oder erschöpften Müttern von kleinen Kindern eine Auszeit am Meer ermöglichen sollte. Ganz so war es aber nicht gekommen.

Die roten Häuserreihen waren ihr nur zu bekannt, dort hatte sie Björn Jonsson getroffen. Viel hatte er nicht über die Anlage gewusst, ihr aber empfohlen, sich mit ihren Fragen an die Pfarrerin oder den Diakon zu wenden. Dazu war sie nicht gekommen, bevor sie Smissarve wieder hatte verlassen müssen. Aber immerhin hatte sie ein interessantes Gespräch mit Ninni Weström geführt.

Anki stand auf und ging in den Flur. In der Jackentasche war das Notizbuch, das sie aus Tryggves Küche mitgenommen hatte. Ein Stich schlechten Gewissens verspürte sie, weil sie es einfach eingesteckt hatte, aber die Informationen darin könnten Ninni Weström und ihrer Artikelserie nutzen. Das war ja wohl nicht verwerflich? Wahllos blätterte sie darin.

Der Name Kerstin Weström kam einmal vor, danach nur noch KW, was sie zur Annahme veranlasste, dass es sich um dieselbe Person handelte. Soweit Anki das nachvollziehen konnte, hatte die Polizei eine Anzeige von einer Frau entgegengenommen, und Tryggve sollte prüfen, ob ein Verbrechen begangen worden war. Die Person, die angezeigt wurde, hatte Tryggve nie ausgeschrieben, sondern immer nur das Kürzel TP verwendet. Anki las weiter, holte ihr eigenes Notizbuch hervor und schrieb auf, was ihr wichtig erschien. Immer wieder schaute sie in den Zeitungsartikel und verglich.

»Was machst du, Oma?«

Anki schaute auf. Sie hatte gar nicht gehört, dass Maja nach Hause gekommen war. Ihre Enkelin betrachtete sie ungewöhnlich eingehend.

»Nichts Besonderes«, sagte Anki schnell, faltete die Zeitung zusammen und verstaute sie auf dem Regal neben dem Radio. Tryggves Notizbuch steckte sie in ihre hintere Hosentasche.

»Willkommen zu Hause«, sagte sie und blickte in misstrauische Augen.

Unter dem Vorwand, nach den Pferden schauen zu müssen, verließ Anki das Haus, suchte mit dem Smartphone nach Ninni Weströms Telefonnummer, fand sie und wählte sie an. Kaum stand die Verbindung, wurde abgehoben.

»Ja, hallo«, sagte Anki. »Vielleicht erinnern Sie sich an mich, wir haben uns beim Freiluftgottesdienst in Smissarve unterhalten.«

»Sind Sie die Frau mit den Islandpferden?« Ninni klang etwas erschöpft.

»Genau! Und ich habe etwas, das Sie interessieren wird. Da bin ich mir sicher.«

Ninni blieb für einen Moment still, bevor sie antwortete. »Und worum genau geht es?«

»Ich habe weiterführende Informationen«, sagte Anki, »zu Ihrer Artikelserie. Können wir uns vielleicht privat sprechen? Ich wohne in Mullvald, habe aber ein Auto und kann Sie treffen, wo immer Sie wollen.«

»Mullvald«, sagte Ninni, »das liegt doch nur zehn Kilometer von Roma entfernt, oder? Was halten Sie von einem Kaffee im *Romabrunnen*?«

Anki dachte nach. Das vorgeschlagene Restaurant gehörte nicht gerade zu den gemütlichsten Gotlands, aber die Pizzen waren gut. Sie konnte welche zum Abendessen für sich und Maja mitbringen.

»Das passt gut. Sagen wir, in zwanzig Minuten?«

Anki kehrte ins Haus zurück, wo sie sogleich von Putte begrüßt wurde, der offenbar seinen Nachmittagsspaziergang einforderte. Vorsichtig klopfte Anki an Majas Tür und öffnete sie einen Spalt.

»Ich muss kurz nach Roma und bringe dann Pizza zum Abendessen mit. Könntest du eben eine Runde mit Putte drehen? Der steht schon mit überkreuzten Beinchen im Flur.«

Maja erhob sich langsam. Anki verstand das als Zustimmung, deshalb machte sie sich auf den Weg.

Ninni Weström saß schon an einem Tisch weit hinten im Restaurant, als Anki ankam. Sie hatte eine Tasse und ein Käsebrötchen vor sich, und Anki bestellte das Gleiche.

Schweigend aßen sie. Ninnis Handy war auf lautlos gestellt, aber Anki konnte sehen, dass unablässig angerufen wurde. Immer wieder leuchtete das Display auf, und Ninni drückte Anruf um Anruf weg.

»Es geht um den Artikel von gestern«, erklärte sie und

nickte zum Telefon. »Viele sind wütend und aufgebracht über das, was ich geschrieben habe.«

Anki konnte die Tragweite erahnen, schließlich lebten sicher noch Menschen auf der Insel, die über das Bescheid wussten, was Ninni geschrieben hatte. Aber vielleicht hatten sie Angehörige, die es nie erfahren hatten, und nun kam die Wahrheit durch einen Zeitungsartikel heraus.

»Werden Sie denn auch von Menschen angerufen, die finden, dass es gut ist, dass Sie darüber schreiben?«, fragte sie.

»Ja, vereinzelt«, antwortete Ninni.

»Wieso interessieren Sie sich denn so sehr dafür?«, wollte Anki wissen.

Anki musste an die Anmerkungen denken, die Tryggve über ein kleines Mädchen gemacht hatte. Ninni schwieg kurz, bevor sie etwas erwiderte.

»Drehen wir den Spieß erst mal um. Was wollten Sie mir zeigen?«

»Ihre Mutter«, fing Anki an und hätte schwören können, dass Ninni zusammenzuckte, »hat eine Anzeige aufgegeben, wussten Sie das?«

Das war gewagt, traf aber den richtigen Punkt. Ninni stellte langsam die Tasse ab und drückte gleichzeitig einen weiteren Anruf weg.

»Nein«, sagte sie und starrte Anki an. »Das wusste ich nicht. Woher haben Sie diese Information?«

»Das kann ich nicht direkt beantworten, aber ich kenne den Polizisten, der in dem Fall ermittelt hat.«

Ninni holte ihr Notizbuch hervor.

»Interessant. Wie heißt er?«

Ninnis Handy leuchtete erneut auf.

»Ich muss mich wohl geschlagen geben«, seufzte sie. »Entschuldigen Sie.«

Jemand sprach. Ninni lauschte. Der Ton war aufgeregt, das konnte selbst Anki hören, auch wenn sie keine Worte ausmachen konnte. Ninnis Gesicht wurde noch blasser.

»Worum ging es?«, fragte Anki, nachdem Ninni aufgelegt hatte.

Die Investigativjournalistin hob langsam den Kopf und schaute Anki an.

»Nichts Besonderes«, sagte sie, holte ein Taschentuch hervor und schnäuzte sich. Dann streckte sie die Hand nach ihrem Rucksack aus, der auf dem Stuhl neben ihr stand, und holte einen braunen Umschlag heraus.

»Ich habe einen Drohbrief bekommen«, sagte sie leise.

»Wissen Sie, von wem?«

»Nein.«

Sie schwiegen einen Moment. Anki schaute zum Fenster hinaus und betrachtete die wenig schmeichelhafte Aussicht, die von Romas alter Zuckerfabrik geprägt war. Früher musste es hier aufregend gewesen sein, wenn die Rüben eingefahren wurden und es von Erntehelfern nur so wimmelte. Heute war nicht viel zu beobachten, zumindest nicht unter freiem Himmel. In den Fabrikgebäuden wurde Snus und Whisky hergestellt.

»Der Anrufer gerade«, sagte Anki, »könnte das dieselbe Person gewesen sein, die den Brief geschickt hat?«

Ninni antwortete nicht. Sie wollte nicht verraten, wer es war, so viel stand fest. Für den Moment gab Anki klein bei und hakte nicht weiter nach.

»Möchten Sie mich vielleicht begleiten? Meine Mutter besuchen?«, fragte Ninni. »Ich muss kurz auf andere Gedanken kommen.«

Anki musste nicht lange überredet werden, sie sagte sofort zu. Schon verließen die beiden gemeinsam das Restaurant und gingen zum Seniorenheim, in dem Ninnis Mutter untergebracht war. Ninni steuerte ihr Zimmer an und öffnete die Tür.

»Guten Tag«, sagte Anki und nahm die Hand der Mutter. »Ich heiße Anki Karlsson.«

Die Haut war dünn, fast durchsichtig und von braunen Altersflecken übersät. Anki legte die Hand vorsichtig zurück in den Schoß der Frau und streichelte ihr über den Handrücken. Ninnis Mutter ließ Anki nicht aus den Augen. Das war also Kerstin Weström, die Frau, über die Tryggve in seinem kleinen Buch geschrieben hatte.

»Wie schön«, sagte sie mit zittriger Stimme. »Aber ich warte auf Ninni.«

»Mamas Gedächtnis ist nicht mehr gut«, erklärte Ninni. »Manchmal hat sie helle Momente. Schau mal, Mama, ich habe einen Zeitungsartikel geschrieben.« Ninni hielt die Seite mit dem Foto der roten Häuserreihen hoch. Eine Falte bildete sich zwischen den Augenbrauen der Mutter, eingehend betrachtete sie das Bild. Die Augen wanderten hin und her. »Das ist das Mütterhaus, Mama. Kannst du dich daran erinnern?«

»Sie haben Anzeige erstattet«, setzte Anki an.

Ninnis Mutter reckte sich nach dem Blumentopf und brach ein paar der blauen Blüten ab. Anki wechselte einen Blick mit Ninni, die nur mit den Schultern zuckte.

»Irgendetwas muss sie ja machen«, sagte sie. »Sie nimmt gern Sachen in die Hand, diesmal war es also eine Blume.«

Anki begriff. Kerstin war in ihrer eigenen Welt, es war unwahrscheinlich, jetzt Erinnerungen zu wecken.

Sie sprachen einen Augenblick über etwas anderes, versuchten, Kerstin mit einzubeziehen, aber sie konnte nicht recht folgen.

»Vermutlich können wir genauso gut gehen«, sagte Ninni und stand auf.

»Auf Wiedersehen, Kerstin«, sagte Anki. »Schön, dass ich Sie kennenlernen durfte.«

Kerstin Weström schaute zu Anki. Ihre Lippen formten ein Wort, das sehr gut »Polizist« hätte sein können.

»Fridman«, flüsterte sie dann, und Ninni setzte sich aus purer Überraschung.

Anki nickte.

»Fridman«, wiederholte Kerstin, diesmal sehr deutlich. »Ein Polizist.«

Als Anki eine Stunde später Roma hinter sich ließ, das Auto erfüllt vom Duft frisch gebackener Pizza, überkam sie ein Anflug von schlechtem Gewissen. Hatte sie das Richtige getan, als sie Tryggves Identität preisgegeben hatte? Dabei war es ja nicht einmal sie selbst gewesen, die seinen Namen verraten hatte, sondern Kerstin Weström in einem kurzen, lichten Moment. Erst danach hatte Anki erklärt, dass Tryggve die Ermittlungen geleitet hatte, der Fall aber nie aufgeklärt, sondern aus Mangel an Beweisen ad acta gelegt worden war. Ninni wollte unbedingt wissen, wo sie ihn erreichen konnte.

»Er ist gerade nicht zu Hause«, war Anki ausgewichen. »Sondern verreist.«

»Und wohin?«, hatte Ninni nachgehakt. »Das wissen Sie doch sicher.«

»Okay, ich verrate es Ihnen, Sie werden ihn ja doch nicht erreichen«, hatte Anki geantwortet. »Er ist in Nerja, in Spanien.«

Anki bremste, weil vor ihr ein Fasan über die Straße rannte. Ihr letzter Satz ärgerte sie am meisten. Es war nicht nötig gewesen, zu verraten, dass Tryggve in Nerja war.

»Ich fahre hin«, hatte Ninni gesagt. »Sofort. Ich muss ihn treffen.«

»Dann«, hatte Anki erwidert, »müssen Sie mir sagen, wer Sie angerufen und so verstört hat. Ich habe gesehen, wie blass Sie geworden sind.«

Ninni dachte kurz darüber nach, bevor sie antwortete. »Okay, es war der Sohn einer der Frauen, die mal im Mütterhaus waren.«

»Und was hat er gesagt?«

»Er hat verlangt, dass ich aufhöre, darüber zu schreiben. Sonst müsse er zu anderen Mitteln greifen.«

»Zu anderen Mitteln greifen? Was meinte er denn damit?«

»Es gebe unterschiedliche Arten zu sterben, sagte er. Für mich würde er eine ganz besondere auswählen.«

14

Raymond schenkte sich frisch aufgegossenen Tee ein und setzte sich an die Kücheninsel, wo er die Tageszeitung ausbreiten konnte. Noch konnte man sich *Gotlands Allehanda* und *Gotlands Tidningar* liefern lassen. Die Landeszeitungen kamen per Post erst am Nachmittag, weshalb er sie nicht länger abonnierte. Denn *Dagens Nyheter* und *Svenska Dagbladet* konnte er genauso gut auf der Arbeit lesen.

Terttu war schon aufgebrochen. Sie und die Nachbarin wollten früh im neuen Supermarkt sein, um den Wochenendeinkauf zu erledigen. Danach wollten sie zu einer Ausstellung im Fornsalen und irgendwo gut zu Mittag essen.

Er überflog die Neuigkeiten aus der Region Gotland, die Kommentare über konkurrierende Fährdienste zur Insel und die jüngste Tätigkeit der Regierungspräsidentin, nämlich die feierliche Eröffnung eines neuen Naturreservats. Die Doppelseite in der Mitte handelte von einem neuen Großereignis, das im Spätsommer über die Stadt hereinbrechen sollte: Crimetime Gotland. Raymond rührte aus alter Gewohnheit im Tee, dabei hatte dies gar keinen Nutzen mehr, seit er keinen Zucker mehr nahm. Brauchten sie wirklich noch eine solche Festwoche im Sommer? Reichte das, was bislang angeboten wurde, denn nicht? Almedalswoche, Mittelalterwoche, Art Week, Gotland Grand National und so weiter. Wie verkraftete die alte Stadt das eigentlich? Die Häuser und Ruinen waren bald nur noch Kulisse für allerhand Quatsch, der für niemanden als die Touristen gedacht war. Die Insulaner zogen sich nur zu gern in ihre Ferienhäuser an Land zurück, wenn der Besucherstrom zu stark wurde.

Raymond blätterte weiter, aber an diesem Freitagmorgen gab es nichts Aufregendes. Die Journalistin, die im Pfarrhof gesessen hatte, wollte eine Artikelserie schreiben, aber nicht für die Lokalzeitungen. Wenn er sich recht erinnerte, dann für die *Dagens Nyheter*. Die Pfarrerin hatte nur zu gern alle Unterlagen zum Mütterhaus zur Verfügung gestellt, und Raymond fragte sich, ob sie das rechtlich gesehen überhaupt durfte. Was würden die Frauen, die damals dort gewohnt hatten, dazu sagen? Die Logbücher an sich waren vermutlich eher unspektakulär. Er hatte Ninni selbst über die Schulter geschaut, als sie am Schreibtisch saß und darin las. Dort stand eigentlich nur, was es zu Mittag gab und welche Aktivitäten stattfanden, trotzdem könnte es manchen Frauen übel aufstoßen, dass die Geschichte veröffentlicht wurde.

Den Sportteil, der sowieso von den Damen aus Endre dominiert wurde, die im Hallenhockey brillierten, überblätterte er und vertiefte sich stattdessen im Anzeigenteil. Nicht selten waren es mittlerweile bekannte Namen, die in den Todesanzeigen auftauchten. Nachdem er das Fernsehprogramm begutachtet hatte, faltete er die Zeitung zusammen.

»Jetzt muss ich dann auch mal los«, sagte er und rutschte vom Barhocker.

Er ging ins Bad und bürstete sich sorgfältig die Haare,

bevor er sie zu einem Pferdeschwanz zusammenfasste. Er wählte ein grünes Zopfgummi, passend zum Diakonhemd.

»Hmm, gar nicht so übel«, sagte er zu sich selbst.

Er musste an die alte Fernsehreklame aus den Sechzigern denken, in der der arme Sören nicht befördert wurde, weil er zu gelbe Zähne hatte. Gegen das Gelbe kam er nur mit beworbener Zahnpasta an, die sein Lächeln im Handumdrehen zu dem eines Filmstars machten. Raymond hatte in unzähligen Kinos gesessen und kannte im Großen und Ganzen alle Werbefilme dieser Zeit in- und auswendig. Er warf noch einen letzten Blick in den Spiegel. Dann schob er den Kragen ins Hemd hängte sich die Kette mit dem Diakonsymbol um. Schon war er fertig, bereit, die Aufgaben als Diener Gottes zu übernehmen. Heute bestand sie daraus, das Sprachcafé für die Geflüchteten zu leiten, die in der ehemaligen Schule untergebracht waren. Eine wunderbare Aufgabe, es wurde sehr viel gelacht, obwohl es selbstverständlich auch zahllose traurige Geschichten von der schwierigen Flucht gab. Die meisten der Leute waren per Gummiboot von der Türkei nach Lesbos gekommen und dann im Großen und Ganzen zu Fuß durch ganz Europa gewandert, bis sie Schweden erreichten. Raymond war davon beeindruckt, aber was hatten sie auch für eine Wahl gehabt? Ihr eigenes Land war verwüstet und zertrümmert. Täglich beteten er und Terttu eindringlich dafür, dass diese armen Menschen auf Gotland bleiben dürften, oder wenigstens in Schweden, und nicht ausgewiesen würden.

Der Tag verlief nach Plan bis zur Pause am Nachmittag. Raymond setzte sich hin und rechnete mit einem besonnenen Gespräch mit dem Organisten und der Pfarrerin, aber das stellte sich als Wunschvorstellung heraus. Denn

Björn Jonsson kam hereingestürzt, knallte die aufgeschlagene *Dagens Nyheter* auf den Tisch und ruinierte die Stimmung. Alle erkannten sofort ihre wohlbekannte Kirche mit dem schönen, aber ungewöhnlichen Turm auf einem Bild der Zeitungsseite. Übertrumpft wurde es nur von der Aufnahme der roten Häuserreihen unten am Meer. Das Mütterhaus und ein Ausschnitt des Logbuchs waren auf weiteren Fotografien zu sehen.

»Habt ihr das schon gelesen?«, fragte Björn unnötig laut. »Äußerst interessant.«

Raymond riss die Zeitung an sich und überflog die Überschriften. »Die Nächte waren unheimlich«, las er vor, »wir wussten nie, was passieren würde ... Dass sie die Frechheit besitzt!« Er knallte die Zeitung auf den Tisch. »Diese Journalisten dürfen sich zusammenlügen, was sie wollen. Sie hat selbstverständlich jemandem was dafür bezahlt, so eine rührselige Geschichte zu erzählen, nur um die Auflage in die Höhe zu treiben.«

Die Pfarrerin füllte ihnen allen Kaffee nach. Verharrte einen Moment beim Diakon.

»Warum wirst du so wütend?«

Raymond sank zurück gegen die Lehne und bemühte sich, seine Atmung zu beruhigen.

»Ich finde, dieser Artikel wirft ein schlechtes Bild auf unsere Gemeinde«, sagte er. »Und die schwedische Kirche. Sobald irgendetwas innerhalb unserer Vereinigung passiert, gibt es sofort fette Schlagzeilen.«

Ulrika tätschelte ihm den Arm.

»Mach dir mal keine Gedanken«, sagte sie. »Ich sehe das genau andersrum. Es wird die Leute anlocken. Und ein paar Menschen extra zum Sonntagsgottesdienst schaden nun auch nicht.«

»Finde ich auch«, stimmte Björn zu. »Außerdem will sie noch mehr Artikel schreiben. Die Gemeinde von Smissarve wird berühmt. Vom Strand und den roten Häusern ganz zu schweigen. Sicher kommen Badegäste, die neugierig sind. Und die Klippe bietet schließlich auch ein atemberaubendes Bild.«

Raymond murmelte etwas Unverständliches und wechselte das Thema. Versuchte, die Kollegen davon zu überzeugen, am Nationalfeiertag ein internationales Fest zu veranstalten. Die Frauen, die in der Schule wohnten, hatten versprochen, mit Spezialitäten aus ihrer Heimat aufzuwarten, und die Idee war, dass auch gotländische Familien kamen und heimische Gerichte mitbrachten.

»Da sind wir auf jeden Fall dabei«, sagte Ulrika voller Enthusiasmus. »Nicht wahr, Björn? Was für eine geniale Idee für diesen besonderen Tag.«

15

Er drehte den Autoschlüssel um, und der Motor verstummte. Langsam öffnete er die Tür und stieg aus. Bevor er ging, steckte er noch einmal den Kopf ins Auto.

»Bist du dir wirklich sicher?«

»Ganz sicher«, antwortete sie. »Alles muss vernichtet werden. Hol sie einfach.«

»Warte hier«, sagte er leise.

»Okay, und du pass auf dich auf. Wenn ich mich richtig erinnere, ist es das mittlere Fenster auf der Rückseite. Direkt über den Gartenmöbeln.«

»Wie kannst du dir so sicher sein?«

Sie schnaubte. »Ich hab gefragt, wo sie sitzt und arbeitet, und sie hat es einfach erzählt.«

Mit der Antwort gab er sich zufrieden und lehnte die Autotür an, um so wenig Aufmerksamkeit zu erregen wie möglich. Die Pfarrerin wohnte im Obergeschoss, und es war nicht nötig, ihren Schlaf zu stören. Auf Strümpfen lief er weiter, und der Stoff saugte sich mit der Feuchtigkeit der Wiese voll. Der Ruf einer Eule drang vom Kirchturm herüber, im Gebüsch raschelte es, vermutlich ein Igel. Darüber hinaus kein Lebenszeichen. Er lief ums Haus. Es war dunkel, aber er wagte es nicht, die Stirnlampe einzuschalten. Seine Augen gewöhnten sich recht schnell an die Dunkelheit, und er konnte die Konturen der Gartenmöbel erkennen. Eine Bank stand an der Wand. Er holte ein Paar eleganter Handschuhe aus der Tasche, zog sie an und testete die Stabilität der Bank. Sie würde ihn aushalten. Das Fenster ließ sich leicht öffnen, wenn man wusste, wie, und über die richtigen Werkzeuge verfügte. Der Rahmen knirschte, als er das Fenster öffnete, und das schabende Geräusch, das seine Hosenbeine an der verputzten Hauswand verursachten, während er sich hineinhievte, konnte er nicht verhindern.

Erst als er wieder festen Boden unter den Füßen hatte, wagte er es, die Stirnlampe einzuschalten, und dann schaute er sich um. Ein einfach eingerichtetes Zimmer mit Schreibtisch, Stuhl und Bücherregal. Abgesehen von ein paar Büchern im Regal und einem Kruzifix an der Wand war es leer. Er ließ den Lichtkegel über die Buchrücken gleiten. Rote Gesangbücher, mindestens zwanzig Exemplare der Kinderbibel und ein Stapel alter Bücher. Er nahm eins davon zur Hand und blätterte darin. Genau wie das vom Foto in der Zeitung. Er sammelte sie alle ein, ohne sie zu zählen, legte sie auf die Fensterbank und schob sich hinaus. Auf der Gartenbank stehend hob er den Stapel an und legte ihn auf den Tisch. Dann schloss er das Fenster wieder, zog einen Handschuh aus und griff mit zwei Fingern in seine Brusttasche. Holte die Schraube heraus. Alles war genau geplant. Er schob die Schraube zwischen Rahmen und Fenster. Bis jemand das kleine, gewitzte Schloss bemerkte, würde es dauern.

Er lächelte, löschte das Licht und schlich zurück zum Wagen. Als er die Tür öffnete, sah er, dass sie eingeschlafen war, aber sie wurde sofort wach.

»Hast du sie?«

»Ja, war gar kein Problem«, sagte er und ließ ihr den Stapel in den Schoß fallen. »Und jetzt verschwinden wir.«

16

Freitag, 13. Mai

Ankis Informationen zu den polizeilichen Ermittlungen und der Name des Kommissars waren selbstverständlich interessant gewesen für Ninni, aber bevor sie sich auf die Suche nach ihm machte, begab sie sich noch einmal nach Smissarve. Sie fuhr auf den Pfarrhof, wo sie parkte. Dann blieb sie einen Moment stehen und betrachtete das steinerne Gebäude. Früher hatte man stattliche Häuser für Geistliche gebaut, und dieser Pfarrhof gehörte zu den größten der Insel. Das Hauptgebäude war für Pfarrerfamilien gedacht gewesen, die mit Kinderreichtum gesegnet waren, sowie ihre Bediensteten. Gerade bewohnte allerdings keine Großfamilie den Pfarrhof von Smissarve, das Erdgeschoss beherbergte das Pfarramt und verschiedene Gemeinderäumlichkeiten. Ulrika Trogen nutzte nur das Obergeschoss und hatte Ninni anvertraut, dass dort mehr als genug Platz für sie war. Ihre Kinder waren groß, studierten auf dem Festland und kamen nur in den Ferien zu Besuch.

Den Mittwoch hatte Ninni damit verbracht, das Material aus den Logbüchern zusammenzutragen. Das war eine ganze Menge, und sie war davon überzeugt, dass auch die beiden noch ausstehenden Artikel äußerst lesenswert werden würden. Die Leute reagierten darauf, das war die Hauptsache, kaum jemand blieb unberührt, ob man das Thema nun mochte oder nicht.

Da noch ein paar Dinge zu prüfen blieben, war sie noch einmal hergekommen. Außerdem wollte sie das Foto zurück in das Buch stecken, aus dem es gefallen war. Ninni hatte es mit dem Smartphone abfotografiert, um es zu vergrößern, aber auch so waren die sonnengebräunten Menschen nicht besser zu erkennen gewesen, die sich vor dem Fotografen aufgereiht hatten. Auf der Rückseite war nichts verzeichnet, aber da es aus einem der Logbücher gefallen war, ging Ninni davon aus, dass es auch beim Mütterhaus aufgenommen worden war.

Die Tür zum Pfarrhaus öffnete sich, und Ulrika Trogen trat hinaus auf die Treppe. Sie trug eine dünne Jacke und schien auf dem Sprung zu sein. Es knirschte unter Ninnis Schuhen, als sie über den gepflegten Kiesweg auf die Pfarrerin zuging.

»Was für eine Überraschung«, sagte Ulrika, ihre Gesichtszüge hellten sich auf. »Haben Sie etwas vergessen, oder was verschafft uns die Ehre Ihres Besuchs?«

»Keineswegs«, antwortete Ninni. »Oder, na ja, vielleicht doch. Ich muss etwas nachprüfen, wenn das keine zu großen Umstände macht. In den Logbüchern.«

Ulrika runzelte ein wenig die Stirn und warf einen Blick auf die Uhr. Ninni hätte vorher anrufen und sich ankündigen sollen, keine gute Idee, einfach vorbeizukommen und vorauszusetzen, dass die Pfarrerin Zeit für sie hatte.

»Lassen Sie mich kurz überlegen«, sagte Ulrika. »Ich habe die Bücher gestern wieder ins Archiv gebracht, aber das liegt ja nicht am Ende der Welt. Das schaffen wir noch.«

»Müssen Sie irgendwohin?«

»Ja, alle Pfarrerinnen und Pfarrer der Insel treffen sich heute. In Visby.«

»Es wird nicht lange dauern«, versicherte ihr Ninni, »ich habe nur einen Namen nicht richtig notiert, und der sollte schon stimmen.«

»Okay, folgen Sie mir, das kriegen wir schon hin. Björn oder jemand anderes kann das Archiv auch abschließen, wenn Sie sich doch noch festlesen.«

Ninni atmete erleichtert auf, als Ulrika ihr ein weiteres warmes Lächeln schenkte. Zusammen betraten sie das Pfarrhaus. Ninni wartete, während Ulrika die schwere Archivtür aufschloss und öffnete. Sofort schaltete sie das Licht ein.

»Dann wollen wir mal sehen«, sagte sie und machte ein paar Schritte in den kleinen, fensterlosen Raum.

Ulrika blieb stehen und schaute sich um. Fuhr mit der Hand über ein Regalbrett. Schaute auf die gegenüberliegende Seite. Ninni folgte ihr.

»Was ist los?«, fragte sie.

Die Pfarrerin zeigte auf ein Regalbrett, das gähnend leer war.

»Ich habe sie dorthin gestellt«, sagte sie. »Ich habe die Logbücher vorgestern dorthin gestellt, nachdem Sie gefahren sind.«

Ninni starrte auf das leere Fach.

»Und jetzt ...«, sagte Ulrika und ließ den Blick über alle Bücher wandern, die sich im Laufe der Jahre hier angesammelt hatten, »... sind sie fort. Alle Logbücher sind weg. Wer ist denn auf die Idee gekommen, die Bücher mitzunehmen?«

Das fragte Ninni sich auch. Allzu viele würden es nicht sein, die Zugang zum Archiv hatten.

»Und Sie sind sich ganz sicher, dass Sie die Bücher hierhergebracht haben?«, fragte sie.

Ulrika blieb still stehen und tippte sich mit dem Zeigefinger gegen die Lippen.

»Oder habe ich die Bücher nur gestapelt und wollte sie später zurücklegen? Jetzt bin ich verunsichert. Außerdem ist heute auch noch Freitag, der 13. Sollten wir abergläubisch werden?«

»Wie viele haben denn Zugang zum Archiv?«, fragte Ninni. »Also, wie viele wissen, wo der Schlüssel ist?«

»Alle, die hier arbeiten, wissen, wo ich den Schlüssel hinterlege, aber nicht alle haben Gründe, auch herzukommen. Eigentlich nur Björn, Raymond und ich. Und der Kantor verwahrt seine Noten hier. Der Vorsitzende des Kirchenrats hat selbstverständlich auch Zugang.«

Dann warf sie noch einen Blick auf die Uhr.

»Allmählich komme ich in Zeitnot«, sagte sie und bedachte Ninni mit einem traurigen Blick. »Leider kann ich Ihnen heute nicht mehr weiterhelfen. Können Sie noch einmal wiederkommen? Die Bücher müssen ja irgendwo im Haus sein.«

»Selbstverständlich. Wäre es denn möglich, noch schnell einen Blick in das Zimmer zu werfen, in dem ich gearbeitet habe?«

»Ach so! Natürlich, jetzt weiß ich wieder, wo ich die Bücher hingelegt habe«, sagte Ulrika, marschierte voran und riss die Tür auf. Dann trat sie ans Regal.

»Nein«, sagte sie und wandte sich wieder zu Ninni. »Hier sind sie auch nicht. Wie können Bücher denn einfach verschwinden?«

Ninni zuckte mit den Schultern und stellte sich dieselbe Frage.

»Ich muss jetzt leider los«, sagte Ulrika. »Das lässt sich nicht ändern. Ich werde später weitersuchen.«

Ninni steckte die Hand in die Tasche und spielte an dem Umschlag herum, in dem das Foto lag. Sie gingen zur Haustür und stießen fast mit Terttu Dixén zusammen, die gerade hereingekommen war.

»Terttu und Ninni«, sagte Ulrika. »Haben Sie einander schon kennengelernt?«

»Wir haben uns schon einmal unterhalten«, sagte Ninni und hatte im selben Moment eine Idee, der sie nachgehen konnte.

Sie ließ den Umschlag los und nahm die Hand aus der Tasche. Ein wenig länger würde sie das Foto wohl behalten können, und auf diese Kleinigkeit aus den Logbüchern kam es eigentlich auch nicht an.

17

Anki war viel zu spät aufgewacht und hatte nicht mitbekommen, ob Maja aufgestanden und auf dem Weg in die Schule war. Putte tapste ihr aufgeregt um die Beine, und es war nicht zu übersehen, dass er schnellstens hinauswollte. Sie schloss die Tür hinter ihnen beiden und ließ ihren Blick über den Hof wandern. Das Fahrrad, mit dem Maja manchmal zur Bushaltestelle fuhr, lehnte noch am Zaun, ihr Rucksack auf den Gepäckträger geklemmt. Anki zog ihre Gartenschuhe an und trat in die Morgensonne. Es war schon halb neun, gewöhnlich war Anki wesentlich früher auf den Beinen. Putte rannte sofort los, verschwand hinterm Stall und tauchte schon bald zufrieden wieder auf, nachdem er seine Geschäfte erledigt hatte.

Die Stalltür war angelehnt, der Hund lief hin und drückte sie auf.

Besorgt eilte sie Putte nach. Er hatte sich schon hineingequetscht und schnüffelte an dem Menschen, der zusammengekauert mit dem Rücken zu Anki auf einem Strohballen saß. Anki atmete auf, erleichtert, dass dem Mädchen nichts passiert war. Putte wedelte mit dem Schwanz, und Maja streckte die Hand aus, um ihn hinter den Ohren zu kraulen. Anki wollte ihre Begrüßung nicht stören, sagte nur leise »Guten Morgen« und ging zu Osks Box, um die Stute auf die Weide zu lassen. Dieselbe Prozedur wiederholte sie mit Austri, der nur zu gern hinaus in die Maisonne wollte, um sich zu bewegen. Er war richtig aufgeregt, und Anki musste den Führstrick mit aller Kraft festhalten.

»Ganz ruhig, mein Kleiner, du wirst dich gleich noch mehr bewegen müssen, als du ahnst.«

Anki löste den Führstrick, und sofort trabte er davon. Die weiße Mähne flatterte um seinen dunklen Hals, und Anki konnte es sich nicht verkneifen, ihr Handy hervorzuholen und ein paar Fotos zu schießen. Er war einfach so wunderhübsch. Austri machte ein paar wilde Sprünge und stieß dann zu Osk, die friedlich am Heuhaufen stand und frühstückte. Er versuchte, die Stute zum Spielen zu animieren, indem der ihr leicht in den Hals zwickte, aber diesmal ging sie nicht darauf ein, also musste er sich geschlagen geben und widmete sich selbst der ersten Mahlzeit des Tages.

Anki kehrte in den Stall zurück und holte eine Mistgabel, die sie Maja reichte.

»Hilfst du mir beim Ausmisten?«

Maja hob den Kopf, und Anki blickte in ein paar betrübte Teenageraugen. Ihre Enkelin stand auf, nahm ihr die Mistgabel ab und machte sich ohne ein Wort an die Arbeit. Anki wandte sich der anderen Box zu, und so arbeiteten sie eine Weile nebeneinander, ohne zu sprechen. Wenn Maja nicht reden wollte, dann wollte sie eben nicht.

»Oma…«, begann Maja schließlich.

Anki unterbrach die Arbeit und stützte sich auf den Schaft der Mistgabel.

»Ja?«

»Ich konnte heute einfach nicht in die Schule.«

»Das habe ich mitbekommen. Dann mach mal weiter, nichts hilft bei Trübsinn besser als praktische Arbeit.«

Auch Anki machte weiter und dachte dabei darüber nach, was sie außerdem tun könnte, um Maja aufzuheitern. Sie holte Einstreu und verteilte sie in den Boxen, dann reichte sie Maja eine Harke.

»Hast du Lust, mit mir auszureiten?«, fragte sie, als die Boxen wieder frisch und sauber waren. »Möchtest du reiten lernen?«

Der Anflug eines Lächelns zeigte sich auf dem finsteren Teeniegesicht. »Reiten kann ich schon. Ich komme gern mit.«

»Ehrlich, du kannst reiten?«, fragte Anki staunend. »Davon wusste ich gar nichts. Warum hat mir das denn niemand gesagt?«

»Weil du nicht gefragt hast«, antwortete Maja.

Das saß. Denn Anki hatte wirklich nicht viel Zeit für ihre Enkel übrig gehabt. Die Arbeit in der Schule und die Pflege von Christer hatten sie voll beschäftigt, während ihre Enkel aufwuchsen. Als Christer endlich gestorben war und sie in Rente ging, war sie aufgebrochen und hatte sich erst mal nur um sich selbst gekümmert. Das Verlangen nach Freiheit war groß gewesen.

»Da hast du recht«, sagte Anki. »Und das sollten wir ändern. Lass uns reingehen und frühstücken, dann suchen wir eine Reithose für dich und machen uns auf den Weg.«

Anki entschied sich für eine schöne Tour mitten durch den Wald. Der Weg war breit genug, dass sie nebeneinanderreiten konnten. Majas Aussage über ihre Reitfähigkeiten wurde Anki schon auf dem Hof bestätigt, wo Maja ohne jedes Problem aufsaß und die Zügel aufnahm. Osk schien sehr zufrieden mit ihrer neuen Reiterin.

Anfangs ritten sie schweigend, und Anki überlegte angestrengt, wie sie sich Maja nähern könnte, um herauszufinden, was sie so sehr bedrückte. Der einzige Aufhänger, der ihr einfiel, war der Schreibwettbewerb.

»Hast du eigentlich schon …«, setzte sie an, wurde aber von Maja unterbrochen, die im selben Moment den Mund öffnete.

»Oma, du fragst dich wahrscheinlich, warum ich heute nicht in die Schule wollte.«

Anki lächelte, und Maja lachte, weil sie genau gleichzeitig gesprochen hatten.

»Du zuerst«, sagte Anki. »Ja, das frage ich mich, das kann ich nicht abstreiten. Wenn du möchtest, können wir gern darüber sprechen.«

Die Pferde gingen im Schritt nebeneinanderher. Die Sonne bahnte sich ihren Weg durch die Kiefern und das noch zarte Blätterkleid der Laubbäume, am Wegesrand blühten Leberblümchen und Buschwindröschen.

»Ich habe an Mama gedacht«, sagte sie, »und da wird das immer so. Ich bin gestern mit dem Aufsatz fertig geworden, das hat alles noch mal schlimmer gemacht.«

Anki hörte zum ersten Mal seit Majas Einzug etwas über ihre Mutter und wartete gespannt auf die Fortsetzung.

»Darf ich fragen, wo Caroline gerade ist?«

»Indien. Sie ist mit einer Frau nach Indien gefahren.«

Anki war mehr als verwundert, versuchte jedoch, es sich nicht anmerken zu lassen. Aber neugierig war sie auch, das konnte sie nicht leugnen.

»Mit einer befreundeten Frau?«, hakte sie nach.

»Also, Oma, raffst du das nicht? Mama hat sich in eine Frau verliebt und ist einfach mit ihr abgehauen.«

Anki hielt das Pferd an, und Maja tat dasselbe.

»Lass mal Zügel nach«, sagte Anki. »Dann kann Osk fressen, und wir reden.«

Osk freute sich über die Pause, Austri hingegen wollte weiter und trippelte ungeduldig.

»Und was sagst du dazu?«, fragte Anki weiter. »Dass deine Mutter jemand Neues kennengelernt hat?«

Maja schnaubte. »Was glaubst denn du? Ich hab voll den Anfall gekriegt. Dass sie uns, also Papa und mich, dann verlassen würde, hätte ich nicht gedacht. Sie ist einfach abgehauen. Oma, kannst du verstehen, dass eine Mutter ihr Kind verlässt?«

Anki ließ Austris Zügel nach und wippte bei jeder seiner Bewegungen mit. Allmählich beruhigte er sich, schien zu begreifen, welche Vorteile die Pause bot, und machte sich über das frische Gras her. Was sollte sie Maja bloß antworten? Sie musste behutsam vorgehen.

»Wenn man sich verliebt«, antwortete Anki zögerlich, »dann ist das oft ein sehr heftiges Gefühl. Diese Frau ist offenbar so wichtig für deine Mutter geworden, dass sie nicht anders konnte.«

Maja schwieg und starrte ins Nirgendwo. Wie konnte Anki der jungen Frau verständlich machen, warum eine Mutter ihre Tochter für eine neue Liebe zurückließ? Das Leben würde schließlich mit einer Menge Überraschungen aufwarten, die Maja sich jetzt noch gar nicht vorstellen konnte.

»Ich möchte dir etwas über Christer erzählen«, sagte Anki. »Nur damit du verstehst, dass Menschen imstande sind, sehr sonderbare Dinge zu tun.«

Maja schaute sie an. »Opa?«

Anki nickte.

»Christer und ich haben geheiratet, als wir sehr jung waren. Ich war sehr verliebt und dachte wirklich, er wäre der Mann fürs Leben. Wir hatten ein schönes Haus und bekamen zwei tolle Kinder, erst deinen Vater und dann Jenny. Außerdem hatten wir beide gute Jobs und gemeinsame Interessen.«

»Und was stimmte nicht?«, fragte Maja, die wohl ahnte, was folgen würde.

»Recht früh wurde mir klar, dass Christer auch noch andere Interessen hatte. Damit meine ich andere Frauen. Über weite Strecken unserer Ehe war er notorisch untreu.«

»Wie bitte? Opa?«

»Ja, Opa.«

»Aber als er krank wurde, hast du dich doch um ihn gekümmert. Jahrelang. Das hätte ich für so einen Typen nicht gemacht.«

Anki lächelte.

»Das war meine kleine Rache, weißt du. Christer verlor das Sprachvermögen, aber im Kopf war er noch völlig klar. Wenn wir am Tisch saßen und ich ihm beim Essen half, erzählte ich ihm, dass ich von all seinen Eskapaden wusste, und er konnte nicht mal antworten. Konnte mich nur anschauen und musste einstecken.«

Maja betrachtete sie verwundert und brach dann in schallendes Gelächter aus.

»Du lieber Himmel, Oma, was bist du brutal! Das ist ja richtig fies!«

»Findest du? Ich habe dir das erzählt, um dir etwas zu verdeutlichen. Dass manche Beziehungen von außen betrachtet anders wirken, als sie eigentlich sind. Und dass wir einander leider manchmal wehtun, auch wenn wir das eigentlich gar nicht wollen. Übrigens habe ich bisher noch niemandem von Christers Untreue erzählt, außer dir jetzt. Das ist vielleicht auch nicht unwichtig zu wissen.«

»Okay.«

Maja schien verstanden zu haben, dass dies ein großer Vertrauensbeweis war.

»Hast du seit ihrer Abreise mit deiner Mutter gesprochen?«, fragte Anki.

»Nee. Sie versucht immer wieder, mich zu erreichen, aber ich gehe nicht dran.«

Anki nahm die Zügel auf und machte Austri darauf aufmerksam, dass es bald weiterging.

»Dann wäre es vielleicht eine gute Idee, das zu ändern«, schlug Anki vor. »Ruf sie an und schildere ihr, wie es dir geht. Und was hältst du jetzt von einem herrlichen Galopp?«

18

Montag, 16. Mai

Es war gerade mal zehn nach sieben, als Tryggve die Tür öffnete und auf die Calle Granada trat, hinaus in den sommerwarmen Morgen. Die Rollläden der vielen Geschäfte waren noch geschlossen. Statt der lockenden Schaufenster konnte er aber die schönen Fliesen in Augenschein nehmen, mit denen die meisten Häuser verziert waren. Alle mit unterschiedlichen Farben und Mustern.

Er setzte seinen Morgenspaziergang zwischen den weißen Häuserfassaden, blühenden Bougainvilleen und dem einen oder anderen Bananenbaum fort, bevor er umkehrte, aber einen anderen Weg zurück in die Altstadt und das Zentrum wählte.

Er setzte sich in das übliche Café, bestellte einen Kaffee und Churros. Wenn er sich nicht allmählich mäßigte, würden sich die frittierten Leckereien bald als zusätzlicher Ring an seinem bereits recht rundlichen Bauch bemerkbar machen.

»Darf ich mich zu Ihnen setzen?«

Tryggve hob verwundert den Kopf und wurde von einem Lächeln begrüßt. Die Frau hatte dickes, dunkles Haar, das mit einem Schal zusammengebunden war, damit es ihr nicht ins Gesicht fiel. Ihre Augen waren intensiv blau, und sie glitzerten.

»Bitte sehr, setzen Sie sich doch«, brachte der überrumpelte Tryggve schließlich heraus.

»Wie eigenartig«, sagte die Frau, nachdem sie Platz genommen hatte, »Sie klingen, als kämen Sie aus dem gleichen Teil Schwedens wie ich.«

»Das kann schon sein«, antwortete Tryggve. »Sie sind also auch von Gotland, wie ich höre. Was führt Sie nach Nerja?«

»Ich bin freie Journalistin«, erklärte sie. »Ich möchte einen Artikel darüber schreiben, wie es den schwedischen Hunden hier geht. Wauzis gibt es hier ja genug.«

Bei dem Thema kannte er sich aus.

»Für welche Zeitung soll der Artikel sein? Vielleicht *Hundesport*? Die habe ich im Abo. Ich selbst habe einen Rottweiler zu Hause.«

Sie antwortete nicht direkt auf seine Frage, lächelte nur freundlich. Tryggve ließ den Blick zum Fernseher an der Wand wandern, auf den auch die Spanier im Lokal wie gebannt schauten, und versuchte herauszufinden, worum es ging. Es gelang ihm nicht, und nach einem Moment stand er auf.

»Schön, Sie kennenzulernen«, sagte er. »Wir laufen uns sicher noch mal über den Weg, Nerja ist ja nicht groß. Hoffentlich finden Sie viel Brauchbares für Ihren Artikel.«

Gegen Nachmittag machte er sich auf zur Restaurantstraße, wie sie im Volksmund genannt wurde. Er wählte ein weiß gestrichenes Ecklokal, das hübsch und einladend aussah, ging hinein und setzte sich an die Bar. Was sprach dagegen, sich mit einem leckeren Drink einzustimmen? Er überflog die Karte, bestellte dann einen Mojito und schaute dem Barkeeper beim Zubereiten zu. Jemandem zuzuschauen, der sein Handwerk verstand, war ein wahrer Augenschmaus, egal um welchen Beruf es sich handelte.

Als Tryggve gerade den Strohhalm an die Lippen setzte, nahm jemand auf dem Hocker neben ihm Platz. Er schaute hinüber, ohne vom Strohhalm abzulassen, und erkannte die Gotländerin aus dem Café.

»Uns Gotländer scheint es an dieselben Orte zu ziehen«, sagte er und lächelte. »Oder verfolgen Sie mich?«

Ihr Lächeln war so schön wie am Morgen, die Augen funkelten ebenfalls genauso. Sie neben sich zu haben war angenehm, und dass sie noch dazu von Gotland kam, gefiel ihm ebenfalls.

»Wie läuft es mit den Interviews?«, fragte er. »Was sagen die Hunde?«

Sie verzog das Gesicht zu einer Grimasse.

»Sie sind nicht gerade zuvorkommend, sondern bellen mich nur an. Aber da ist noch ein weiteres interessantes Projekt, an dem ich arbeite. Ein alter Fall in Gotland. Zwei Artikel sind bereits erschienen, es fehlt noch der dritte und letzte.«

Tryggve trank mehr von seinem Mojito. Es fühlte sich kindisch und idiotisch an, mit einem Strohhalm zu trinken, aber das ganze Eis im Glas machte es unmöglich, sich wie ein Erwachsener zu verhalten.

»Jetzt machen Sie mich neugierig«, sagte er. »Woran arbeiten Sie?«

Die Frau bestellte ein Glas Weißwein und nippte daran, ehe sie antwortete.

»Ich schätze, Sie erinnern sich daran«, setzte sie an, »dass es vor vierzig Jahren – Mitte der Siebziger – auf Gotland zu

Übergriffen auf Frauen kam? Sie wurden angezeigt, aber nichts geschah.«

»Das Mütterhaus«, sagte er leise und stellte das Glas ab. »Das ist ja ein Zufall.«

»Entschuldigen Sie, ich habe mich noch gar nicht vorgestellt. Ninni Weström.«

Sie streckte die Hand aus.

»Weström?«, fragte er und schüttelte ihr die Hand. »Dann sind Sie womöglich Kerstin Weströms Tochter?«

»Ja, und Sie sind Tryggve Fridman, nicht wahr?«, fragte sie zurück. »Der Polizist, der in dem Fall ermittelte?«

»Woher wussten Sie, wo ich zu finden bin?«, hakte er nach. »Schließlich ist das doch der eigentliche Grund dafür, dass Sie hier sind, oder? So leicht führen Sie einen erfahrenen Kriminalkommissar nicht hinters Licht.«

Ninni Weström nahm eine Käseplatte vom Kellner entgegen. Sie antwortete nicht sofort, sondern probierte erst den Käse und trank noch einen Schluck Wein.

»Ich kann meine Quelle leider nicht preisgeben«, sagte sie, »das müssten Sie als Polizist doch wissen. Aber ich brauche nur noch Ihre Aussage, dann bin ich mit meiner Arbeit fertig.«

Als Tryggve am nächsten Morgen aufwachte, war er nicht gerade in bester Form. Er quälte sich hoch und streckte sich nach dem Wasserglas. In Gesellschaft von Ninni Weström, mit der er nicht nur den Nachmittag, sondern auch den gesamten Abend verbracht hatte, hatte er viel zu viel Wein getrunken.

»Ich war jung und voller Eifer, wollte um jeden Preis die Ermittlungen zu einem guten Ende bringen«, hatte er Ninni erzählt. »Außerdem hat mich die Courage Ihrer Mutter berührt, es kann nicht leicht für sie gewesen sein, zu uns zu kommen und Anzeige zu erstatten.«

»Warum wurden die Ermittlungen eingestellt?«, wollte Ninni wissen, eine durchaus berechtigte Frage.

»Die Tat ließ sich leider nicht belegen«, antwortete Tryggve. »Der Beschuldigte bestritt alles, wie man sich denken kann, und es fanden sich keine weiteren Frauen, die die Aussage Ihrer Mutter bestätigt hätten. Die anderen taten vielmehr so, als sei alles in Ordnung gewesen.«

»Glauben Sie, dass diese Frauen die Wahrheit gesagt haben?«

»Nein, im Gegenteil. Ich glaube, sie haben sich nicht getraut, die Wahrheit zu sagen. Die meisten vermutlich aus purem Selbstschutz.«

Sie hatten eine Weile am Meer gesessen und die warme Brise genossen. Ninni hatte nachdenklich aufs Wasser geschaut, bevor sie fortfuhr.

»Aus Angst vor einem Mistkerl von Ehemann, der zu Hause wartete und seine Frau als Schlampe abstempelte, wenn das rauskam, meinen Sie?«

»Ganz genau. Leider bekam oft das Opfer die Schuld zugeschrieben, nicht der Täter. Getratsche über die Leichtsinnigkeit dieser Frauen hätte sich wie ein Lauffeuer über die Insel verbreitet.«

»Warum denn eigentlich?«, hakte Ninni nach.

Tryggve schaute die attraktive Frau mit ernstem Blick an. Erinnerte sich an das dunkelhaarige Mädchen, das in einer Ecke des Dienstzimmers saß und spielte, während er mit der Mutter sprach. Die Mutter war mutig, konnte aber nur mit Mühe die Tränen zurückhalten, während sie erzählte, dass sie sich und die Tochter erst einmal ordentlich geschrubbt hatte, bevor sie aufs Revier gekommen waren. Die Kleidung hatte sie sofort in die Waschmaschine gesteckt und so jede Möglichkeit eliminiert, darauf Spuren des Täters zu finden.

»Das ist nicht mit heutigen Zuständen zu vergleichen«, erklärte er. »Heute stellt man die Schilderungen eines Opfers nicht mehr in dem Maße infrage. Damals wurde den Frauen oft nicht mal geglaubt. Darüber hinaus richtete sich dieser Fall gegen einen Angestellten der Kirche, vielleicht spielte das zusätzlich eine Rolle.«

»Ich dachte ja, dass die Frauen nach der langen Zeit vielleicht etwas gesprächiger wären, aber viel war ihnen trotzdem nicht zu entlocken.«

Sie hatten es dabei belassen, waren am Ufer entlanggeschlendert und hatten die Wärme genossen. Abends waren sie in einem Restaurant oben in der Stadt eingekehrt, um frische Muscheln zu essen. Der Cava hatte ihm jede Befangenheit genommen, und sie hatten viel zusammen gelacht.

Wie dumm von ihm, so viel zu trinken. Das war wirklich nicht sein Stil. Geküsst hatte er sie auch, aber nur auf die Wange, bevor sie sich voneinander verabschiedet hatten.

Während Tryggve Schnellkaffee in die Tasse löffelte, musste er an Anki denken. Hatte sie ihn nicht gestern angerufen? Er holte das Handy aus der Tasche seines Bademantels und betrachtete das Display. Ein kurzes Telefonat mit ihr, nur eine Sekunde lang. Also erinnerte er sich richtig. Die Verbindung wurde im selben Moment unterbrochen, als er das Gespräch annahm, doch das hatte ihn nicht weiter gekümmert, schließlich wurde seine Aufmerksamkeit gerade von einer sehr hübschen Journalistin in Anspruch genommen. Anki hatte ihm dann eine Nachricht hinterlassen.

Hallo! Ich wollte dir nur sagen, dass ich einer Journalistin verraten habe, dass du in Nerja bist. Entschuldige, ist mir einfach so rausgerutscht. Ich hoffe, sie lässt dich in Ruhe.

»Nicht so ganz«, murmelte Tryggve und legte auf. »Aber das war nicht schlimm.«

Er öffnete die Tür zum Hof und setzte sich auf den Terrassenstuhl. Zwei Frauen saßen ein Stück entfernt und frühstückten, davon abgesehen war keine Menschenseele in Sicht. Er wählte Ninnis Nummer, die er sich für den Fall hatte geben lassen, dass ihm noch etwas einfiel, was ihr weiterhelfen könnte. Er könnte sich ja auf jeden Fall für den gestrigen Abend bedanken. Es tutete ein paarmal, bis er per Ansage abgewiesen wurde. »Die von Ihnen gewählte Nummer ist vorübergehend nicht zu erreichen«, sagte die Computerstimme. »Bitte versuchen Sie es später wieder.«

Tryggve ging hinein, zog sich an und schlenderte dann die Calle Granada entlang zum Marktplatz. Dort ging er zur Rezeption des Hotels und fragte nach Ninni Weström.

»Es tut mir sehr leid«, sagte die Rezeptionistin, »aber die *señora* ist sehr früh heute Morgen abgereist.«

Sonderbar. Warum war sie denn so überstürzt aufgebrochen? Davon hatte sie nämlich gar nichts gesagt. Nicht, dass es ihn etwas anging, aber dennoch.

Er schlenderte zurück durch die spanischen Gässchen, aber gedanklich befand er sich nicht nur weit in der Vergangenheit, sondern auch ganz woanders. In all den Jahren waren viele Frauen über den Sommer im Mütterhaus in Smissarve gewesen. Ahnungslos und erschöpft waren sie dort eingetroffen mit der Aussicht, sich dort ausruhen, ausschlafen und am Strand entlangschlendern zu können. Außerdem sollte für sie gekocht werden, und sie sollten an unterschiedlichen Aktivitäten teilnehmen können. Oder sich einfach nur untereinander austauschen oder mit den kirchlichen Mitarbeitern sprechen. Die Absicht war gut gewesen, aber dunkle Mächte hatten sich eingeschlichen und den

Aufenthalt beschwerlich gemacht, in Kerstin Weströms Fall sogar unerträglich. Sie hatte sogar einen Namen genannt, ein Freizeitleiter, der dort arbeitete, aber er hatte alles abgestritten. Wie war noch mal sein Name gewesen? Sicher hatte Tryggve ihn notiert? Außer mit Kerstin Weström hatte er noch mit weiteren Frauen gesprochen, er würde ihre Namen nachschlagen müssen. Sie hatten ihn bei seinen Ermittlungen kein bisschen weitergebracht, und allem Anschein nach waren sie auch heute nicht hilfsbereiter.

Tryggve grüßte den Rezeptionisten und trat in den Hof seines Ferienhauses. Er war davon überzeugt, dass es noch Menschen auf der Insel gab, die das alles nicht vergessen hatten. Menschen, die absolut nicht wollten, dass die alten Geschichten ans Licht gezerrt würden. Es gab jene, die damals nicht gewagt hatten, die Wahrheit zu sagen. Und jene, die bewusst jahrelang über das Geschehen im Unklaren gelassen worden waren. Jene mit Mistkerlen von Ehemännern, wie Ninni es formuliert hatte. Sie hatte erwähnt, dass sie bedroht worden war. Plötzlich traf Tryggve die Erkenntnis, dass Ninni Weström sich mit ihren Artikeln auf sehr dünnes Eis gewagt hatte.

19

Dienstag, 17. Mai

Ninni fuhr durch die Skolporten der Stadtmauer nach Visby hinein, folgte dann der Södra Murgata und fädelte sich durch die schmalen Gassen bis nach Hause. Von dem kleinen Parkplatz war es nicht mehr weit zu Fuß. Sie schaltete den Motor aus, stieg aus dem Auto und blieb einen Moment stehen, um aufs Meer hinauszuschauen. Die Sonne hatte sie bereits auf dem Flughafen in Arlanda untergehen sehen, bevor der Flieger nach Visby abhob. In den Gassen unterhalb der Felswände funkelte es hier und dort, selbst die Laternen entlang der Studentallé leuchteten. Das Meer lag still und schwarz da, eigentlich optimale Voraussetzungen für einen Spaziergang in der Frühlingsnacht, aber die Müdigkeit war stärker. Sie war bereits um vier Uhr früh aufgestanden, um von Nerja nach Málaga zu fahren und von dort nach Schweden zu fliegen. Sie wäre schon wesentlich früher zu Hause angekommen, wenn das Flugzeug nicht schon in Spanien verspätet gewesen wäre. Natürlich hätte sie unterwegs schlafen können, aber ihre Gedanken kreisten unaufhörlich um das Treffen mit Tryggve Fridman. Er hatte ihr viel erzählt, was sie noch nicht gewusst hatte. Dinge, die ihre Mutter nur ihm anvertraut hatte und die

Ninni im letzten Artikel unterbringen wollte. Sie war ganz versessen darauf, Tryggves Aussagen mit dem abzugleichen, was ihre Mutter in ihr Tagebuch geschrieben hatte. Ninni hatte in ihrem Gedächtnis gegraben und gegraben, um Erinnerungen an den Abend und die Situation zu wecken, die der Anzeige ihrer Mutter und dem Kontakt mit Tryggve zugrunde lag, aber nichts war aufgetaucht. Außer dass sie wütend gewesen war und geweint hatte an jenem Morgen, an dem sie die Landstraße entlanggelaufen waren. Ihre Mutter hatte den Koffer getragen und Ninni ihren kleinen Rucksack. Ganz plötzlich hatten sie das Paradies verlassen müssen, so war es ihr vorgekommen.

Es war schön gewesen in Nerja mit dem alten Polizisten. Tryggve war ein angenehmer und sympathischer Mensch, und es war leicht gewesen, mit ihm zu sprechen. Sie würde ihn ganz bestimmt einmal zum Essen einladen, wenn er wieder zu Hause war.

Ninni öffnete den Kofferraum, hob ihre Tasche heraus und steuerte ihre Haustür an. Eine Katze schlich vorbei und maunzte.

»Lieber Gott, hast du mich erschreckt!«

Sie erkannte das Tier, es war der grau getigerte Kater der Nachbarin. Ein sehr liebes Tier, das gewöhnlich des Nachts durch die Gegend streifte. Manchmal in Begleitung eines anderen Grautigers. Sie sorgten für eine mausfreie Nachbarschaft, und dafür war Ninni dankbar.

Aber es lag nicht nur am Kater, Ninni beschlich das ungute Gefühl, dass sie nicht allein war. Hinter ihr waren Geräusche zu hören. Schritte? Sie wagte es nicht, sich umzusehen. Auf diesem kurzen Wegabschnitt waren – besonders zu dieser Tageszeit – selten Menschen unterwegs, schließlich handelte es sich um eine Sackgasse, dort schlenderte man nicht einfach mal entlang. Die meisten Häuser waren Sommerunterkünfte und standen gerade leer. Vielleicht jemand, der bei einem der Nachbarn am Ende der Straße zu Besuch gewesen war und sich nun auf dem Heimweg befand? Nichts, das sie kümmern musste. Noch wenige Meter, dann konnte Ninni den Schlüssel in ihre Haustür stecken, sie schnell wieder hinter sich schließen, und schon war sie in Sicherheit. Der Kater folgte ihr und maunzte weiter auffordernd. Die Schritte kamen noch näher, waren jetzt direkt hinter ihr. Ninni fuhr der Schreck in die Glieder, sie drehte sich hastig um.

»Oh, hallo.« Zu ihrer Verwunderung kannte sie die Person. »Was hat Sie denn in meine Nachbarschaft verschlagen?«

Die Anspannung fiel von ihr ab. Wie dumm von ihr, sich so aufzuregen.

Ein freundliches Lächeln begegnete ihr. »Was für ein ruhiger Abend, nicht wahr?«

»Da haben Sie recht. Aber es ist nicht ungewöhnlich, dass der Wind abends nachlässt. Was führt Sie hierher?«

»Ich bin zufällig hier. Einfach ziellos durch Visby zu schlendern und den Sonnenuntergang zu betrachten ist keine schlechte Idee. Und ich habe etwas gefunden, das Ihnen gehört, glaube ich.«

Der unerwartete Gast hielt einen Seidenschal mit Leopardenmuster in der einen Hand, hob mit der anderen Ninnis Haar an und legte ihr den Schal um den Hals. Die Hände verströmten einen eigentümlichen Geruch. Scheuermittel? Nein, Handcreme. Das Mütterhaus? Ninni erinnerte sich an eine verbeulte Metalltube mit abgeriebener Papierbanderole. Sie roch gut. Maniol hieß die Marke, lustig, dass sie sich an etwas so Ungewöhnliches erinnerte. Aber da war noch ein anderer Geruch, ein schärferer, etwas säuerlich, vielleicht Pfeifenrauch? Und dann fiel ihr eine raue Hand ein, die ihr über den Kopf und die Wangen gestreichelt hatte. Der Geruch. Eine Hand, die unter die Decke wanderte.

Ninni erschauderte und wollte nichts wie ins Haus. Sie musste dringend schlafen. Konnte dieser ungebetene Gast nicht einfach verschwinden? Sie drehte ihm den Rücken zu, um den Schlüssel ins Schloss zu stecken.

»Danke für den Schal, das war sehr aufmerksam«, sagte sie, »aber jetzt muss ich dringend weiter.«

Der nächtliche Wanderer kam näher. Stellte sich direkt hinter sie. Die Hände kamen näher. Wieder dieser eigentümliche Geruch.

»Wirklich, vielen Dank«, sagte Ninni, »aber ich gehe ...«

Ein heftiger Ruck am Hals. Der Schal zog sich zusammen, schnürte ihr die Luft ab.

»Was soll das?«, zischte sie unter großer Anstrengung.

Ninni brachte kein weiteres Wort heraus, nur ein fremdes Geräusch, das sie noch nie zuvor von sich gegeben hatte. Der Schlüssel fiel zu Boden. Sie schob einen Finger unter den Schal. Versuchte, ihn zu lockern. Aber die fremden Hände waren unnachgiebig und zogen den Schal nur noch fester um ihren Hals. Sie sollte schreien. Der Nachbar am Ende der Sackgasse hörte sie vielleicht. Aber kein Laut kam. Sie ballte die Hände zu Fäusten, schlug, riss am Jackenärmel ihres Widersachers. Aber der Schal zog sich nur noch fester. In ihrem Kopf hämmerte es. Ihre Kräfte verließen sie, während sie versuchte, den Blick auf das schwarze Meer gerichtet zu halten.

20

Mittwoch, 18. Mai

Anki stand am östlichen Stadttor und betrachtete die Menschen, die kamen und gingen. Einer von ihnen musste Susanne Bendelin sein, die sich selbst als schlanke Blondine beschrieben hatte. Ihr sprangen die reißerischen Überschriften der Boulevardblätter ins Auge, die mit fetten Buchstaben dieselbe Botschaft brüllten: *Brandanschlag auf Auto in Visby.* Es war schrecklich, dass diese Unart nun auch den Sprung nach Gotland geschafft hatte. Nie konnte man sich mehr freuen, das gesellschaftliche Klima wurde immer ungemütlicher. Sie hob den Blick erneut und schaute in die Menschenmasse. Die Beschreibung war treffend, Anki erkannte die Frau sofort, als sie das Spirituosengeschäft verließ, mit einer Tüte in jeder Hand. Das Haar war glatt, lang und blond, die Frau selbst dünn, fast mager, aus der Entfernung hätte man sie für ein junges Mädchen halten können. Je näher sie kam, desto deutlicher zeigten sich die Falten in ihrem verlebten Gesicht. Die Zeit hatte Spuren hinterlassen, sicher war sie einmal eine richtige Schönheit gewesen.

»Susanne Bendelin?«, rief Anki und ging auf sie zu.

Kurz glomm Freunde in den Augen der anderen auf. Ein Lächeln entblößte ungepflegte Zähne, eine Tatsache, der sie sich offenbar bewusst, war, denn sie wurde sehr schnell wieder ernst.

»Dann sind Sie Anki Karlsson?«, fragte Susanne Bendelin und stellte die Tüten ab.

»Ganz genau«, sagte Anki und schaute zu den Tüten. »Kann ich Ihnen beim Tragen helfen?«

»Nicht nötig, aber danke. Die nehm ich selbst, solang wir nicht weit gehen.«

»Ich dachte an das *Buchcafé* hier direkt an der Stadtmauer. Dort gibt es gute belegte Brote.«

Susanne rümpfte die Nase.

»Das ist mir zu religiös angehaucht. Mir wäre eher nach dem da.« Sie zeigte auf einen schmucklosen Imbiss, der mit einer Alkohollizenz warb. Anki lenkte ein, das war wahrscheinlich der beste Weg, die Frau zum Reden zu bewegen. Susanne klopfte ihr auf die Schulter, als wären sie alte Freundinnen.

»Es ist Mittagszeit, verdammt«, sagte sie. »Ich brauche meine Ration, Sie wissen schon.«

Nach dem Treffen mit Ninni Weström vergangene Woche war Ankis Neugierde nur noch größer geworden, und sie hatte beschlossen, selbst zu Frauen aus dem Mütterhaus Kontakt aufzunehmen. Vielleicht würde sie, die keine Journalistin war, ja mehr in Erfahrung bringen können als Ninni.

Kurz darauf saßen Susanne und Anki im Imbiss, jede einen Teller mit Grillwurst und Pommes frites vor sich. Einzige Beilage war ein Haufen Gewürzgürkchen sowie Ketchup, der lieblos über das gesamte Essen verteilt war. Susanne hatte sich ein Glas Wein dazu genommen, Anki eine Flasche Wasser mit Zitronengeschmack. Anfangs aßen sie schweigend, und Anki beobachtete Susanne dabei verstohlen. Sie schnitt die Wurst in winzige Stücke und steckte sich immer nur eins davon in den Mund. Genauso ging sie mit den Pommes vor. Jede Fritte wurde in mindestens fünf Teile zerlegt. Wenn sie so weiteraß, würden sie noch hier sitzen, wenn eigentlich Zeit fürs Abendessen wäre. Der Wein hingegen verschwand merklich schneller, sie holte sich bereits ihr zweites Glas.

»Wie wäre es«, setzte Anki an und legte das Besteck beiseite, »wenn Sie mir jetzt ein bisschen über das Mütterhaus erzählen? Weshalb waren Sie dort?«

»Warum sind Sie auch so sehr daran interessiert?«

»Auch?«

»Diese Journalistin hat mich schon ausgefragt. Sie wollte einen Artikel schreiben und hat mir ein altes Foto gegeben.«

Anki wollte am liebsten sofort mehr über das Foto wissen; sie durfte nicht vergessen, darauf zurückzukommen. So glaubwürdig wie möglich erklärte sie ihre Beweggründe und brachte stammelnd die Lüge hervor, dass sie Heimatforscherin war.

Susanne trank einen großen Schluck Wein.

»Ich wurde mit fünfzehn schwanger«, sagte sie. »Den Jungen hab ich mit sechzehn zur Welt gebracht.«

»Dann ist er ja mittlerweile schon ziemlich groß«, sagte Anki und lächelte.

Susanne starrte sie an und verzog den Mund.

»Das ist er sicher. Wenn er noch lebt. Ich habe ehrlich gesagt keine Ahnung.«

»Sie meinen …«

»Dass er adoptiert wurde, ja. Mehr gibt es dazu nicht zu sagen.«

Anki wollte für den Moment das Thema wechseln, weil

es für Susanne offenbar ein sehr schmerzhaftes war. Also fragte sie lieber weiter nach dem Mütterhaus.

»Und dann kamen Sie nach Smissarve«, sagte Anki. »Wie war es dort?«

Susanne stocherte im Essen herum und war wenig mitteilsam, selbst beim dritten Glas Wein. Anki versuchte alles, sie zum Reden zu bewegen, aber ohne Erfolg.

»Da war alles super«, sagte Susanne schließlich doch und lachte. »Nein, das ist gelogen, das war die Hölle dort, aber ich will nicht darüber sprechen. Dass die Artikel erscheinen, ist schlimm genug.«

»Warum?«, fragte Anki. »Es ist doch gut, wenn die Wahrheit ans Licht kommt.«

Susanne legte die Gabel beiseite und lehnte sich über den Tisch zu Anki.

»Es gibt Leute, die sich darüber aufregen könnten«, sagte sie leise.

Sofort musste Anki an die Drohung am Telefon denken, die Ninni bekommen hatte. Vermutlich wäre es sinnvoller, herauszufinden, wer dahintersteckte, als zu versuchen, Susanne weitere Informationen abzuringen.

Sie brachen auf, und Susanne lehnte Ankis Angebot ab, sie und ihre schweren Tüten nach Hause zu fahren. Anki schaute ihr nach und hatte das Gefühl, etwas vergessen zu haben.

»Warten Sie«, rief sie und lief ihr nach.

Susanne blieb stehen.

»Sie haben etwas von einem Foto erzählt«, sagte sie und versuchte, nicht zu schnaufen.

Susanne kam sehr nah, und es kostete Anki große Mühe, den Kopf nicht abzuwenden, um der Alkoholfahne zu entgehen.

»Ein schönes Gruppenfoto«, grinste sie. »Bewohner und Personal des Mütterhauses.«

Anki hätte das Foto zu gern gesehen.

»Warum hat sie es Ihnen gegeben?«, fragte sie.

»Sie meinte, ich soll es behalten«, sagte Susanne. »Und falls ich mich an jemanden vom Foto erinnere, soll ich sie anrufen.«

»Und? Haben Sie jemanden erkannt?«

Ein kurzes Grinsen huschte über Susannes Gesicht.

»Sie sind eine ziemlich neugierige Heimatforscherin«, sagte sie. »Ich hab es mir nicht noch mal angeschaut. Es steckt noch im selben Umschlag, in dem ich es bekommen hab.«

Damit hatte Susanne Bendelin alles gesagt, was sie preiszugeben bereit war, und zog von dannen. Anki kehrte zum Parkplatz zurück, enttäuscht, nicht mehr herausgefunden zu haben.

Sie verließ Visby und nahm die Landstraße 143. Weil Roma auf dem Weg lag, konnte sie genauso gut anhalten und einkaufen. Sie fand es wichtig, die lokalen Läden zu unterstützen, die so große Konkurrenz durch die riesigen Supermarktketten in der Stadt bekommen hatten. Zum dritten Mal an diesem Tag wählte sie Ninnis Nummer an, und zum dritten Mal erreichte sie nur die Mailbox, mit einer fröhlichen Ansage von Ninni. Dann kam ihr eine Idee. Vielleicht wusste ja jemand im Seniorenheim, wo Ninni steckte.

Eine Frau schaute sie fragend an, als sie durch die Tür kam. Name und Titel konnte Anki an ihrem Namensschild ablesen: Tora, Altenpflegerin.

»Guten Tag«, sagte Anki. »Ich würde gern wissen, ob

Ninni Weström gerade hier ist oder hier war. Also, Kerstin Weströms Tochter.«

»Und wer sind Sie?«, fragte Tora.

»Eine Freundin von Ninni«, sagte Anki.

Das war nur halb gelogen.

»Ich habe sie angerufen«, fuhr Anki fort, »aber ich erreiche sie nicht.«

Tora deutete zu einer Glaswand.

»Folgen Sie mir«, sagte sie. »Unsere Chefin würde Sie sicher gern treffen.«

Kurz darauf saß Anki der Heimleiterin gegenüber.

»Kein Grund zur Sorge«, sagte sie mit einem Blick in Ankis besorgtes Gesicht. »Wir haben auch schon versucht, Kontakt zu Ninni aufzunehmen. Ihrer Mutter geht es nicht so gut. Also, sie ist nicht todkrank, aber es würde ihr helfen, wenn ihre Tochter vorbeikäme. Ninni war schon ein paar Tage nicht da.«

Anki entspannte sich. Sie hatte die Befürchtung gehabt, sich aufzudrängen und nicht willkommen zu sein, doch diese Sorge war unnötig gewesen.

»Wir haben uns am Donnerstag getroffen, da bin ich auch mit ihr hergekommen. Davor waren wir auf einen Kaffee im *Romabrunnen*. Seither habe ich nichts von ihr gehört, ich kann sie einfach nicht erreichen.«

Die Heimleiterin seufzte. »Genauso lange haben wir ebenfalls nichts gehört, und heute ist Mittwoch. So fürchterlich lang her ist das also noch nicht.«

Da kam Anki ein Gedanke. Ninni war bestimmt im Ausland. Aber dass sie sofort nach Nerja aufbrechen würde, hätte Anki nicht gedacht. Allerdings war sie Journalistin und hatte sicher eine Deadline für ihre Artikel. Und nach Nerja flogen sicher jeden Tag mehrere Maschinen.

»Ich glaube, ich weiß, wen ich noch fragen kann«, sagte Anki. »Ich melde mich bei Ihnen.«

Sie setzte sich in den Eingangsbereich, der ganz entzückend mit antiken Möbeln eingerichtet war, weit entfernt von einer sterilen und langweiligen Station. Sie schickte Tryggve eine SMS. *Hast du vielleicht die schwedische Journalistin getroffen?*

Die Antwort ließ nicht lang auf sich warten. *Wieso?* Was für eine Antwort. Wieso? Er war sicher sauer, dass Anki sich einmischte. Manchmal war Tryggve anstrengend. Sie schrieb sofort zurück: *Mir egal, was du über mich denkst, aber ihrer Mutter geht es schlecht, und das Heim kann sie nicht erreichen. Ich weiß, dass Ninni dich besuchen wollte. Und ich habe dich bereits in einer mündlichen Nachricht vorgewarnt.* Anki schickt die SMS ab und tippte dann leicht mit dem Handy gegen ihren Oberschenkel, während sie in die Luft schaute. Eigentlich sollte sie längst auf dem Weg nach Hause sein und das Mittagessen für Maja vorbereiten. Was zum Henker sollte sie denn heute kochen? Aß Maja Fisch? Anki hatte vergessen zu fragen. Wenn ja, könnte sie einfach geräucherten Fisch und Kartoffelsalat kaufen. Doch als Anki gerade eine SMS an Maja schicken wollte, um sie nach ihrer Einstellung zu Fisch zu befragen, bekam sie eine Antwort von Tryggve. *Ninni war hier, aber hat das Hotel verlassen. Ich habe keine Ahnung, wohin sie aufgebrochen ist.*

21

Als Anki wieder in Mullvald eintraf, fühlte sie sich vollkommen leer. Die Gedanken an Ninni nagten an ihr, und das Treffen mit Susanne Bendelin hatte sie bewegt. Das Leben hatte der armen Frau übel mitgespielt.

An einen Reitausflug war nicht zu denken. Ihre vierbeinigen Freunde würden sich damit zufriedengeben müssen, dass sie sich kurz mit ihnen unterhielt, sie mit Futter und Wasser versorgte und die Boxen ausmistete. Sie selbst würde sich alsbald in die Sauna zurückziehen. Danach wäre es nur zu schön, sich einfach mit einem Glas Wein vor den Fernseher zu setzen, selbst wenn dies ein ganz normaler Wochentag war. Aber der Anblick der bemitleidenswerten Susanne konnte nachhaltig vom Konsum jedes berauschenden Mittels abschrecken. Der Wein war definitiv ihr einziger und ständiger Begleiter im Leben gewesen, doch seine Gesellschaft hatte sie auch bereits einiges gekostet.

Anki zog ihre Turnschuhe aus, hängte die Jacke an die Garderobe und schaute nach, ob ihre junge Mitbewohnerin zu Hause war. Sie fand ihre Enkelin auf dem Boden im Wohnzimmer inmitten unzähliger alter Fotos. Eins hielt sie in der Hand und betrachtete es eindringlich.

»Hallo«, sagte Anki. »Hier ist ja was los. Was machst du?«

Maja schaute verlegen von dem Foto auf.

»Ich schau mich nur ein bisschen um«, sagte sie. »Hab gedacht, ich finde vielleicht etwas, das ich noch im Aufsatz unterbringen kann. Der soll ja von Liebe handeln.«

»Und du glaubst, dass du zwischen den alten Fotos Inspiration findest?«, fragte Anki und sank neben Maja auf den Boden. »Himmel, was für ein Chaos, man findet ja gar nichts.«

Maja hielt eine Schwarz-Weiß-Aufnahme von einer jungen Frau mit einem Baby auf dem Arm hoch. Die Augen sorgfältig mit Lidstrich geschminkt, die Haare in einem gepflegten Pagenschnitt. Das Baby trug einen niedlichen karierten Rock und ein Hemdchen mit Kragenbesatz.

»Wer ist das?«, fragte Maja und reichte ihr das Foto. »Die Mutter ist superhübsch und das Baby total süß.«

Anki nahm ihr das Bild aus der Hand und strich mit dem Zeigefinger darüber. Sofort war da die Erinnerung an den Geruch des flaumigen Kopfs. Vor so langer Zeit.

»Das bin ich«, sagte sie.

Majas Lächeln ging plötzlich von Ohr zu Ohr.

»Das bist wirklich du? Du siehst so anders aus. Was für ein Mund! Haben sie dich damals *hot lips* genannt, Oma? Du hättest definitiv Werbung für Lippenstift machen können.«

Anki lachte, dabei tat es doch weh, dass all die jugendliche Schönheit verloren war. Wenn sie sich heutzutage im Spiegel betrachtete, sah sie eine alte, faltige Frau mit schmalem, verkniffenem Mund und hängenden Lidern. Dabei fühlte sie sich nicht älter als die schöne junge Mutter auf dem Foto.

»Ja«, seufzte sie. »Natürlich war ich da noch schöner, aber ich tröste mich mit dem Gedanken, dass jede Falte für eine Menge Erfahrungen steht.«

»Wann wolltest du die denn mal alle einkleben?«, fragte Maja. »Das ist ja praktisch dein ganzes Leben. Massenweise Fotos von Opa und dir und supersüße von Papa und Tante Jenny. Das hier sind sie doch, oder?«

Sie hielt Anki weitere Fotos hin. Sie zeigten Kinder im Alter von drei, vier Jahren, die sich am Skifahren versuchten. Anki erinnerte sich gut an diesen Urlaub. Sie hatten sich ein Haus in Funäsdalen gemietet, und eigentlich war alles gut, aber Christer konnte sich auch in dieser Woche nicht beherrschen, sondern war die meiste Zeit unterwegs, um zu feiern. Anki konnte die Kinder nicht allein lassen und war somit ans Haus gefesselt. Da hätte sie genauso gut daheimbleiben können.

»Woran denkst du, Oma?«

Anki blinzelte und schaute dann Maja an.

»An damals«, sagte sie. »Wie eigenartig Liebe sein kann, aber auch wie wunderbar, wenn man so wunderbare Kinder bekommt. Wo wir beim Thema Liebe sind, worüber hast du deinen Aufsatz jetzt eigentlich geschrieben?«

Maja wurde rot im Gesicht.

»So ziemlich über das, was du gerade gesagt hast«, antwortete sie. »Über die Liebe zwischen Eltern und Kindern und darüber, wie sie sein kann. Ich habe an meine Mutter gedacht.«

Anki streichelte Maja sanft über die Wange.

»Hast du mit ihr gesprochen?«

»Nur ganz kurz vor ein paar Tagen. Sie hat gefragt, wie es in der Schule läuft und so.«

»Mehr nicht?«

»Dass sie mich lieb hat, aber …«

»Na, das ist doch selbstverständlich. Das ist sicher alles auch nicht leicht für sie.«

Maja schaute sie mit großen Augen an. »Meinst du nicht?«

»Nein, absolut nicht. Sie wollte dich sicher nicht alleinlassen, aber für den Moment sah sie wohl keine andere Lösung. Aber ich sag dir was, sie kommt bestimmt wieder.«

Damit gab Maja sich für den Moment zufrieden und schien davon auszugehen, dass das Thema damit abgeschlossen war. Über das zu sprechen, was gerade in ihr vorging, war sicher keine leichte Übung. Anki wollte sie nicht drängen.

»Was willst du mit den Fotos machen?«, fragte Maja und hielt ein altes Klassenfoto von Anki in der Mittelstufe hoch. »Soll ich dir helfen, die einzukleben?«

Anki sah mit einem Mal die Chance, auf die sie seit Jahren gewartet hatte: Diese Arbeit von einem Enkelkind erledigen zu lassen, als Ferienjob. Also schlug sie zu, und es dauerte nicht lange, bis sie sich über die Bezahlung einig waren. Anki versprach, Alben zu kaufen, damit Maja die Fotos auch wirklich einkleben konnte.

»Wie steht's denn nun mit dem Aufsatz?«, fragte Anki. »Bist du bald fertig?«

Maja lächelte, wodurch sie noch mal bezaubernder aussah.

»Ich muss nur noch etwas unterbringen, einen kleinen Twist sozusagen. Das schaffe ich, wenn ich all die Bilder gesehen habe. Und dann kann ich ihn einreichen. Soll ich den mailen oder kann ich ihn auch persönlich in der Stadt abgeben?«

Anki stand auf und presste die Lippen aufeinander, damit

sie nicht laut stöhnte und schnaufte, weil ihre Knie protestierten.

»Wir bringen ihn in die Stadt«, beschloss sie. »Das ist doch bestimmt nett, ihn direkt an der Rezeption abzugeben. Und irgendwie feierlicher.«

Anki verschwand, um die Sauna anzustellen, und zog ihren Bademantel an. Während sie abwartete, dass der kleine Raum sich aufheizte, schenkte sie sich ein Glas Weißwein ein und legte eine schöne CD auf.

Dann machte sie es sich im Sessel gemütlich und schloss die Augen. Sven-Erik Magnussons herrliche Stimme war wie Balsam für die Ohren. Die Klänge von *Anita*, die er zu dem Gedicht von Gustaf Fröding komponiert hatte, strömten aus dem Lautsprecher.

Tapsende Schritte näherten sich. Anki öffnete widerwillig die Augen. Maja betrachtete sie, hinter ihr stand Putte mit schief gelegtem Kopf.

»Was ist das für ein Lied?«, fragte Maja.

»*Anita*, gesungen von meinen größten Idolen seit Kindertagen«, antwortete Anki. »Sven-Ingvars, aber von denen müsstest du doch schon mal gehört haben?«

Maja nickte. »Ja. Von denen kenne ich nicht so viel. Aber das Lied ist ziemlich cool.«

»Bei den Konzerten von Sven-Ingvars«, erzählte Anki, »war mächtig was los. Meine Freundinnen und ich standen immer ganz vorn, wir haben richtig für die geschwärmt.«

»Im Ernst?«

»Na klar.«

Maja lachte und setzte sich zu ihr, um das Lied bis zum Schluss zu hören. Beim letzten Ton stand Putte auf und ging zum Fenster. Er wuffzte einmal.

»Putte, ist da jemand?«, fragte Anki.

Der Hund ging an der Wand entlang und knurrte. Blieb am nächsten Fenster stehen und knurrte, die Nackenhaare aufgestellt.

»Psst«, machte Anki und folgte ihm mit dem Blick.

Er lief bis in die Küche, knurrte ab und zu. Anki folgte ihm langsam. Löschte das Licht und schaute hinaus. Stand da jemand am Baum? Huschte dahinter, damit man ihn nicht mehr sehen konnte? Anki blieb einen Moment stehen und konzentrierte sich auf den Baum, aber nichts weiter geschah. Putte drehte sich einmal um die eigene Achse, bevor er sich auf dem Teppich im Flur niederließ.

Maja war hinter ihr hergekommen und im Türrahmen stehen geblieben.

»Was ist denn mit Putte? Ist da draußen jemand?«, flüsterte sie.

Anki zog die Gardinen in der Küche zu und auch die im Wohnzimmer.

»Nein, das war vermutlich nur ein Fasan«, sagte sie. »Komm, wir hören weiter Musik.«

Sie klang nicht so sicher, wie sie wollte, und Maja schien nicht überzeugt. Nichts zu machen, das schöne Gefühl, das Wein und Musik bei ihr ausgelöst hatten, war wie weggeblasen. Putte irrte sich für gewöhnlich nicht. Da draußen war jemand, der sich nicht zu erkennen geben wollte.

22

Donnerstag, 19. Mai

Auf den letzten Drücker verließ Anki das Haus. Sie warf einen Blick auf die Uhr in ihrem Wagen und musste sich eingestehen, dass sie es nicht mehr rechtzeitig schaffen würde, bevor das Flugzeug landete. Nun denn, dann musste Tryggve eben warten. Er hatte sie gegen zwölf aus Arlanda angerufen, als sein Flug aus Málaga gelandet war. Und dann hatte er ihr mehr oder weniger befohlen, ihn vom Visby Airport abzuholen. Er klang verstimmt und war eine Woche eher zurückgekehrt als ursprünglich geplant.

»Du bist in Schweden?«, hatte Anki erstaunt reagiert. »Schon?«

Darauf hatte er nichts erwidert. Irgendetwas stimmte nicht, so viel war klar. Zur Sicherheit hatte sie Putte gleich mitgenommen. Anki wusste, dass die Laune seines Herrchens sich gleich bessern würde, wenn er seinen vierbeinigen Freund sah.

Ninni hatte bedauerlicherweise noch immer nicht von sich hören lassen. Sie war nach Nerja geflogen, so viel wusste Anki, dann hatte Tryggves SMS bestätigt, dass sie abgereist war, und seither hatte niemand sie gesehen. Gestern war ihr zweiter Artikel erschienen, der davon handelte, wie gut der Besuch des Mütterhauses manchen getan hatte. Sowohl Müttern als auch Kindern. Allen war es offenbar nicht so schlecht gegangen wie Susanne Bendelin, als sie dort eintrafen. Ninni hatte gründlich recherchiert, und jetzt war Anki richtig gespannt auf den dritten und letzten Artikel, der – so hatte Ninni angedeutet – mehr auf persönlichen Erfahrungen fußen würde.

Anki schaltete das Radio ein, trat aufs Gaspedal und sauste ein paar Stundenkilometer über der erlaubten Geschwindigkeit los. *Radio Gotlands* Jingle, der die Nachrichten ankündigte, endete genau in dem Moment.

»In Visby wurde die bislang nicht identifizierte Leiche einer Frau gefunden«, sagte die Sprecherin.

Anki drehte lauter.

»Die Polizei geht von einem Verbrechen aus. Den exakten Fundort will sie aus ermittlungstechnischen Gründen nicht preisgeben, genauso wenig die Todesursache. Eine Pressekonferenz wurde für heute sechzehn Uhr angesetzt.«

Anki erschauderte. Manchmal ging die Fantasie ja mit ihr durch, dennoch war es nicht unwahrscheinlich, dass es sich bei der Frau um Ninni handelte. Sie war schon seit ein paar Tagen spurlos verschwunden. Die Sprecherin hatte nicht direkt von Mord gesprochen, aber »Verbrechen« deutete doch schwer darauf hin, oder? Ninni hatte gesagt, nicht alle seien glücklich über ihre Artikelserie, und Anki war dabei gewesen, als Ninni telefonisch bedroht wurde: von einem Sohn, der wütend darüber gewesen war, dass Ninni bei seiner Mutter alte Wunden wieder aufriss. Den Namen des Mannes hatte sie nicht genannt, aber der Artikel hatte vor allem von drei Frauen gehandelt, die auch in Tryggves Notizbuch aufgetaucht waren. Außer Susanne Bendelin handelte es sich um Ulla Endrell und Inga Olofsson.

Susanne hatte ihr gegenüber erwähnt, dass eine der Frauen sich für etwas Besseres gehalten hatte. Und einen Sohn hatte sie ebenfalls dabeigehabt.

Wenn das Flugzeug pünktlich landete, würden sie die Pressekonferenz um sechzehn Uhr hören können. Sie ließ das Einkaufszentrum Skarphäll hinter sich, überquerte den Broväg, und als sie den Hangarväg entlangfuhr, sah sie das Flugzeug, das zur Landung ansetzte. Was würde Tryggve dazu sagen, dass Anki in seinen alten Aufzeichnungen geschnüffelt hatte? Ein Anflug von Reue überkam Anki. Sie hatte einiges zu erklären.

Obwohl Putte nicht der leichteste Vertreter seiner Art war, hüpfte und sprang er freudig herum, als sein Herrchen die Ankunftshalle verließ und auf den Parkplatz kam. Tryggves Miene hellte sich auf, und er streichelte sogleich seinen großen, geliebten Hund.

»O Putte. Schön, dich wiederzusehen, alter Freund. O mein Lieber, du hast dein Herrchen vermisst, das sehe ich.«

So plauderte er mit seinem vierbeinigen Kumpel und bemerkte fast Anki nicht, die danebenstand und die beiden mit einem Lächeln auf den Lippen betrachtete.

»Willkommen zu Hause«, sagte sie, als Putte sich beruhigt hatte.

Anki öffnete den Kofferraum, damit Tryggve seinen Koffer verstauen konnte.

»Neu, wie ich sehe«, kommentierte sie. »Gute Idee.«

Zur Antwort bekam sie nicht mehr als ein Brummeln. Die Freude, die Tryggve über Putte gezeigt hatte, war wie weggeblasen, und er begrüßte Anki mit Handschlag. Ganz wie damals, bei ihrem allerersten Zusammentreffen. Kaum hatten ihre Hände sich berührt, ließ er wieder los, als hätte er sich verbrannt. Merkwürdig. Anki wusste nicht, was sie dazu sagen sollte, entschied aber, erst einmal so zu tun, als wäre nichts.

»Du bist früh wieder zu Hause«, sagte sie.

»Zehn Tage reichen ja wohl«, murrte er.

»Klar, aber ich dachte, du hast die Wohnung für drei Wochen gemietet. Das hattest du mir zumindest gesagt.«

»Man kann seine Pläne ändern«, sagte er. »Und jetzt fahren wir.«

Um die Rückfahrt mit diesem biestigen und verdrießlichen Urlauber zu überstehen, musste Anki das Radio anmachen. Außerdem lief die Pressekonferenz sicher schon, und sie wollte hören, was die Polizei zu sagen hatte. Sie schaltete ein, tatsächlich hatte die Pressekonferenz gerade angefangen. Anki warf einen Blick zu Tryggve, der aufmerksam zuhörte. Schnell bog sie auf die Einfahrt einer unbemannten Tankstelle ab und hielt an.

»Du, ich bin noch gar nicht dazu gekommen, dir alles zu erzählen«, sagte sie.

»Psst! Leise!« Tryggve hielt den Zeigefinger in die Luft.

23

Anki stellte den Motor ab, und sie lauschten dem, was die Polizei zu berichten hatte. Jemand rief zur Ordnung, offenbar der Pressesprecher der Polizei Visby.

»Die Tote ist identifiziert, und wir können hiermit bestätigen, dass es sich bei der weiblichen Leiche, die an einem schwer zugänglichen Ort innerhalb der Stadtmauern Visbys gefunden wurde, um die sterblichen Überreste der Journalistin Ninni Weström handelt. Es besteht außerdem kein Zweifel daran, dass sie umgebracht wurde. Wir haben noch keine Spur des Täters. Die Angehörigen wurden in Kenntnis gesetzt.«

Anki schaute zu Tryggve. Er war blass, aber gefasst. Die Bräune, die er aus Spanien mitgebracht hatte, war mit einem Mal nicht mehr so intensiv, seine Kiefermuskeln waren angespannt. Für die folgenden Fragen der Journalisten schien er sich nicht zu interessieren, denn er schaltete das Radio ab.

»Dienstag ist sie abgereist«, murmelte er. »Möglich, dass sie seitdem tot ist. Sie hat mich mit Fragen zu einem alten Fall überrumpelt, in dem ich als junger Polizist ermittelt habe. Ich dachte, sie bleibe länger, aber Dienstag war sie einfach fort.«

»Ich weiß von dem alten Fall«, gestand Anki.

Tryggve schaute sie wütend an, und Anki biss sich auf die Lippe.

»Anki?«, sagte er auffordernd.

Sie konnte es genauso gut jetzt hinter sich bringen. Er würde sich ja doch aufregen, egal, wann sie es ihm erzählte, das ließ sich nicht ändern.

»Ich habe dein Notizbuch von damals gefunden«, sagte sie und schluckte.

Er starrte sie weiter an.

»Und habe mit einer der darin genannten Personen gesprochen. Ich dachte, ich könnte vielleicht beim Entwirren helfen.«

Er hätte weiß Gott was sagen können. Schreien, klagen, ausrasten. Und all das hätte sich wesentlich besser angefühlt. Aber Tryggve machte nichts dergleichen. Er starrte einfach ins Leere.

»Leihst du mir mal dein Handy?«, fragte er schließlich verkniffen. »Bei meinem ist der Akku leer.«

Wortlos reichte sie ihm ihr Telefon.

»Ja, hallo Mats, ich bin's«, sagte er, als am anderen Ende abgehoben wurde. Er klang unendlich traurig. »Ja, ich bin gerade gelandet und habe es im Radio gehört. Ich würde dich gern treffen, weil ich vielleicht weiterhelfen kann. Habt ihr ... sie ... ihre Leiche schon geborgen? Nicht? Wo parkt man denn da am besten? Okay, machen wir. Bis gleich.«

Er legte auf.

»Fahr durch das Nordtor«, sagte er. »Von hier einfach geradeaus.«

»Wohin fahren wir?«

»Zum Fundort. Ich zeige dir den Weg, die Visbyer Innenstadt kenne ich wie meine Westentasche.«

Anki stand auf einem Hügel und blickte über die roten Dächer der Stadt hinweg. Mindestens zwei Kirchenruinen konnte sie zwischen den Häusern erkennen, und links von ihr ragten die drei Türme der Domkirche in den Himmel. Das Meer glitzerte in der Frühlingssonne, der Himmel war blau mit vereinzelten Wölkchen. Was für eine friedliche Idylle, die durch einen brutalen Mord zerstört worden war.

Anki hatte den Wagen in eine winzige Parklücke gezwängt, dann waren sie einem schmalen Pfad gefolgt, der parallel zur Straße verlief. Putte wäre gern mitgekommen, aber Tryggve hatte ihn im Auto gelassen. Das Gebiet war weiträumig abgesperrt worden, und Mats Myrstedt hatte Tryggve fragend angeschaut, als er Anki entdeckte. Sie trafen nicht zum ersten Mal aufeinander, er hatte schon häufiger miterlebt, dass Anki in brenzlige Situationen geriet, aber er konnte sich offenbar nicht an den Gedanken gewöhnen, dass sein ehemaliger Kollege nun Morde zusammen mit einer Amateurin löste. Tryggve hatte nur gemurmelt, dass das schon in Ordnung gehe, woraufhin Mats das Absperrband anhob und Anki den beiden Polizisten bis zum Rand der Kalksteinklippe folgen konnte.

»Ich muss euch vorwarnen«, sagte Myrstedt. »Das ist kein schöner Anblick. Hier hat der Täter das Opfer entsorgt.«

Ein paar Meter unterhalb von ihnen war ein kleiner Schuppen mit Dachziegeln. Daran war erst mal nichts Besonderes, aber Anki folgte mit dem Blick Mats Myrstedts ausgestrecktem Finger und schaute geradewegs in einen Hohlraum zwischen dem Schuppen und der steilen Felswand. Sie schlug die Hand vor den Mund und atmete keuchend ein, als sie direkt in Ninnis lebloses Gesicht sah. Obwohl Myrstedt sie vorgewarnt hatte, bereitete nichts auf diesen Anblick vor. Ninnis dunkles Haar lag wie ein Kranz um ihren Kopf, am Hals war ein blauroter Streifen zu sehen. Alle frischen Farben waren fort, die Haut unnatürlich blass. Bei ihr waren zwei Kriminaltechniker in ihren weißen Einwegoveralls, eine Metallleiter lehnte an der Felswand. Die beiden hatten sich auf Mats' Anweisung ein paar Schritte entfernt, damit die Kollegen von oben die Leiche betrachten konnten.

»Von dort unten«, sagte Mats und deutete hinunter, »ist die Leiche fast unmöglich zu sehen. Nur weil die Pflanzen noch nicht ganz aufgeblüht sind, konnte man sie überhaupt entdecken.«

»Wie ich sehe, habt ihr gerodet«, stellte Tryggve fest und trat gegen einen Haufen frisch abgesägter Äste am Boden.

»Stimmt, wir haben gerodet.«

»Wer hat sie gefunden?«

»Ein Hundehalter, der täglich hier entlanggeht«, antwortete Myrstedt. »Der Hund läuft hier frei.«

»Und hat sich bis an die Kante vorgeschnüffelt?«

»Genau. Einer Hundenase macht man nichts vor.«

»Zur Hölle!«, brach es aus Tryggve heraus. »Sie hätte ja ewig unentdeckt dort unten liegen können. Gibt es Anzeichen von Gegenwehr?«

»Dazu gibt es bislang keine Erkenntnisse. Die Rechtsmedizinerin wird die Leiche genauer unter die Lupe nehmen, sobald wir sie geborgen haben.«

»Wie lange liegt sie schon dort?«, fragte Anki.

»Die Kollegen dort unten haben über die Jahre eine Menge zu Gesicht bekommen, und sie sind sich sicher, dass es höchstens drei Tage sein können. Aber das wird die Rechtsmedizinerin genau bestimmen. In solchen Momenten wäre es schön, wenn sie auf der Insel wäre und nicht in Stockholm säße.«

»Ist das diese Frau, die noch nicht besonders alt ist, aber sehr, sehr kundig?«

»Natalie Edvardsson«, bestätigte Mats. »Sie ist eine hervorragende Pathologin. Dank Flugzeug müsste sie bald hier sein.«

Anki erinnerte sich an sie und an das, was Kriminalkommissar Anders Klintvall über sie gesagt hatte, als sie neu war. Jung, hübsch und unverschämt clever. Laut Klintvall eine lebensgefährliche Kombination, was immer er damit meinte.

»Wenn ich nur schon das Motiv wüsste«, sagte Mats und ging ein Stück an der Kante entlang.

»Das kann ich wohl beisteuern«, sagte Tryggve. »Ihre Artikelserie hat böses Blut erzeugt.«

»Artikelserie?«

»Lies die *Dagens Nyheter*«, schlug Tryggve vor. »Oder nimm am besten direkt Kontakt mit der Redaktion auf. Sie hat unangenehme Wahrheiten über ein ehemaliges Mütterhaus in Smissarve geschrieben. Es ging um sexuellen Missbrauch. Da wäre es nicht verwunderlich, wenn gewisse Menschen nicht wollen, dass all das ans Licht kommt.«

Myrstedt notierte dies in seinem Smartphone.

»Der Abdruck am Hals lässt nur einen Schluss zu«, sagte Tryggve. »Erwürgt.«

Anki sah, wie schwer es ihm fiel, das Wort auszusprechen.

»Zweifellos«, bestätigte Myrstedt, »wir wissen nur noch nicht, womit. Natalie wird sich das genauer ansehen. Dem Abdruck nach zu urteilen handelte es sich jedenfalls nicht um Klavierdraht oder Angelschnur. Er sieht gröber aus.«

»Und andere Verletzungen gibt es keine? Keine Stichwunden?«, fragte Tryggve.

»Nein, und die Kratzer im Gesicht stammen vermutlich von den Ästen, die sie beim Fallen gestreift hat.«

Anki musste gegen plötzlich aufkommende Übelkeit ankämpfen. Tryggve deutete zum Haus hinter ihnen.

»Wurde sie von dort hierhergeschleppt und dann hinuntergestoßen?«, fragte er. »Der Tatort ist schließlich sicher nicht dort unten.«

»Wie gewöhnlich hast du recht«, sagte Mats Myrstedt. »Wir glauben, dass sie in der Nähe ihres Hauses ermordet wurde. Das kleine gelbe Haus dort gehört ihr.« Er deutete zu einer Reihe bezaubernder Häuschen, die gerade alle unbewohnt wirkten. Es standen nur ein paar Polizisten davor. Viele der Häuser diesseits der Stadtmauer waren Sommerhäuser, in einem Monat würde es hier viel lebhafter zugehen.

»Schleifspuren?«

Myrstedt nickte.

»Ja, wir haben welche gefunden. Selbstverständlich hatten wir schon Kontakt zum Hausbesitzer, dem auch der Schuppen gehört. Es gibt keine andere Möglichkeit, die Leiche hinter das Haus zu bekommen, als von hier oben. Das haben wir schon geprüft.«

»Zeugen?«

»Wir haben schon überall vorgesprochen, aber die meisten Häuser stehen zu dieser Zeit noch leer.«

»Aber dieses Leichenversteck ...«, setzte Anki an.

Weil die beiden Männer sie sofort anstarrten, verstummte sie.

»Leichenversteck ist wirklich eine passende Umschreibung«, sagte Mats Myrstedt, und Anki erahnte einen Funken Bewunderung in seiner Stimme.

»Also, dieses Leichenversteck«, fuhr sie fort, »das findet man eher nicht per Zufall, oder? Das kennt man.«

Tryggve schaute sich um. Mats rieb sich das rasierte Kinn.

»Wahrscheinlich«, sagte er schließlich.

»Und wer es kennt, wohnt in der Nähe oder war zumindest schon häufiger hier«, schlussfolgerte Anki.

»Oder«, sagte Tryggve und machte eine ausladende Geste, »man kennt sich hier seit Kindertagen aus. Auf diesem Hügel waren wir häufig, als ich noch jung und wild war. Um Mädchen zu treffen, heimlich zu rauchen oder zu trinken.«

Anki versuchte sich ihren guten Freund als rebellischen Halbstarken in Visby vorzustellen, aber es gelang ihr nicht recht. Hatte er wohl einen Motorroller gehabt oder eher einen der damals so beliebten amerikanischen Straßenkreuzer? Sie würde bei passender Gelegenheit darauf zurückkommen. Er hatte sicher alte Fotos, die er ihr zeigen könnte.

»Der Schuppen sieht so aus, als stünde der hier schon immer«, sagte Myrstedt. »Wer hier aufgewachsen ist, wird ihn kennen.«

Anki beobachtete Tryggve, der sich aufmerksam umschaute, um ja nichts zu übersehen. Der erfahrene Kriminalbeamte. Seine etwas jüngeren früheren Kollegen waren sicher hoch qualifiziert, aber hoffentlich konnten ein geschulter Adlerblick und ein erfahrenes Bauchgefühl helfen.

»Dann holt ihr sie jetzt hoch?«, fragte Tryggve und wandte sich wieder an seinen ehemaligen Kollegen.

»Ja. Die Kriminaltechniker sind noch beschäftigt, aber ich habe schon bei einer Firma aus Västergarn eine Winde bestellt. Es dauert eine Weile, bis die hier sind, aber anders bekommen wir sie nicht dort heraus.«

Tryggve seufzte so schwer, wie Anki ihn noch nie hatte seufzen hören.

»Wie unwürdig«, sagte er. »Dass es so enden musste. Sie war so lebensfroh und hatte noch so viel vor.«

»Wie gut kanntest du sie denn?«, fragte Myrstedt.

Anki betrachtete Tryggve genau.

»Tja, wie gut, wie schlecht, wer soll das sagen? Aber wie am Telefon erwähnt, habe ich vielleicht Informationen für dich, die weiterhelfen könnten. Ninni und ich haben uns vor ein paar Tagen in Nerja getroffen, bevor sie zurückreiste und …«

Die Stimme versagte ihm, er musste ein paarmal schlucken. Mats klopfte ihm auf die Schulter. Anki sah, dass er sich schnell wieder sammelte.

»… ermordet wurde«, fuhr er fort. »Sie hat erwähnt, dass sie bedroht worden ist.«

Anki hatte ihm noch nichts davon erzählt, dass sie mitbekommen hatte, wie Ninni am Telefon bedroht wurde. Aber das konnte sie immer noch erwähnen, sollte sie selbst vernommen werden.

»Anki, geh zum Auto«, sagte Tryggve, und sie konnte hören, dass es ihn große Mühe kostete, gefasst zu klingen. »Ich komme auch gleich.«

24

Tryggve hatte mit Anki gesprochen, als wäre sie ein Hund oder ein Kleinkind, aber ihr war gleichzeitig bewusst, wie unpassend es wäre, wenn sie blieb, während Myrstedt ihn mehr oder weniger vernahm.

Also kehrte Anki zum Auto zurück, lehnte sich dagegen und sah sich um. Wie schrecklich, Ninnis Leiche einfach dort zu entsorgen. Herrje, es war ebenso unangenehm wie unbegreiflich, die so sympathische Ninni dort liegen zu sehen. Nur noch ein lebloser Körper, sonst nichts. War es wirklich möglich, dass sie wegen der Artikel ermordet worden war? So extrem waren sie doch gar nicht gewesen.

Aus einem der Häuser kam eine Polizistin. Zuvor waren mehrere Kriminaltechniker darin verschwunden, das hatte Anki gesehen, außerdem stand ihr Wagen direkt davor. Anki schaute noch einmal zu der uniformierten Frau hinüber und erkannte Camilla Persson. Sie wohnte im Nachbarort Kajpe Kviar. Anki kannte sie gut genug, dass sie sich grüßten, wenn sie einander sahen. Also ging sie zum Haus und blieb am Absperrband stehen. Camilla Persson duckte sich gerade darunter hindurch.

»Hallo Camilla«, sagte Anki.

»Oh, nanu! Was machen Sie denn hier?«

Anki nickte in Richtung von Mats Myrstedt, der noch immer mit Tryggve sprach.

»Ich habe meinen Nachbarn vom Flughafen abgeholt«, sagte sie, »und er wollte herkommen. Ich gehöre nicht zu diesen Sensationslustigen, die einem Feuerwehrwagen oder Polizeiauto hinterherradeln, wenn sie mit Blaulicht und Sirene vorbeifahren.«

»Nicht?«, fragte Camilla und lächelte. »Also, ich kann mich sehr gut daran erinnern, dass Sie schon häufiger an vorderster Front standen. Beim Mord draußen in Mullvald zum Beispiel, da waren Sie auch ziemlich interessiert und aktiv, wenn mich nicht alles täuscht.«

Darauf erwiderte Anki nichts. Camilla hatte recht, und Anki konnte die Tatsache nicht abstreiten, dass sie sich damals sehr engagiert hatte.

»Ich kannte Ninni Weström«, sagte sie stattdessen. »Wir haben uns getroffen, wenige Tage bevor sie ... ermordet wurde. Das ist wirklich traurig.«

»Ja, fürchterlich«, sagte Camilla und steuerte ihren Wagen an.

»Wissen Sie, wie lang die Leiche schon dort liegt?«, fragte Anki und folgte ihr. »Vielmehr, wann, glauben Sie, wurde sie ermordet?«

»Die Techniker sagen, dass es zwei, vielleicht drei Tage her ist.«

»Dann hat Tryggve recht.«

»Womit?«

»Er meint, Ninni hatte kaum wieder heimischen Boden unter den Füßen, als der Mörder zuschlug. Tryggve hat sich in Spanien mit ihr getroffen. Ich frage mich, ob die Arme es überhaupt bis nach Hause geschafft hat.«

Camilla betrachtete sie einen Moment, bevor sie antwortete.

»Vermutlich erzählt er das gerade Myrstedt«, sagte sie und nickte zu den beiden Männern hinüber, »aber gut zu wissen. Ich merke es mir, falls dem werten Herrn dieses Detail entfällt. Und jetzt muss ich leider weiter.«

Ankis Handy vibrierte. Sie zog es schnell aus der Tasche und schaute auf das Display. Ein Foto von Jenny und ihren Kindern erschien. Anki drückte auf den Button, der automatisch antwortete, dass sie bald zurückriefe, und ließ das Telefon wieder in der Tasche verschwinden. Jenny hatte ein unfassbares Talent dafür, genau in den Momenten anzurufen, in denen es ernst wurde. Anki würde sich später bei ihr melden müssen, gerade interessierte sie sich für anderes.

»Nur eins noch«, sagte Anki. »Wie sieht es im Haus aus? War jemand dort?«

Camilla drehte sich zu ihr um und schenkte ihr ein warmes Lächeln.

»Anki Karlsson«, sagte sie. »Die Miss Marple von Mullvald. Sie sind einfach zu neugierig. Trotzdem verrate ich Ihnen: Dort drinnen ist alles verwüstet. Nach irgendetwas wurde gesucht, aber es scheint nichts Wertvolles entwendet worden zu sein.«

»Und haben Sie ihren Wagen schon untersucht?«, blieb Anki dran.

»Hier steht kein Auto«, sagte Camilla, während sie auf ihr Handy schaute. »Verdammt, jetzt hab ich's wirklich eilig. Wissen Sie, was für einen Wagen sie gefahren ist? Selbstverständlich können wir eine Abfrage über das Fahrzeugregister machen, aber falls Sie es wissen, könnten Sie uns den Weg abkürzen.«

»Eigentlich kenne ich mich mit Autos nicht so gut aus«, sagte Anki, »aber ihres hab ich mir gemerkt, weil mein verstorbener Gatte das gleiche Modell fuhr. Einen alten blauen Volvo 460. Der war in den Neunzigern angesagt.«

Wieder lächelte Camilla warm. »Dumm sind Sie nicht, Miss Marple.«

Camilla steckte zwei Finger in den Mund und stieß einen Pfiff aus, der noch eine Weile zwischen den Häuserdächern nachhallte. Mats und Tryggve, die gerade mal fünfzig Meter entfernt standen, schauten sofort zu ihr.

»Kommst du mal her, Myrstedt?«, rief sie.

Mats Myrstedt ging auf sie zu, ließ Tryggve für einen Moment allein zurück.

»Der ausgebrannte Wagen, der neulich bei Gustavsvik gefunden wurde«, sagte Camilla, »wissen wir schon, was das für ein Fabrikat war?«

»Ja«, antwortete Myrstedt, »das wollte ich später mit euch besprechen, falls es eine Verbindung gibt. Das war ein Volvo, ein kleineres Modell. Welches genau, weiß ich gerade nicht aus dem Kopf.«

»460«, sagte Anki.

»Genau. Woher wissen Sie das?«

Anki zuckte mit den Schultern.

»Anki hat ihn gesehen«, erklärte Camilla. »Und es gibt eine Verbindung. Ninni Weström fuhr so einen.«

Anki hatte sich gerade von Camilla verabschiedet, da kam Tryggve den Hügel heruntergeschlichen. Als sie ihn vor nicht mal einer Stunde am Flugplatz in Empfang genommen hatte, waren seine Schritte noch voller Energie gewesen. Anki schloss das Auto auf, setzte sich auf den Fahrersitz und wartete auf ihn. Schweigend machten sie sich auf den Rückweg. Erst als sie sich Mullvald näherten, öffnete Tryggve den Mund.

»Was hast du angestellt, nachdem du dir mein Notizbuch geschnappt hast?«, fragte er tonlos.

»Nicht viel«, antwortete sie. »Ich habe es gelesen, mit Ninni Weström gesprochen, ja wir haben sogar ihre Mutter besucht. Sie hatte damals Anzeige erstattet. Aber das weißt du ja selbst.«

Tryggve schaute verkniffen geradeaus und sagte nichts dazu. Er schien tief in Gedanken versunken.

»Und ich habe mich mit Susanne Bendelin getroffen«, gab Anki zu, »aber sie wollte nicht viel verraten.«

»Das war ja zu erwarten.«

»Von Susanne?«

»Nein, von dir. Wie kannst du dich denn einfach in Dinge einmischen, die dich nichts angehen?«, blaffte er sie an.

»Bei Inga Olofsson war ich noch nicht. Das steht noch aus. Genauso mein Besuch bei Ulla Endrell.«

»Wahrhaftig, das ist ja sensationell. Anki Karlsson hat nicht in allem herumgeschnüffelt, was ein ehemaliger Kriminalbeamter zurückgelassen hat. Da kann man nur danken.«

Anki blieb still. Es lohnte nicht, sich zu verteidigen, er hatte schließlich recht. Sie hatte sich eingemischt. Sogar in seinen privaten Aufzeichnungen gestöbert, was unverzeihlich war.

Sie hatten Mullvald erreicht, und Anki bog ab Richtung Meer und auf Tryggves Hof. Ohne ein Wort stieg er aus und knallte die Tür zu. Anki schnallte sich ab, öffnete die Tür und stieg ebenfalls aus. Dass er sich unter diesen Umständen nicht fürs Abholen bedankte, konnte sie vollends verstehen, außerdem schuldete sie ihm eine Entschuldigung. Sie holte tief Luft und wollte gerade dazu ansetzen, da kam er ihr zuvor.

»Wenn du dich nicht eingemischt hättest, wäre Ninni vielleicht noch am Leben!«, brüllte er in einem Ton, den sie bisher noch nicht von ihm kannte.

Sie keuchte. Das war eine Überreaktion. Anki hatte schließlich nicht damit angefangen, alte Steine umzudrehen, um unbequeme Wahrheiten zu finden, das hatte Ninni ganz allein getan.

»Ich finde, jetzt bist du ungerecht«, sagte sie und ärgerte sich darüber, dass ihr Tränen in die Augen traten. Sie blinzelte sie fort.

Tryggve öffnete den Kofferraum, rupfte seinen Koffer heraus und rief Putte aus dem Wagen.

»Ich weiß nicht, was mit dir los ist«, sagte Anki, »normalerweise bist du so sachlich und professionell in allen Lebenslagen. Gerade scheinst du nicht ganz bei Trost zu sein. Natürlich ist dieser Mord absolut schrecklich, aber … ja … Was ist denn los mit dir?«

Er stellte den Koffer ab, blieb mit hängenden Schultern stehen und schaute sie aus müden Augen an.

»Ninni tauchte ganz unerwartet in Nerja auf«, fing er an. »Wir hatten eine schöne Zeit zusammen, und ich fand sie charmant. Ich war verzückt.«

»Verliebt?«

»Ach, so würde ich es nicht formulieren. Man kann sich schließlich gut verstehen, ohne dass gleich Liebe im Spiel ist. Ich würde bei ›verzückt‹ bleiben. Sie war eine außerordentliche Frau, eine charmante Freundin.«

Anki wusste nicht, was sie sagen sollte. Die Entschuldigung, die ihr auf der Zunge lag, wollte nicht raus. Also verabschiedete sie sich schnell, setzte sich wieder ins Auto und startete den Motor. Auf dem Rest des Weges schlug sie mehrfach mit der Faust gegen das Lenkrad und fluchte über sich selbst. Ein unangenehmer Anflug von Eifersucht hatte sie überkommen, als er gesagt hatte, dass Ninni ihn verzückt hatte. Woher kam das? Sie war so dumm! Anki hatte weder einen Grund noch ein Recht, solche Gefühle gegenüber der armen, ermordeten Ninni Weström zu empfinden.

25

Freitag, 20. Mai

Beeil dich«, schnauzte Raymond und starrte wütend zu seiner Frau hinüber, die sich unendlich viel Zeit damit ließ, die Haustür abzuschließen.

Terttu war niemand, den man hetzen konnte, das wusste er. Langsam näherte sie sich dem Auto und inspizierte dabei den Vorgarten, in dem es wuchs und spross.

»Na endlich«, sagte Raymond, als sie schließlich die Beifahrertür geschlossen und sich angeschnallt hatte.

Er trat unnötig heftig aufs Gaspedal, schlug am Kreisverkehr das Lenkrad ein und nahm die Abfahrt nach Slite.

»Warum bist du so wütend?«, fragte Terttu. »Die Sonne scheint, und die Bäume, Büsche und Blumen fangen an zu blühen. Es gibt doch gar keinen Grund, verärgert zu sein.«

Er trat wegen eines Fußgängers auf die Bremse, der im Begriff war, die Straße zu überqueren, und die Dreistigkeit besaß, dies nicht an der als Übergang gekennzeichneten Stelle zu tun.

»Wir haben es eilig«, sagte Raymond. »Mein Sprachcafé fängt in einer halben Stunde an, und du hast doch auch einiges zu tun. Wie viele Gäste kommen denn heute?«

»Ich vermute mal, alle, schließlich gehörte der Verstorbene zu den ältesten Gemeindemitgliedern. Er ist sechsundneunzig gewesen.«

Terttu streckte die Hand aus und stellte *Radio Gotland* ein, wo über den Mord berichtet wurde.

»Die Polizei hat eine Verbindung zwischen dem ausgebrannten Fahrzeug, das am Mittwoch in Gustavsvik gefunden wurde, und dem Mord an Ninni Weström herstellen können«, sagte der Sprecher.

»Müssen wir uns das anhören?«, fragte Raymond. »Schalte lieber *P2* an, mir ist nach Musik.«

»Ich möchte wissen, wie es weitergeht«, sagte Terttu.

»Ach, es ist tragisch, aber ich höre doch so schon genug über Leid und Elend den lieben langen Tag. Lass die Polizei doch einfach ihre Arbeit machen. Wir erfahren schon noch früh genug, wenn sie herausgefunden haben, wer sie ermordet hat.«

»Wie du willst«, sagte Terttu und schaltete das Radio aus. »Was hast du heute mit den Flüchtlingen vor?«

Raymond verlangsamte und machte einen Bogen um einen Fasan, eher er wieder beschleunigte.

»Geflüchtete«, korrigierte er seine Frau. »Ich wollte mit ihnen rausgehen. Es ist so schönes Wetter, wir könnten uns die Vögel anschauen und über das Jedermannsrecht sprechen und es uns einfach gut gehen lassen. Außerdem braucht ihr doch vermutlich eure Ruhe im Gemeindesaal und in der Küche?«

»Ja, wäre schon gut, wenn ihr nicht da wärt. Wir müssen ja ein ganzes Mittagessen vorbereiten, das wird etwas aufwendiger. Aber zwei der syrischen Frauen haben versprochen, uns zu helfen.«

Raymond streckte die Hand aus und tätschelte Terttus Oberschenkel.

»Das ist wirklich toll von euch«, sagte er, »sie freuen sich sicher darüber, etwas zu tun zu haben.«

Schweigend fuhren sie weiter. Erst als sie auf den Pfarrhof von Smissarve einbogen, sprach Terttu wieder.

»Manchmal frage ich mich, ob es ein Fehler war, nach Schweden zurückzukehren.«

Raymond hob die Augenbrauen und starrte sie an.

»Wie meinst du das? Was hätten wir denn sonst tun sollen?«

»In Spanien bleiben, zum Beispiel.«

»Wir können doch nicht ewig weiterarbeiten, wir sind Rentner.«

Sie öffnete die Tür und setzte einen Fuß hinaus.

»Wir arbeiten doch hier auch«, sagte sie, »da hätten wir genauso gut ehrenamtlich eine Gemeinde im Ausland unterstützen können. Und dann hätte ich dieser Person nicht begegnen müssen.«

»Wem?«

»Du weißt genau, wen ich meine«, sagte Terttu und schlug die Tür zu.

26

Der letzte Tag der Woche war angebrochen, und Anki hatte sich lustlos im Stall herumgedrückt. Ihr fehlten die Spaziergänge mit Putte, so einer hätte ihr jetzt gutgetan und einen beruhigenden Effekt auf sie gehabt. Aber er war nach Hause zurückgekehrt, und Anki musste zugeben, wie schön es gewesen war, einen Hund zu haben. Der Mord an Ninni beherrschte ihre Gedanken, und sie wollte gern mehr herausfinden. Ninnis Mörder musste so schnell wie möglich gefasst werden, und wenn die Tat mit den Geschehnissen im Mütterhaus zusammenhing, war es wichtig, diesen auf den Grund zu gehen. Dass Anki Tryggve gegenüber gesagt hatte, Inga Olofsson und Ulla Endrell noch nicht besucht zu haben, heizte sie nur noch mehr an. Und da er sowieso schon wütend auf sie war, konnte sie ja genauso gut weitermachen und Kontakt zu den beiden Frauen aufnehmen.

Anki ging ins Haus und sagte Maja, dass sie etwas erledigen musste.

»Kommst du allein klar?«, fragte sie.

Seit dem Abend, an dem Putte geknurrt hatte, war Anki vorsichtiger. Die Vorstellung, dass jemand ums Haus schlich, war nicht sonderlich beruhigend, ganz besonders nicht nach Ninnis Tod.

»Sicher. Wann bist du zurück?«, fragte Maja.

»Das kann ich noch nicht absehen, aber spätestens um acht, schätze ich. Dann ist es noch hell. Bis später! Und ruf an, wenn du was brauchst.«

Nach einer gut dreiviertelstündigen Fahrt in südlicher Richtung bog Anki von der Landstraße ab und fuhr auf einem langen, geraden Weg direkt in den Wald hinein. Inga Olofssons Hof zu finden war nicht ganz leicht, aber dank GPS ging es. Sie wohnte am südwestlichen Ende der Insel.

Nach wenigen Kilometern auf dem schmalen Weg tauchte der Hof endlich auf. Anki parkte den Wagen vor dem Haupthaus. Gotländische Höfe waren sehr ähnlich aufgebaut. Das Stallgebäude lag für sich, durch einen Zaun oder Steinwall vom restlichen Hof abgetrennt, auf dem das Wohnhaus stand. Dieser Bereich war für gewöhnlich schön angelegt mit Grasflächen und Blumenbeeten. In diesem Fall waren die Blumenrabatten planiert worden, der Großteil des Hofs war von Rasen bedeckt, der frisch gemäht schien.

Anki stieg aus und schaute sich um. Das Falunrot des Wohnhauses war verblasst, vom ehemals weißen Sockel blätterte der Putz ab. Vor dem Haus stand verrostetes Gerät herum: eine alte Egge und ein Heuwagen, der sicher zuletzt verwendet worden war, als man ihn noch von Pferden ziehen ließ. Anki musste angesichts dieser verschlafenen Idylle schmunzeln. Hier stand die Zeit still, und der Stall war sich selbst überlassen worden. Na, vielleicht nicht ganz sich selbst. Sie konnte Lämmer darin blöken hören, außerdem krähte ein Hahn, und dann wurde die Stalltür so heftig aufgestoßen, dass Anki fürchtete, sie würde aus den Angeln fliegen. In der Tür stand ein stattlicher Mann in Arbeitskleidung und schaute sie fragend an.

»Hallo!«, sagte Anki.

Mit wenigen Schritten war er bei ihr. Er hatte aschblondes Haar und trug selbstverständlich das obligatorische Käppi auf dem Kopf. Die Nase war gerade, der Kiefer kantig. Ein richtig schöner Mann.

»Suchen Sie jemanden?«, fragte er, sein Ton war bestimmt.

Er betrachtete sie skeptisch aus strahlend blauen Augen.

»Ja, ich würde gern mit Inga Olofsson sprechen«, sagte Anki. »Ich heiße Anki Karlsson und komme aus Mullvald.«

»Arvid«, stellte er sich vor. »Was wollen Sie von meiner Mutter?«

»Ich bin Heimatforscherin«, antwortete sie. »Und ich kann mir gut vorstellen, dass Ihre Mutter einiges zu erzählen hat.«

Arvid runzelte die Stirn und schien zu überlegen.

»Sie weiß, dass ich komme. Ich habe sie vorhin angerufen«, verdeutlichte Anki, die das starke Gefühl hatte, dass Arvid ihr nicht traute.

»Eigentlich hab ich keine Zeit«, sagte er und kratzte sich im Nacken, »weil ich die Lämmer schere und wir schon spät dran sind, aber ich komme mit. Schlimm, was hier in letzter Zeit los ist…«

Den letzten Satz murmelte er eher, und Anki vermutete, dass er damit Ninni meinte, die sicher schon hier gewesen war, um Inga zu interviewen.

»Mutter!«, rief Arvid, als sie die schlecht beleuchtete Treppe hinaufgingen, die direkt zur Küche führte. »Hier ist jemand, der dich sprechen möchte.«

Er brachte Anki in die Küche, wo seine Mutter auf einem

bequemen Stuhl an einem kleinen Tisch saß. Inga Olofsson hatte alles, was sie brauchte, in Greifnähe. Einen Stapel Bücher, eine Thermoskanne und eine Schale mit Obst und Süßigkeiten.

»Anki Karlsson, vermute ich? Kommen Sie doch bitte herein und setzen Sie sich.«

Die alte Frau deutete auf den Stuhl ihr gegenüber.

»Gut«, sagte Arvid, »dann geh ich zurück zu den Lämmern. Henry kämpft sich nämlich da draußen allein ab.«

»Setzt du erst noch frischen Kaffee auf für unseren Gast?«, bat Inga. »Sie trinken doch sicher einen mit?«

Anki war kurz davor, sich auf den üblichen Tanz der Gotländer einzulassen, die auf diese Frage für gewöhnlich antworteten: »Nein, nein, das ist sehr freundlich, aber nein danke.«

Dreimal wiederholte man dieses Spiel, bis man schlussendlich doch zustimmte, aber Anki sah davon ab, ihr war das zu umständlich.

»Das kann ich doch übernehmen«, schlug sie vor, »dann kann Arvid sofort wieder zu den Tieren. Das ist vermutlich wichtiger.«

Er blinzelte kurz, trat ein wenig auf der Stelle und zog sich dann wirklich zurück. Anki spülte die Kanne aus, steckte einen neuen Filter in die Maschine, häufte Kaffeepulver hinein und schaltete sie ein. Inga Olofssons Küche ließ den Rückschluss zu, dass hier zuletzt in den Fünfzigern renoviert worden war. Es war sehr gemütlich, und Retro ja gerade wieder in. Anki fuhr mit der Hand über den Holzherd, der noch übrig geblieben war. Er stand direkt neben einem modernen Elektroherd und wurde offenbar noch zum Heizen genutzt.

»Machen Sie gern Feuer im Herd, wenn Sie mögen und

können«, sagte Inga. »Er wärmt einfach wunderbar. Holz finden Sie im Korb direkt daneben.«

»Ich versuche mein Glück«, sagte Anki und öffnete die Klappe. Dann nahm sie Hölzer unterschiedlicher Größe aus dem Korb und schob sie hinein. Schließlich griff sie nach ein paar alten Blättern, auf die etwas geschrieben war.

»Wollen Sie wirklich eine so schöne Handschrift verbrennen?«, fragte sie und hielt die Seiten hoch.

Inga hob abwehrend die Hand.

»Das ist nur Gekritzel. Von Zeit zu Zeit muss ich das verbrennen, man kann nicht alles aufbewahren.«

»Okay«, sagte Anki.

Kurz darauf brannte ein schönes Feuer im Herd, es knisterte und knackte heimelig. Wärme und Prasseln boten die beste Kulisse für ein gutes Gespräch.

»Ist Arvid nicht verheiratet?«, fragte Anki und setzte sich. »Also, ich meine, lebt er allein bei Ihnen?«

Inga nickte, ihre fast weißen Haare wippten.

»Ja, er hatte nie wirklich Gelegenheit, sich eine Frau zu suchen. Den Hof zu führen war zu zeitaufwendig. Der Landwirtschaftsverband hat immer wieder Bälle für die jungen Leute organisiert, aber Arvid ist nie hingefahren, weil er wusste, wie früh er morgens wieder rausmusste, um die Kühe zu melken. Worüber wollten Sie denn eigentlich mit mir sprechen?«

Anki holte ihren Notizblock und einen Stift aus der Tasche.

»Über das Mütterhaus«, sagte sie. »Ich wüsste gern mehr. Ich selbst habe Wurzeln in Smissarve und bin bei der Recherche auf das Haus gestoßen. Auch auf Ihren Namen. Ich finde das sehr interessant.«

Inga Olofsson blieb still und schien nach Worten zu suchen.

»Ich muss vierzig gewesen sein, als ich dort war«, sagte sie schließlich. »Arvid wurde 1973 geboren, er war mit mir dort, da war er gerade erst drei.«

»Wieso waren Sie dort?«

Inga Olofsson leerte ihre Tasse, faltete die Hände im Schoß und fing an zu erzählen.

»Mein Mann und ich hatten schon drei halbwüchsige Kinder, alles Töchter. Klein Arvid war ein Nachzügler. Der Kleine hat uns viel Freude bereitet, von Kindesbeinen an ist er seinem Vater überallhin gefolgt. Wir gingen davon aus, dass er eines Tages den Hof übernehmen würde.«

»Hat sich keine der Töchter dafür interessiert?«, fragte Anki.

»Damals dachten wir noch nicht so. Wir waren da altmodisch. Aber die Mädchen wollten auch nicht. Für Arvid war es gar keine Frage. Selbst nach dem Unglück.«

Inga machte eine Pause, musste offenbar Kraft sammeln, um fortzufahren. Anki füllte derweil frisch gebrühten Kaffee nach.

»Ich habe meinen Sohn durchs Fenster gesehen«, sagte sie. »Sah, wie er allein über den Hof kam, und da wusste ich, dass etwas passiert sein musste. Mein Mann hätte ihn nie aus den Augen gelassen. Ich rief nach meinen Töchtern, damit sie sich um Arvid kümmerten, und ging hinter den Stall. Dort haben wir – oder besser gesagt, hatten wir – einen Löschwasserteich. Dort war es passiert. Er war mit einem Kalb hineingefallen. Hatte das Tier retten können, war dann aber selbst untergegangen. Das Kalb stand da und schrie verzweifelt, als ich kam. Die sind sehr klug, es wusste, was passiert war.«

Anki spürte, wie sich ihr langsam die Härchen an den Unterarmen aufstellten. Seinen geliebten Mann tot aufzufinden musste schrecklich gewesen sein. Ein Bild, das nie aus der Erinnerung verschwand. Stille hatte sich über die alte Bauernküche gesenkt. Die alte Frau hatte ihre Geschichte nicht gerade emotional erzählt, aber trotzdem nicht kalt. Die Folgen des Vorfalls konnte Anki nur erahnen. Alleinversorgerin mit einem riesigen Hof. Drei jugendliche Töchter und ein kleiner Sohn, vier Kinder, die ohne ihren liebevollen und tüchtigen Vater aufwachsen mussten.

»Wie schrecklich«, sagte sie leise. »Sind Sie deshalb ins Mütterhaus gefahren?«

Inga richtete ihre weisen Augen auf Anki.

»Ja«, antwortete sie. »Ich durfte dorthin, um mich auszuruhen und neue Kraft zu sammeln für das, was vor mir lag. Mein Sohn kam mit. Meine Töchter blieben bei Verwandten.«

»Und der Hof?«

Zum ersten Mal lächelte Inga.

»Damals gab es eine Organisation, die *Blå Stjärnan* hieß. Lauter fleißige junge Frauen, die herkamen und sich um die Tiere kümmerten. Gibt es die wohl noch?«

»O ja, die gibt es noch. Als Jugendliche war ich selbst eine Freiwillige dort.«

»Das freut mich zu hören.«

»Wie gut, dass sie helfen konnten«, nahm Anki das Gespräch wieder auf. »Aber kommen wir zurück zum Mütterhaus. Wie ging es Ihnen dort, Ihrem Sohn und Ihnen?«

»Ja …« Inga ließ sich Zeit mit der Antwort. »Was soll ich sagen? Eigentlich gut. Das Essen war lecker, und die Kinder konnten die ganze Zeit spielen und schwimmen, weil wir direkt am Strand wohnten. Aber diese große Felswand hat einen riesigen Schatten geworfen.«

»Erinnern Sie sich daran, was Sie sonst noch gemacht haben?«

»An den Abenden saßen wir ums Feuer und haben gesungen. Die Kirche war Träger des Hauses, also herrschte Zucht und Ordnung. Der Pfarrer kam regelmäßig vorbei, um nach dem Rechten zu sehen.«

Ihre weißen Locken wippten, während sie sprach. Eine strenge Falte zeigte sich plötzlich zwischen ihren Augenbrauen.

»Diese Journalistin war hier und wollte Skandalöses herausfinden, aber ich habe nichts erzählt. Sie schreiben doch nicht für irgendeine Zeitung?«

»Nein, für keine Zeitung, das schwöre ich.«

Das konnte Anki guten Gewissens schwören, auch wenn sie eingangs nicht ganz ehrlich gewesen war, als sie den eigentlichen Grund ihres Besuchs nannte.

»Ich möchte nicht, dass Arvid alles erfährt, was da im Mütterhaus passiert ist«, sagte Inga. »Man kann ja nicht direkt damit prahlen, dort gewesen zu sein.«

Im selben Augenblick flog die Tür auf und der Sohn kam auf Strümpfen herein.

Sein Gesicht war verkniffen, und der Blick wanderte von Inga zu Anki.

»Schon wieder das Mütterhaus?«, donnerte er. »Mutter, wir sollten nicht mehr von diesem Ort sprechen.«

Sein schönes Gesicht hatte sich gewandelt, an den jetzigen Zügen war nichts mehr attraktiv.

Inga hielt dem Blick ihres Sohnes stand. Sie schien trotz aller Widrigkeiten des Lebens ihre Selbstsicherheit nicht verloren zu haben.

»Setz dich hin. Und nimm dir einen Kaffee.«

Also zügelte er sich und kam der Aufforderung seiner Mutter nach. Brach eine Zimtschnecke entzwei und verschlang beide Teile in Windeseile. Den Kaffee trank er genauso schnell, bevor er sich zurücklehnte und mit dem Stuhl zu wippen begann. Er verschränkte die Arme vor der Brust.

»Smissarve«, sagte er und fixierte Anki mit dem Blick. »Wenn Sie dort rumforschen, müssen Sie gut aufpassen. Die Frau, die ermordet wurde, war auch dort unterwegs, nicht wahr, Mutter?«

»Ja.«

Arvid stand abrupt auf und ging zu einem Korb mit Altpapier, in dem er herumwühlte, bis er gefunden hatte, was er suchte. Dann schlug er die Zeitung auf und breitete sie auf dem Tisch aus. Zum Vorschein kam Ninnis erster Artikel.

»Jetzt können wir uns in Grund und Boden schämen wegen dem, was diese Frau geschrieben hat.«

»Beruhig dich doch. Mir ist jedenfalls nichts passiert, wofür ich mich schämen müsste«, sagte Inga zu ihrem Sohn. »Außerdem möchte ich mir meinen Lebensabend nicht von schlechten Erinnerungen verderben lassen.«

Mehr musste sie nicht sagen. Er hatte verstanden, ebenso wie Anki. Inga Olofsson gehörte nicht zu den Frauen, die zugeben würden, dass sie zum Opfer solcher Übergriffe geworden war.

Arvid verschwand im angrenzenden Zimmer, das Anki für eine Vorratskammer hielt. Er kehrte mit einem Gewehr zurück. Inga fischte ihr Taschentuch aus dem Ärmel und tupfte sich die Oberlippe.

»Arvid«, sagte sie bestimmt. »Leg sofort die Waffe zurück!«

Er grinste. »Sie ist nicht geladen, und das weißt du so gut wie ich. Aber das lässt sich schnell ändern.«

Er drehte sich zu Anki. Der Lauf des Gewehrs zeigte zu Boden.

»Schauen Sie sich das Gewehr gut an. Ich könnte es benutzen. Wenn Sie hören, dass ein alter Hurenbock da im Norden abgeknallt wurde, dann wissen Sie, wer schuld daran ist«, sagte er, und seine schönen Augen funkelten vor Zorn.

Anki versuchte, ruhig zu atmen, und ließ Arvid nicht aus dem Blick. Er war sicher in der Lage, seine Drohung in die Tat umzusetzen.

»Verstehe«, sagte sie und sammelte ihre Sachen zusammen. Dann zog sie ihre Jacke an. »Danke, Inga, es war mir eine Freude, mit Ihnen zu sprechen.«

Inga nickte freundlich, aber in ihren Augen lag Sorge.

Anki versicherte ihnen, dass sie selbst hinausfand. Dann trat sie hinaus auf die kleine Glasveranda, schloss die Tür hinter sich und wollte gerade die Tür nach draußen öffnen, als ihr Blick auf drei alte Bücher fiel, die auf der Schuhbank lagen. Die Aufschrift auf dem Etikett ließ sie zusammenzucken. *Stiftung Mütterhaus* stand darauf. Das waren die Bücher, die Ninni in ihrem Artikel erwähnt hatte.

Wieso lagen sie hier bei Inga Olofsson? Und wie waren sie hergelangt?

Anki wagte es nicht, sie anzufassen, holte aber ihr Handy heraus, um ein Fotos des Fundes zu machen, bevor sie abfuhr. Kaum war sie außer Sichtweite des Hofs, hielt Anki an und wählte Tryggves Nummer. Auch wenn er wütend auf sie war, sie musste mit ihm sprechen.

27

Die Rückkehr aus Spanien und der Mord an Ninni hatten einen lähmenden Effekt auf Tryggve gehabt. Am Vortag hatte er nur das Nötigste getan, war mit Putte spazieren, hatte wenig gegessen und schlecht geschlafen. Er hatte nicht einmal die Kraft gehabt, seinen Koffer auszupacken. Umso mehr hatte er über den Mord und einen möglichen Täter nachgedacht. Aber all das Grübeln hatte ihn nicht das geringste bisschen vorangebracht, und vielleicht war es besser, wenn er sich eher praktischen Aufgaben widmete und dabei weitergrübelte.

Tryggve wuchtete den Koffer aufs Bett und öffnete ihn. Anki war immerhin aufgefallen, dass er sich einen neuen gekauft hatte. Eigentlich hätte sie ein bisschen mehr dazu sagen können nach dem ganzen Genörgel vor seiner Abreise. Dass er sich eine gute, teure Marke ausgesucht hatte zum Beispiel, aber ihr Desinteresse war vermutlich der ganzen Aufregung geschuldet. Unerwartet hatten sie ganz andere Themen gehabt, da hatte der Koffer keine große Rolle mehr gespielt. Eigentlich konnte er sich gar nicht erklären, warum er sich gerade mit Gedanken an diesem Quatsch aufhielt, aber vielleicht brauchte sein Gehirn eine Pause von der fürchterlichen Erinnerung an Ninnis totes Gesicht. Der Rollkoffer war gut, selbst wenn es sich komisch und unmännlich angefühlt hatte, ihn hinter sich herzuziehen. Federleicht war er, petrolfarben und unverschämt teuer. Damit sich der Kauf lohnte, würde er noch ein paarmal verreisen müssen. Aber nicht sofort. Gerade war es gut, dass er früher nach Hause zurückgekehrt war als geplant.

Er ging in die Küche und ließ sich auf einen der Stühle sinken. Während seiner vielen aktiven Jahre bei der Polizei hatte er viel erlebt, aber selten hatte ihn etwas so bewegt, wie Ninnis blasses Gesicht dort unten zu sehen. Im Leichenversteck, wie Anki es genannt hatte. Einen treffenderen Ausdruck gab es nicht. Die weiche Wange, die er sich zu küssen erdreistet hatte. Ihr fröhliches Lachen, ihre lebhaften Geschichten. Es war einfach nicht gerecht, dass sie dort unten liegen musste, kalt und rettungslos verloren. Wer immer da hinter ihr her gewesen war, es war ein herzloser und gefährlicher Mensch. Wenn Myrstedt und seine Leute den Täter nicht bald schnappten, würde Tryggve höchstpersönlich die Insel nach diesem brutalen Mistkerl durchkämmen.

»Nicht wahr, Putte?«, sagte er.

Putte wedelte mit dem Schwanz und sah sein Herrchen auffordernd an.

»Oh, selbstverständlich bekommst du was zu fressen.« Tryggve warf einen Blick in den Vorratsschrank, wo eine Reihe Dosen stand. Er wählte eine mit leckerem Rinderpansen aus und löffelte den Inhalt in den einen Napf. Den anderen befüllte er mit frischem Wasser. Putte aß mit gutem Appetit, und Tryggve hätte vielleicht seinem Beispiel folgen sollen, aber er konnte sich nicht vorstellen, überhaupt einen Bissen runterzubringen. Also setzte er sich lieber in seinen

Lieblingssessel und schloss für einen Moment die Augen. Versuchte, in seiner Erinnerung die schönen Tage und Spaziergänge in Nerja heraufzubeschwören.

Als er wenig später von Telefonklingeln geweckt wurde, wusste er im ersten Moment nicht, wo er war. Er rieb sich die Augen und erkannte dann sehr schnell sein gemütliches Wohnzimmer wieder. Sein Handy vibrierte neben ihm auf dem Tisch. Er hob es hoch und betrachtete das Display. Anki. Der letzte Mensch, mit dem er gerade sprechen wollte. Er hatte sich nicht bei ihr gemeldet, seit sie ihn vom Flughafen abgeholt hatte. Seufzend drückte er auf *Annehmen.*

»Tryggve«, sagte sie, ohne jegliche freundliche Begrüßungsfloskel, »ich glaube, es gibt gute Gründe, davon auszugehen, dass Arvid Olofsson am Mord beteiligt war.«

Er stand auf, verarbeitete, was sie gesagt hatte.

»Arvid Olofsson?«

»Ja, der Sohn von Inga Olofsson. Er scheint sehr launisch zu sein und außerdem fürchterlich wütend angesichts dessen, was Ninni ausgegraben hat.«

Tryggve war nicht sicher, ob er das ganze Ausmaß ihrer Schlussfolgerung begriff, da würde er später nachhaken müssen.

»Hast du Beweise?«

»Drei der Logbücher, mit denen Ninni gearbeitet hat, liegen auf ihrer Veranda«, sagte Anki. »Irgendwie muss er darangekommen sein. Du musst deinen Kollegen Myrstedt bitten, eine Hausdurchsuchung bei Arvid und Inga zu machen.«

War diese starrköpfige Person etwa bei Inga Olofsson gewesen? Er könnte wahnsinnig werden.

»Die Bücher beweisen rein gar nichts und sind kein

Grund, sofort mit der Polizei anzurücken, um das Haus auf den Kopf zu stellen. Außerdem höre ich, dass du beim Fahren telefonierst. Du weißt, was ich davon halte.«

»Ach, jetzt mach dir mal nicht ins Hemd. Bevor ich auf die Landstraße abbiege, halte ich an. Dann sag deinem Freund, dass er mich anrufen soll, wenn es dir so sehr widerstrebt, das mit ihm zu besprechen. Es geht nicht nur um die Logbücher, ich glaube, er war es, der Ninni bedroht hat. Gerade habe ich nämlich persönlich erlebt, wie er völlig unmotiviert sein Gewehr rausgeholt hat. Sie müssen ihn wenigstens vernehmen.«

Verfluchte Anki, warum hatte sie nicht gesagt, dass sie von den Drohungen wusste? Er gab nach und versprach ihr, sofort Kontakt zu Mats Myrstedt aufzunehmen, aber weil er immer noch wütend auf sie war, legte er auf, ohne sich zu verabschieden. Wenn Anki das Telefonat unhöflich begann, konnte er es unhöflich beenden. Allerdings rief er tatsächlich sofort bei Mats an und wies ihn darauf hin, dass sich eine Vernehmung Arvid Olofssons lohnen könne.

Endlich machte sich sein Magen bemerkbar, und Tryggve ging in die Küche. Ein Tiefkühlgericht mit Pasta und Meeresfrüchten, das er direkt in die Mikrowelle schieben konnte, musste genügen.

Nach dem ärmlichen Mahl spülte er sogleich und drehte dann eine Runde mit der Gießkanne. Anki hatte sich gut um seine Pflanzen gekümmert, alle hatten überlebt. Durch das Haus zu gehen und sich mit Alltagsdingen zu befassen hatte eine beruhigende Wirkung nach dem erschütternden Erlebnis in Visby. So hatte er sich das Ende seines Urlaubs nicht vorgestellt.

Sein Handy klingelte erneut. Diesmal war es Myrstedt.

»Eigentlich hast du ja nichts damit zu tun, Tryggve, aber

ich wollte dir trotzdem sagen, dass wir Olofsson vorläufig festgenommen haben. Ich habe mit Anki gesprochen. Sie wusste, dass Ninni bedroht wurde. Sowohl per Brief als auch per Telefon. War dir das bewusst?«

»Diese sture Frau hat mir davon natürlich nichts gesagt, aber wir haben seit meiner Rückkehr auch nicht gerade ausführlich gesprochen.«

»Anki Karlsson ist jedenfalls davon überzeugt, dass Arvid hinter dem Drohanruf steckt, und es ist nicht undenkbar, dass er auch den Drohbrief geschickt hat. Aber wir werden ihm die Wahrheit schon entlocken.«

Auch Ninni war nicht ganz ehrlich zu Tryggve gewesen, hatte die wütenden Anrufe eher beiläufig erwähnt, als wäre das etwas, womit man in ihrem Job eben rechnen müsse.

»Gibt es ausreichend Anlass, ihn festzuhalten?«

»Die Staatsanwaltschaft wird noch am Abend zu einem Entschluss kommen, nehme ich an. Bisher besteht nur ein Anfangsverdacht.«

»Ich hab im Radio von dem Auto gehört«, sagte Tryggve.

»Ja, es gehörte Ninni Weström. Auch da hatten wir Hilfe von deiner Freundin. Diese Anki Karlsson ist wirklich sehr aufmerksam.«

»Kann sein«, sagte Tryggve, dem gerade nicht der Sinn danach stand, Anki zu loben.

Dann wandten die beiden alten Freunde sich für einen Moment leichteren Themen zu.

»Wie ist es, wieder zu Hause zu sein?«, fragte Mats. »Sitzt du am warmen Herd und streichelst die Katze?«

Sie hatten immer ihren eigenen flapsigen Umgangston, auch oder besonders dann, wenn das Leben sich von seiner widrigen Seite zeigte. Einen besseren Freund als Mats würde er nie finden. Gemeinsam hatten sie unzählige knifflige Fälle gelöst, erlebt, wenn Menschen die finstersten Momente ihres Daseins durchstehen mussten, und Dinge gesehen, die viele ihnen nicht glauben würden, wenn sie davon hörten.

»Den Hund hab ich gestreichelt, und gegessen hab ich auch, aber meine Gedanken kreisen hauptsächlich um Ninni Weström«, sagte er und kam damit gleich wieder zum Thema.

Mats Myrstedt räusperte sich.

»Ja, das kann ich gut verstehen. Ich bin froh, dass sie nicht so lange dort liegen musste. Wäre gerade Sommer, hätte es vermutlich ewig gedauert, bis sie gefunden worden wäre. Durch das dichte Laub hätten wir sie nicht entdeckt. Außer der Verwesungsgeruch wäre zu stark geworden.«

»Sag mal, welche Angehörigen wurden denn bislang informiert?«, fragte Tryggve, der sich ungern die schöne Ninni als stinkende Leiche vorstellen wollte. »Ich musste gerade an ihre Mutter denken.«

Mats summte, und Tryggve wusste, dass er gerade seine Aufzeichnungen prüfte. Wie Mats' Schreibtisch aussah, konnte er sich nur zu gut vorstellen. Ein einziges Chaos, über das nur Mats einen Überblick hatte.

»Es gibt, glaube ich, niemanden außer der Mutter. Warte, ich schau noch mal, sie heißt …«

»Kerstin Weström«, sagte Tryggve.

»Genau. Also, laut der mir vorliegenden Informationen ist die Frau dement und erkennt niemanden mehr. Sie wohnt in einem Seniorenheim in Roma. Zwei Kollegen waren dort und haben versucht, mit ihr zu sprechen, aber sie zeigte keinerlei Reaktion. Weder Trauer noch Sorge.«

Tryggve dachte nach und schaute dabei in seinen Garten. Ein schöner Frühsommerabend, einen kleinen Ausflug konnte er wagen, aber es war wahrscheinlich zu spät für einen Besuch bei Kerstin Weström.

»Ich kenne sie nicht weiter. Aber sie hat sich an mich gewandt, um vor vielen Jahren das Mütterhaus in Smissarve anzuzeigen. Leider erfolglos, weil niemand anders es wagte, die Wahrheit zu sagen. Deshalb kamen wir mit den Ermittlungen nicht weiter.«

Sie schwiegen eine Weile, dann hatte Tryggve eine Eingebung.

»Wenn du nichts dagegen hast«, sagte er, »fahre ich morgen zu ihr. Womöglich kann ich ihre Erinnerung ein wenig anregen? Vielleicht erkennt sie mich ja wieder, schließlich war das durchaus ein traumatisches Erlebnis für sie, das uns verbindet.«

»Schaden kann es nicht. Falls du etwas herausfindest, melde dich. Und keine Ermittlungen auf eigene Faust, bitte. Vergiss nicht, dass du im Ruhestand bist. Ich setze hier im Haus jemanden auf die Akten von damals an. Wenn du meinst, es hat was mit dem Fall zu tun …«

»Wenn ihr das Original von 1976 nicht findet, melde dich. Ich habe einen Stapel verblichener Kopien hier, außerdem noch meine privaten Aufzeichnungen all der Befragungen, die ich durchgeführt habe, die aber nicht weitergeführt haben.«

»Wie bitte?«

Tryggve legte schnell auf, bevor Mats weitere Fragen stellen konnte.

28

Samstag, 21. Mai

Früh am Vormittag machte Tryggve sich auf den Weg und wurde schon bald in die kleine Wohnung im Seniorenheim in Roma geführt. Im Flur, gegenüber der Tür zum Badezimmer, war eine kleine Kochnische, und daran schloss ein großer, heller Raum mit eigentümlichem und nostalgischem Ausblick an. Man konnte die Straße sehen, die zu dem kleinen Bahnhofshäuschen führte, das hierherversetzt worden war. Die Eisenbahner, die die Museumseisenbahn aufgebaut hatten, waren echte Enthusiasten. Tryggve war die Strecke von Dalhem bis Roma noch nicht gefahren, aber er hatte es sich für diesen Sommer unbedingt vorgenommen. Wäre sicher schön, Erinnerungen an Kindheitstage aufleben zu lassen, als noch Züge über die ganze Insel kreuzten. Wenn er und Anki sich bis dahin wieder grün waren, würde er sie fragen, ob sie ihn begleiten wolle, das würde ihr gefallen. Aber er war immer noch wütend über ihr Verhalten, ganz besonders darüber, dass sie nicht mal echte Reue gezeigt hatte.

Kerstin Weström saß in einem gemütlich aussehenden Sessel und schaute ihn fragend an. Ihm fiel kein passenderes Wort als »fragend« ein. Die Frau war alt und grauhaarig, vermutlich hätte sie gegen seine Wortwahl nichts einzuwenden. Er zog sich einen Stuhl heran, setzte sich gegenüber von ihr nieder und wartete ab, während sie ihn musterte. Sie betrachtete ausgiebig sein Gesicht, besonders lange seine Augen, was ihn schließlich verlegen machte, weshalb er den Blick abwandte. Aus den Augenwinkeln sah er, dass sie nun seine Kleidung begutachtete, und er war sogleich erleichtert, dass er, wie immer, makellos gekleidet war. Kerstin Wesströms Blick weilte besonders lang auf seinen Händen, die er im Schoß gefaltet hatte. Als er schon glaubte, es würde nichts mehr passieren, legte sie ihre Hand auf seine. Tryggve nahm sie zwischen seine.

»Guten Tag, Kerstin«, sagte er. »Ich bin Tryggve Fridman.«

Er sah ihr an, dass sie aufmerksam zuhörte.

»Soso«, sagte sie und lächelte.

»Ich bin Polizist«, fuhr er fort. »Wir haben uns vor vielen Jahren kennengelernt.«

»Polizei ... die waren hier.«

Sie blinzelte nervös, und Tryggve streichelte ihre Hand, in der Hoffnung, dass dies einen beruhigenden Effekt auf sie hatte.

»Ich weiß«, sagte er. »Ninni ist tot, die Nachricht hat Ihnen die Polizei überbracht.«

Auf Kerstins altem Sekretär stand ein recht aktuelles Foto von Ninni. Sein Herz krampfte sich zusammen, als er es betrachtete. Sie trug darauf einen einfachen Schal, den sie sich locker um die Haare gebunden hatte, ganz wie in Nerja. Wieso hatte sie nicht weiterleben dürfen? Er streckte den Arm aus, nahm es in die Hand und hielt es Kerstin hin.

»Das ist Ninni«, sagte er. »Ninni ist tot.«

Kerstin Weström strich mit zittrigen Fingern über das

Foto. Tryggve fielen ihre gepflegten Nägel auf. Hier kümmerte man sich gut um seine Bewohner, so viel war klar. Manchmal hörte oder las man Berichte über ältere Menschen, die in Heimen misshandelt wurden, davon konnte hier offenbar keine Rede sein.

»Mein … Mädchen?«, fragte sie und suchte Tryggves Blick.

»Ihr Mädchen«, antwortete Tryggve. »Erinnern Sie sich noch daran, als Ninni klein war? An das Mütterhaus?«

Kerstin wand sich in ihrem Sessel.

»Smissarve?«, murmelte sie und hob die Hände zu den Knöpfen ihrer Bluse. Hielt sie dort vor der Brust, als müsste sie sich schützen.

»Erinnern Sie sich an jemanden mit den Initialen TP?«

Kerstin starrte vor sich. Eine Träne stahl sich aus ihrem Auge und lief ihr über die Wange. Sie hob eine Hand und streckte den Zeigefinger drohend zur Zimmerdecke. Ihr Blick verdunkelte sich.

»In den Himmel kommt er nicht«, sagte sie klar und deutlich.

»Wer ist TP?«

Er bekam keine Antwort. Die alte Frau saß plötzlich wieder reglos in ihrem Sessel, die Hände ruhten in ihrem Schoß, der Blick leer. Er musste sich geschlagen geben.

»Kerstin«, sagte er, »ich bedanke mich sehr herzlich. Jetzt können Sie sich wieder ausruhen.«

Er verließ das Seniorenheim und stieg in seinen Wagen. Kerstin hatte ihm keinen Namen genannt, aber sie hatte deutlich auf das Mütterhaus reagiert, selbst von Smissarve gesprochen und darauf hingewiesen, dass TP nicht in den Himmel käme. Gerade konnte er sich nicht erinnern, wer sich hinter den Initialen verbarg, das hatte er nicht in einem

Buch notiert. Also musste er nach Hause und dort seine Kopien durchsuchen.

Tryggve hielt beim Supermarkt und kaufte ein. Er musste nach seiner Rückkehr erst einmal den Kühlschrank wieder befüllen. Kurze Zeit später stand er mit zwei vollen Tüten an der Kasse. Unter anderem hatte er ein richtig feines Lammfilet gekauft und eine Packung Fertiggratin. Eigentlich war er kein Fan von Fertiggerichten, aber dieses Kartoffelgratin war gar nicht übel und sehr praktisch. So kam man ums Schälen und Schneiden der Kartoffeln herum. Für gewöhnlich fügte er noch etwas Knoblauch hinzu und streute vorm Essen noch frische Petersilie darüber.

Das schöne Filetstück ließ ihn überlegen, ob er Anki zum Versöhnungsessen einladen sollte. Er war noch immer wütend darauf, dass sie ihn einfach hintergangen und seine Aufzeichnungen gestohlen hatte. Aber gleichzeitig war es ungerecht von ihm gewesen, sie für Ninnis Tod mitverantwortlich zu machen. Ninnis Artikel waren die Hauptursache, davon war Tryggve überzeugt. Dass Anki es einfach nicht lassen konnte, Polizei zu spielen! Aber es war, wie es war, und Tryggve hatte das Bedürfnis, mit ihr über den Mord zu sprechen. Über einem guten Essen konnte er eine Zusammenarbeit vorschlagen, und sie könnten sich darüber austauschen, was sie herausgefunden hatten. Vielleicht hatte Anki ja etwas ausgegraben, was ihm von Nutzen sein könnte.

»Siebenhundertdreiunddreißig Kronen«, sagte die Kassiererin extradeutlich, und ihn beschlich das Gefühl, sie nannte die Summe nicht zum ersten Mal, aber er war so tief in Gedanken versunken gewesen.

Tryggve steckte die Karte in das Gerät.

»Siebenhundert«, murmelte er. »Tja, das sollte eine Weile vorhalten.«

Die Kassiererin lächelte freundlich und gab ihm die Quittung.

»Das Lammfilet macht den Einkauf so teuer«, sagte sie.

Tryggve nahm die Tüten, ging zu seinem Wagen und fuhr bei schönstem Frühsommerwetter nach Hause.

In Högbro leuchteten die Buschwindröschen und Himmelschlüsselchen im Sonnenschein. Die arme Ninni Weström war brutal ihres Lebens beraubt worden, während ganz Gotland himmlisch blühte und duftete. Das war einfach so ungerecht. Sie lebte nur nicht mehr, weil sie die Wahrheit hatte herausfinden und erzählen wollen. Die Wahrheit über etwas, das längst aufgeklärt hätte sein sollen. Er selbst hätte den Fall aufklären sollen. Hätte den Beteiligten mehr Informationen entlocken müssen, und wenn es durch eine strengere Vernehmungsmethode gewesen wäre. Selbst wenn er den Fall jetzt noch löste, war es für Ninni zu spät.

29

Montag, 23. Mai

Grauslich!«, sagte Ulrika Trogen und zog eine Strickjacke über, obwohl es warm war. »Diese Vernehmungen rauben einem ja das letzte bisschen Wärme. Brrr.«

Sie leerte die Kaffeekanne im Personalbüro aus und setzte neuen Kaffee auf. Wirklich erstaunlich, dass sie die Einzige zu sein schien, die dafür sorgte, dass sie in den Pausen immer versorgt waren. Weder Björn noch Raymond dachten je von sich aus daran, und so war es, seit sie der Haushälterin hatte kündigen müssen. Das Budget gab nicht mehr her, sie war dazu gezwungen gewesen.

Die Polizisten, die den ganzen Tag vor Ort gewesen waren, hatten Unmengen davon getrunken, die Packung war fast leer. Sie alle waren vernommen worden. Ninni Wesströms vorübergehender Arbeitsplatz war abgesperrt worden, und zwei Kriminaltechniker hatten in ihren weißen, gespenstischen Overalls, Gummihandschuhen und Schuhüberziehern alles untersucht. Ulrika musste zugeben, dass sie überrascht war, wie viele Spuren sie von Ninni an einem Ort finden konnten, an dem sie nur ein paar Tage verbracht hatte. Sie hatten ihr erklärt, dass jeder Schuhabdrücke am Boden, Fingerabdrücke am Tisch oder das eine oder andere Haar hinterließ. Alles fühlte sich auf den Kopf gestellt an diesem sonst so friedlichen Arbeitsplatz.

»Was meinst du, Björn«, fragte Ulrika ihren Kollegen, der am Tisch saß, den Kopf in die Hände gestützt. »Hast du Interesse an einem Koffeinkick?«

»O ja, ich fühle mich total ausgelaugt. Selbst wenn man nichts getan hat, fühlt man sich schuldig, wenn die alle ihre Fragen stellen.«

»Außerdem fällt einem gar nicht mehr ein, was man genau gemacht hat«, sagte Ulrika. »Also zu dem Zeitpunkt, an dem sie ermordet worden sein soll. Alibitechnisch.«

»Genau, und wir sind ja auch ständig unterwegs«, stimmte Björn zu, »da ist es nicht ungewöhnlich, wenn man Ereignisse und Tage durcheinanderwirft. Durch einen Blick in den Kalender findet man sich ja zum Glück einigermaßen zurecht. Viel schlimmer ist eigentlich, dass ich nicht sagen darf, wo ich war.«

»Wegen der Schweigepflicht?«

Sie wusste, was er meinte. Das war tatsächlich ein Dilemma. Nicht einmal Ermittlungen in einem Mordfall entbanden sie davon.

Ulrika stellte Tassen bereit und wartete darauf, dass der Kaffee durchgelaufen war. Raymonds Vernehmung war sicher auch bald vorüber, auch er würde sich über ein Tässchen freuen. Die Kriminalpolizei hatte ihr Dienstzimmer in Beschlag genommen, und sie fühlte sich heimatlos. Bald würde sie sich in ihre privaten Wohnräume zurückziehen müssen, wenn sie heute überhaupt irgendwas schaffen wollte.

»Ach«, seufzte sie und setzte sich zu Björn an den Tisch. »Wer war bloß so grausam und hat die arme Frau erwürgt? Ninni Weström hat doch keiner Fliege was zuleide getan.«

Björn nahm ein Stückchen Zwieback aus dem Korb und tunkte es in seinen Kaffee, bevor er es verschlang.

»Ich bin mir sicher, dass es an ihrer Reportage zum Mütterhaus liegt. Vermutlich gibt es den einen oder anderen, dem es nicht gefällt, dass sie darüber schreibt. Hat sie nicht angedeutet, dass ihr letzter Artikel eine Wahrheit ans Licht bringen sollte, die sich für die Kirche als besonders unbequem herausstellen würde?«

Ulrika reckte sich ebenfalls nach einem Stück Zwieback, ließ es dann aber doch bleiben.

»Wenn jemand von der Kirche Schuld auf sich geladen hat, sollten wir demütig um Vergebung bitten, selbst wenn weder du noch ich damals verantwortlich waren«, sagte sie. »Wir müssen Mitgefühl zeigen.«

»Das war ja nicht gerade eine Kleinigkeit«, sagte Björn. »Sexuelle Übergriffe und Vergewaltigungen, also wirklich himmelschreiende Verfehlungen.«

»Wusstest du davon, bevor sie darüber schrieb?«, fragte Ulrika.

Er zuckte mit den Schultern. »Ich hab mal davon gehört, ja.«

Ulrika fragte nicht weiter nach, aber es war nicht schwer, daraus zu schließen, dass es sich bei seiner Quelle um seine eigene Mutter handelte. Dagny Jonsson wusste garantiert eine Menge über Smissarves Geschichte, obwohl sie hier nicht geboren war. Ihr verstorbener Mann hingegen sehr wohl, und er hatte ihr vermutlich zu Lebzeiten das eine oder andere erzählt.

Eine Tür öffnete sich, und im hinteren Teil des Hauses waren Stimmen zu hören. Björn legte den Zeigefinger an die Lippen. Offenbar war die Polizei fertig mit ihren Vernehmungen.

Raymond stieß zu ihnen und ließ sich auf einen Stuhl plumpsen. Der Schweiß stand ihm auf der Stirn, und er tupfte ihn mit einem Taschentuch ab.

»Kaffee?«, bot Ulrika an.

Raymond hob abwehrend die Hand. »Lieber ein Glas kaltes Wasser. Das ist eine ganz schön stressige Angelegenheit.«

Also schenkte Ulrika sich und Björn frischen Kaffee ein, Raymond konnte sich selbst mit Wasser versorgen.

Die beiden Männer wechselten nicht viele Worte, was der Normalzustand war. Ulrika dachte oft, dass im Pfarramt alles perfekt wäre, wenn die beiden Männer nur an einem Strang zögen, aber dieses Glück war ihr nicht vergönnt. Und leider war es ihr bislang nicht gelungen, eine Lösung für dieses Problem zu finden. Selbstverständlich hatte sie mitbekommen, wie Raymond den jungen Pfarrer kritisiert hatte oder ihm vielmehr Tipps gab, wie er besser vorgehen könne. Vermutlich mit den besten Absichten, trotzdem war das nicht sonderlich gut. Dagny hatte darauf hingewiesen, dass es Björn nicht gut gehe, und angedeutet, dass es am Kollegen liegen könne. Beim nächsten Mitarbeitergespräch würde sie das Problem mit Raymond anreißen. Am besten wäre es wahrscheinlich, wenn er einfach aufhörte und richtig in Ruhestand ging. Er war über siebzig und sollte das Feld Jüngeren überlassen, allerdings war es nicht gerade leicht, einen jungen Diakon hierherzulocken. Viele wollten lieber in den Städten arbeiten, wo mehr los war und die Aufgaben abwechslungsreicher. Dabei konnte das Leben auf dem Land durchaus aufregend sein, aber das wusste man natürlich nicht, wenn man es noch nie erlebt hatte.

»Was hat die Polizei als Nächstes vor?«, fragte Ulrika.

»Sie wollen das Paar befragen, das Ninni Wesström für

ihren ersten Artikel interviewt hat. Außerdem wollen sie meiner werten Gattin einen Besuch abstatten.«

»Terttu? Warum denn das?«, fragte Ulrika.

Raymond lehnte sich zurück und streckte die Beine aus, entfaltete sich sozusagen zu voller Länge. Sein Pferdeschwanz war ungewöhnlicherweise unordentlich.

»Sie scheinen davon auszugehen, dass der Mord im Zusammenhang mit dem Mütterhaus steht«, antwortete er, »und Terttu hat dort ja mehrere Sommer lang gearbeitet. Ich kann ihnen nur viel Erfolg wünschen, Terttu interessiert sich kein bisschen für die Vergangenheit.«

Ulrika wechselte einen Blick mit Björn, der die Augenbrauen hob. Er hatte also recht, es ging um die Artikel, an denen Ninni gearbeitet hatte. Gab es vielleicht schon eine Spur? Raymond stand auf, füllte ein Wasserglas und stürzte es in einem Zug hinunter.

»Aber um den Mörder zu finden«, sagte er und stellte das Glas unnötig heftig ab, »müssen Sie woanders suchen. Terttu hat ein Alibi. Sie war den ganzen Tag bei dem Überraschungsausflug der Kirche, und dann kam sie nach Hause und ging schlafen.«

»Ja, wir waren oben in Fårö, und es ist ganz schön spät geworden«, sagte Ulrika. »Vermutlich war sie erst gegen acht in Visby.«

»Sie hat mich geweckt, weil ich vorm Fernseher eingeschlafen war.«

Ulrika erschauderte und zog die Jacke noch enger um sich. Terttu war ein bisschen speziell, sprach nie viel und war durch ihre farblose Erscheinung sehr unauffällig. Manchmal kam es vor, dass sie etwas ausgesprochen Lustiges sagte, ohne selbst zu verstehen, was daran so lustig war. Sofort musste Ulrika daran denken, dass sie vorab hatte wissen wollen, wohin der Überraschungsausflug ging. Typisch Terttu.

Jemand klopfte an die offene Tür, es war Kriminalkommissar Anders Klintvall.

»Sie sollen Bücher haben«, sagte er und suchte den Blickkontakt zu Ulrika.

»Eine ganze Menge«, entgegnete diese lachend. »Bibeln, Gesangbücher, Gebetsbücher für Kinder. Was genau haben Sie im Sinn? Vielleicht die Evangelien? Luthers Kleinen Katechismus?«

Er lächelte schief. Hübscher Mann. Einer, den Ulrika gern näher kennenlernen würde. Sofort unterdrückte sie diesen unangebrachten Gedanken und versuchte, seriös aufzutreten.

»Logbücher«, verdeutlichte er. »Falls Ihnen das was sagt. Die Bücher, mit denen Ninni Weström hier gearbeitet hat.«

Ulrika stand auf und schob den Stuhl an den Tisch.

»Sämtliche Logbücher«, sagte sie und rechnete schon mit einer weiteren Befragung, bevor dieser Tag endlich vorbei war, »sind verschwunden. Insgesamt waren es einundzwanzig, und ich habe keine Ahnung, wo sie sind.«

»Okay, dann fehlen noch achtzehn«, murmelte er.

»Wie bitte? Ich bin mir nicht sicher, ob ich verstehe, was Sie meinen.«

»Ach, nichts«, antwortete Anders Klintvall. »Zumindest nichts, worüber ich aus ermittlungstechnischen Gründen sprechen sollte. Dann weiß ich nun zumindest, dass es noch weitere geben muss.«

Ulrika verstand. Irgendwie hatten sie drei gefunden, aber er durfte darüber keine weitere Auskunft geben. Auch für Kriminalkommissar Anders Klintvall galt die Schweigepflicht, wenn auch aus anderen Gründen.

Ein weiteres Klopfen an der Tür. Diesmal war es einer der Kriminaltechniker.

»Klintvall, kommst du mal mit? Ich muss dir was zeigen.«

Dann wandte er sich an Ulrika.

»Vermutlich sollten Sie auch gleich mitkommen.«

Kurz darauf stand die Pfarrerin von Smissarve mit blauen Schutzüberzügen an den Füßen in Ninnis zeitweiligem Arbeitszimmer.

»Wir haben die hier gefunden«, sagte er und hielt einen kleinen Plastikbeutel mit einer rostigen Schraube hoch. »Schließen Sie damit für gewöhnlich ihre Fenster? Noch dazu von außen?«

»Keine Ahnung«, sagte Ulrika. »Wäre mir nicht aufgefallen. Da sollten Sie wirklich mit der Reinigungskraft sprechen, die sich um die Rahmen kümmert.«

»Hast du Fingerabdrücke gefunden?«, fragte Anders Klintvall.

Der Techniker nickte. »Ja, allerdings.«

30

Mittwoch, 25. Mai

Sie wollen also mehr über die Siebzigerjahre wissen«, sagte Ulla Endrell langsam und ließ den Blick vom Küchentisch aus dem Fenster ins Grüne wandern.

Anki hatte sie noch am Morgen angerufen und darum gebeten, sie besuchen und ihr ein paar Fragen stellen zu dürfen. Tryggve gegenüber hatte sie das nicht erwähnt. Ulla wohnte in Vänge, einer kleinen Gemeinde mitten auf der Insel, mit einem Reitplatz für Westernreiter, etwas, von dem Anki bislang nur gehört hatte. Sie wusste, dass es hier manchmal Vorführungen mit den berühmten Quarter Horses gab, aber sie war noch nie hergekommen. Vielleicht würde sie es diesen Sommer einmal schaffen?

Um mit Ulla ins Gespräch zu kommen, hatte Anki sich einmal mehr der Lüge bedient, sie sei Heimatforscherin mit besonderem Augenmerk auf Smissarve.

»Das Mütterhaus«, sagte Ulla und schaute weiter hinaus in den Garten. »Dafür hat sich auch die Frau interessiert, die ermordet wurde.«

»Ja, so eine traurige Geschichte«, sagte Anki und trank von dem Kaffee, der genauso dünn war, wie er aussah. Von dieser Plörre würde sie sicher Magenschmerzen bekommen.

Diskret betrachtete sie Ulla Endrell. Wenn Tryggves Aufzeichnungen von damals zutrafen, dann war diese Frau jetzt einundsiebzig. Ulla war klein und untersetzt, ihr T-Shirt war von schlechter Qualität und spannte über der Brust. Außerdem verriet es, dass ihre Taille vor langer Zeit verloren gegangen war, wenn sie denn je eine gehabt hatte. Ihr ungeschminktes Gesicht war erstaunlich glatt, und sie trug einen praktischen Kurzhaarschnitt. Das einzige Schmuckstück war ein Kreuz an einer Silberkette.

»Ich war in den Siebzigern nicht dort«, sagte Ulla und schaute Anki nun direkt an.

»Nicht?«

Was redete die Frau denn da? Ihr Name stand doch im Notizbuch.

»Also, einmal schon, aber nur eine Woche.«

»In den Siebzigern?«

»Ja, das erste Mal, aber dann, jetzt muss ich überlegen ... Lassen Sie mich nachdenken ... 1981 muss das gewesen sein. Dann war es eine Weile lang eine Entzugsklinik für Alkoholiker. Ist ja auch Jacke wie Hose.«

Dazu konnten unmöglich alle Häuser genutzt worden sein, dachte Anki und erinnerte sich an das Stoffküken, das sie dort gefunden hatte.

»Wann genau wurde das Heim umfunktioniert? Wissen Sie das?«

»1982, glaube ich. Ein Jahr nachdem ich dort war. Ich hatte ...«

Ulla unterbrach sich selbst, und Anki grübelte, wie sie das Gespräch wohl richtig in Gang bringen und der Frau mehr entlocken konnte. Kaum hatte sie das gedacht, lehnte Ulla sich über den Tisch und funkelte sie skeptisch an.

»Sie sprechen gar nicht Gotländisch«, stellte sie fest.

Anki zuckte zurück. »Nein ...«

»Wieso interessieren Sie sich dann so für die Heimatforschung?«

Ulla Endrell war nicht dumm, aber Anki war auf die Frage vorbereitet. Dumm war sie schließlich auch nicht.

»Meine Ahnen mütterlicherseits stammen von Gotland«, sagte Anki schnell. »Ich habe erst auf meine alten Tage mit der Ahnenforschung angefangen. Scheint irgendwie etwas zu sein, für das man erst Interesse entwickelt, wenn man in Pension geht.«

Sie versuchte sich an einem Lächeln, um die Stimmung aufzulockern, doch Ulla Endrell biss nicht an.

»Mit irgendwas muss man sich ja beschäftigen«, schnaubte sie und stand auf, um die Kaffeekanne zu holen.

Das Gespräch drohte zu kippen, also schaute Anki sich in der Küche um. Sie musste etwas finden, worüber sie sprechen konnten, um eine Vertrauensbasis zu schaffen. An einer Wand hingen unzählige Fotos, diese Entdeckung war wie eine Gabe des Himmels. Darauf zu sehen waren Mädchen und Jungen unterschiedlichen Alters.

»Was für niedliche Kinder«, sagte Anki und deutete auf die Bilder. »Ihre, nehme ich an?«

Ulla Endrells Blick wurde leer, sie grub in ihrer Tasche, fand ein Taschentuch und schnäuzte sich.

»Oh, das war nicht meine Absicht«, sagte Anki, die offenbar einen wunden Punkt getroffen hatte.

»Macht nichts«, sagte Ulla. »Eigentlich spreche ich gern über die Kinder. Ja, das sind meine Söhne und Töchter, alle fünf. Sie kamen alle ins Heim, weil ich mich nicht um sie kümmern konnte. Ich hatte keine Kontrolle über mich, als ich jung war. Aber mit Kerlen anbandeln und Kinder bekommen, das konnte ich.«

Sie lächelte leicht, und Anki wartete gespannt auf die Fortsetzung.

»Ich habe sie alle wiedergetroffen«, sagte Ulla. »Wir sind wieder in Kontakt gekommen. Meinen Kindern geht es gut, und ich bin stolz auf sie. Direkt mein Verdienst ist es nicht, aber irgendetwas Gutes scheine ich ihnen doch mitgegeben zu haben.«

»Hängen Fotos von allen dort?«

»Von allen außer dem Nesthäkchen. Ansonsten aber alle Kinder und Enkelkinder.«

»Sie haben sechs Kinder bekommen. Und wie ging es dann für Sie weiter?«

Ulla Endrell zuckte mit den Schultern.

»Ach, nicht aufregend. Ich wohnte mit einem Taugenichts vom Festland zusammen, der sich bei mir eingenistet hatte. Er hat seinen Wehrdienst hier gemacht und ist geblieben. Wir Mädels waren beeindruckt von den Festlandmännern in Uniform. Aber eins kann ich Ihnen sagen, er war kein guter Mensch.«

»Nein?«

»Nein, er soff, schlug, und dann wurden uns die Kinder weggenommen. Ein richtiger Idiot, aber das könnte ich genauso gut über mich selbst sagen, schließlich hab ich mich mit ihm eingelassen.«

»Und was war mit dem Kleinsten?«, fragte Anki. »Das nicht mit auf den Fotos ist?«

»Das Kleinste war nicht von ihm, und ich wollte es nicht zugeben. Dann hätte er mich erschlagen.«

»Wenn Sie ihm die Wahrheit gesagt hätten?«, fragte Anki.

Ulla Endrell nickte.

»Es gab mal eine Anzeige im Zusammenhang mit dem Mütterhaus, wussten Sie das?«, sagte Ulla.

Jetzt musste Anki sich unter Kontrolle halten und beherzigen, dass sie in ihrer erlogenen Funktion als Heimatforscherin hier war, sie durfte keinesfalls zulassen, dass ihre Neugierde mit ihr durchging. Also verschränkte sie die Finger unterm Tisch und schüttelte den Kopf. Was würde Tryggve sagen, wenn er wüsste, was sie hier gerade machte?

»Eine der Frauen hat Anzeige erstattet wegen allem, was da im Mütterhaus passierte. Unschöne Geschichte.«

Ulla presste den Mund zu einem schmalen Strich zusammen.

»Wollen Sie nicht davon erzählen?«

»Nein, ich sage nichts. Von mir erfahren Sie nichts, egal, wie lange der Vater meiner Kinder schon unter der Erde ist. Ich muss an die Kinder denken, die müssen nicht alles wissen, was ihre Eltern erlebt haben.«

Anki wollte Ulla gern noch weitere Informationen entlocken, aber ihr war bewusst, dass dies nicht leicht werden würde.

»Aber Sie haben offenbar allen Widrigkeiten getrotzt, wie ich sehe? Ihnen geht es jetzt richtig gut«, sagte sie also.

Ulla Endrells Gesichtszüge hellten sich auf, und sie füllte Anki Kaffee nach.

»Ja, das können Sie mir glauben. Ich habe geradewegs auf den Abgrund zugesteuert, aber nach seinem Tod habe ich mich zusammengerissen. Mit dem Trinken und Rauchen habe ich aufgehört und dann angefangen, im Altenheim zu arbeiten. Ich habe es geliebt, mich um die Alten zu kümmern. Dann wurde ich in der Kirche aktiv, das war das Wichtigste. Zum Glauben zu finden.«

Anki legte die Hand über ihre Tasse, als Ulla noch einmal nachfüllen wollte, griff lieber nach einem Plätzchen, das die andere ihr aufdrängte.

»Ich habe gerade erst in der Zeitung von dem Mord gelesen«, sagte Ulla Endrell.

»An der Journalistin?«

»Ja, dieser Weström. Die haben den Mörder festgenommen.«

Ulla blätterte zur entsprechenden Seite und zeigte sie Anki. Diese hatte im Frühstücksfernsehen etwas gehört, aber den Artikel selbst noch nicht gelesen. Offenbar hatte man belastendes Material gefunden. Arvid Olofsson würde erst einmal in Untersuchungshaft bleiben.

»Die arme Frau wollte über das Heim in Smissarve schreiben, aber ich habe nichts verraten«, sagte Ulla. »Warum sollen wir denn die Festländer mit unseren Geschichten langweilen? Mit Ihnen zu sprechen ist etwas anderes. Sie sind ja nicht von der Presse.«

»Nein, ich würde nur gern wissen, wie ein normaler Tag dort aussah. Wie es Ihnen ging.«

Ulla lehnte sich erneut zu ihr über den Tisch und senkte die Stimme, ganz so, als würde sie ihr nun ein Geheimnis erzählen, während die Küche voller Gäste war.

»Wussten Sie, dass das Heim von der Kirche betreut wurde? Dahinter steckte eine Stiftung«, sagte sie.

»Davon habe ich gehört, ja«, flüsterte Anki zurück.

»Ich gehe davon aus, dass sie alle Nachweise verbrannt haben. Alle Unterlagen und dergleichen. Gab ja keinen Anlass, den Kram aufzubewahren, nachdem das Haus geschlossen wurde. Und was so über die idiotischen Kerle geschrieben wird, interessiert doch sowieso niemanden. Davon gibt es schließlich auch jetzt noch mehr als genug.«

Anki wählte die kleinen Nebenstraßen für die Rückfahrt durch die schöne Frühsommernacht. Ihr Kopf summte von allem, was Ulla Endrell erzählt hatte. Sie hatte es nicht leicht gehabt, aber schlussendlich war doch noch alles gut geworden. Wie unterschiedlich doch die Wege waren, die das Leben nehmen konnte.

Schon bald war Anki wieder in Mullvald. Sie hielt bei den Briefkästen, bevor sie weiter auf ihren Hof fuhr. Sie wünschte, sie hätte, wie der Postbote, einfach den Arm ausstrecken können, um ihren Briefkasten zu erreichen, aber so einfach war es dann doch nicht. Nein, sie musste sich abschnallen und aussteigen. Sie fischte Werbung und ein paar Rechnungen heraus. Verdammt, ja, bald war der Monat vorbei, sie durfte nicht vergessen, alles rechtzeitig zu bezahlen. Ganz unten lag ein brauner Umschlag. Auf der Vorderseite stand mit Filzstift nichts als ihr Name, eine Briefmarke gab es auch nicht. Anki schob den Zeigefinger unter die Lasche und riss hastig den Umschlag auf. Dann las sie die kurze Drohung mehrmals hintereinander. Irgendwo auf der Insel gab es jemanden, der verlangte, dass Anki aufhören sollte, in der Vergangenheit des Mütterhauses herumzuschnüffeln. Sie steckte den Brief in die hintere Hosentasche. Bei nächster Gelegenheit würde sie ihn verbrennen. Es war nicht nötig, Maja damit zu belasten.

31

Freitag, 27. Mai

Tryggve hatte es lange vor sich hergeschoben, und erst als das Wochenende unausweichlich bevorstand, überwand er sich und rief bei Anki an, um sie zum Essen einzuladen.

»Omas Telefon, Maja«, sagte eine junge Frauenstimme am anderen Ende.

Das überrumpelte ihn, und für einen Moment blieb er still.

»Ich heiße Tryggve Fridman. Hab ich mich verwählt?«

»Nee, wahrscheinlich nicht. Sie möchten bestimmt Anki sprechen, oder?«

»Ja.«

»Sie ist im Stall, aber ich kann ihr das Telefon gern bringen, wenn Sie möchten.«

»Das ist sehr nett, aber nicht nötig. Sie soll in Ruhe zu Ende arbeiten. Darf ich fragen, wer du bist?«

»Ihre Enkelin«, antwortete sie.

Ach, natürlich. Darauf hätte er von selbst kommen können. Anki hatte doch erwähnt, dass sie Besuch bekam.

»Ich bin Tryggve, aber das habe ich vielleicht schon gesagt. Würdest du sie von mir grüßen und fragen, ob es euch zeitlich passt, wenn ich dich und Anki … also, deine Oma zum Abendessen einlade?«

»Sie sind dieser Polizist, oder?«, fragte Maja.

»Das kann ich nicht abstreiten, aber ich kann auch gut kochen. Sollen wir sieben Uhr sagen?«

»Was gibt es denn?«

Ganz schön forsch, dieses Kind. Etwas zu vorwitzig für seinen Geschmack.

»Äh … Ich dachte an Lammfilet und Kartoffelgratin. Und noch irgendein Gemüse.«

»Mit Knoblauch? Das Gratin?«

»Das hatte ich vor, aber wenn dir lieber ohne wäre …«

»Nein, mit ist super«, sagte Maja. »Wir kommen, ich bestimme das jetzt einfach. Soweit ich weiß, hat sie für heute noch nichts vorbereitet. Sieben hatten Sie gesagt, oder?«

Später am Abend, nachdem sie das Lammfilet verspeist hatten und beim Nachtisch angelangt waren, den Tryggve fertig bei Konsum gekauft hatte – hübsche kleine Schälchen mit Mousse au Chocolat –, war er endlich bereit zur Aussprache mit Anki. Maja hatte sich ins Wohnzimmer zurückgezogen, Kopfhörer in den Ohren. Sie war außer Hörweite.

»Zuallererst«, sagte Tryggve, »möchte ich um Entschuldigung bitten. Du hattest voll und ganz recht damit, dass ich übertrieben habe, als ich dir vorwarf, dass du eine Mitschuld an Ninnis Tod trägst.«

»Akzeptiert«, sagte Anki, »und dann krieche jetzt wohl ich zu Kreuze und muss für meine Neugier um Vergebung bitten. Dabei ist es fast unverzeihlich, in den Briefen und Tagebüchern von anderen zu schnüffeln.«

Sie hoben die Gläser und prosteten sich zu. Das Kriegsbeil war begraben, eine Zusammenarbeit wieder denkbar.

»Hast du denn mehr über Arvid herausfinden können?«, fragte Anki.

»Du meinst, weil er noch immer in Untersuchungshaft sitzt?«

»Ja, genau. Das muss ja einen Grund haben.«

»Den Mord hat er jedenfalls nicht gestanden«, sagte Tryggve, »dafür aber, dass er in den Pfarrhof in Smissarve eingebrochen ist, um die Logbücher zu stehlen.«

»Na, darauf hätte ja jeder kommen können, schließlich waren die Bücher bei Inga und Arvid zu Hause.«

»Ja, aber du wusstest nicht, dass er mitten in der Nacht dort eingestiegen ist und dann das Fenster ganz pfiffig mit einer Schraube wieder verschlossen hat. Als die Kriminaltechniker seine Fingerabdrücke auf der Schraube fanden, gab er gezwungenermaßen auf, die Sache zu leugnen. Deshalb wird er noch festgehalten. Wir müssen abwarten, wie es weitergeht.«

Bevor seine Gäste kamen, während das Lammfilet im Ofen garte, war Tryggve nach oben gegangen und hatte die alten Dokumente durchgesehen, um herauszufinden, wofür die Initialen TP standen. Aber schnell gab er das Unterfangen wieder auf. Im Lauf der Jahre waren die Buchstaben verblasst und nur unleserliche Fragmente zurückgeblieben.

»Als du in Smissarve warst«, setzte Tryggve an, »bist du da jemandem mit den Initialen TP begegnet? Jemandem, der für die Gemeinde arbeitet?«

Anki nippte am Whisky, den er zum Espresso serviert hatte.

»Nein, ich glaube nicht«, sagte sie und dachte angestrengt nach. »Da war Ulrika Trogen, die wirklich nette Pfarrerin. Außerdem ein weiterer Pfarrer namens Björn Jonsson, ein junger Mann, der ständig unterwegs zu sein schien.«

»Sie haben auch einen Diakon, oder?«

»Wenn das jemand in grünem Hemd mit weißem Kragen und einem speziellen Emblem an der Kette ist, dann ja. Raymond heißt er, glaube ich. Aber an einen TP kann ich mich nicht erinnern. Das sind die Initialen, die auch in deinem Notizbuch stehen, oder?«

Ihm lag ein sarkastischer Kommentar auf der Zunge, aber er hielt sich zurück.

»Stimmt. Aber wenn ich so darüber nachdenke, halte ich es für unwahrscheinlich, dass er noch dort ist«, sagte er. »Dieser TP müsste in Rente sein und längst aus dem Spiel, sofern er noch lebt.«

»Ist er denn wichtig?«

Tryggve leerte sein Whiskyglas.

»TP war der Mann, den Ninnis Mutter damals anzeigte. Ich habe Kerstin Weström vor ein paar Tagen danach gefragt, aber sie hob nur den Zeigefinger und bekam einen finsteren Gesichtsausdruck.«

»Aber er muss doch irgendwo zu finden sein!«, sagte Anki.

Tryggve drehte das leere Glas zwischen den Fingern. Das war keine schlechte Sorte, die er da gekauft hatte.

»Vielleicht ist er tot«, sagte er. »Wenn ich ein Foto hätte, könnte ich es ihr zeigen. Möglich, dass das ihre Erinnerung weckt.«

Anki setzte sich hastig auf.

»Ein Foto!«, sagte sie laut. »Genau!«

Er starrte sie nur an.

»Susanne Bendelin hat eins«, sagte Anki voller Eifer.

»Ein Foto?«

»Ja, sie hat es von Ninni. Ein Gruppenfoto vorm Mütterhaus.«

»Das ist nicht dein Ernst! Was für ein Glück!«

»Du sagst es.«

Tryggve stand auf.

»Könnte Maja ein paar Stunden auf den Hund aufpassen?«

»Du meinst…?«

»Wir müssen sofort zu ihr. Allerdings mit dem Taxi, keiner von uns kann noch fahren.«

32

Während sie unterwegs nach Visby waren, suchte Anki die Nummer von Susanne Bendelin heraus und rief an. Es war gerade kurz nach halb neun, ein wenig spät für einen Spontanbesuch. Allerdings handelte es sich ja nicht um einen Höflichkeitsbesuch, hatte Tryggve gesagt, als Anki zweifelte.

»Wir befinden uns mitten in einer Mordermittlung, falls du das vergessen haben solltest. Zumindest inoffiziell.«

Susanne Bendelin nahm es ihnen nicht krumm. Anki ahnte, dass sie ihre tägliche Ration bereits intus hatte, vielleicht mehr, sie lallte ein bisschen.

»Kommen Sie ruhig vorbei«, sagte sie, »aber lange darf es nicht dauern, ich will *Call the midwife* schauen. Ich liebe die Serie.«

Anki versicherte ihr, dass es nicht lange dauern würde, da es ihnen ja nur um das Foto ging. Für den Rest der Fahrt dachte Anki über die Hingabe nach, mit der Susanne die Fernsehsendung zu schauen schien. Auch Anki verfolgte die Serie, in jeder einzelnen Folge kamen Babys zur Welt. Manchmal unter glücklichen Umständen, aber sehr häufig auch in unglücklichen, weil ärmlichen Verhältnissen, oder weil die Mutter zu jung war und das Kind nicht behalten konnte, ganz wie in Susannes Fall.

Sie passierten die Konditorei *Norrgatt*, und schon hielt das Taxi neben dem Parkplatz in der Neptunigata.

»Würden Sie hier auf uns warten?«, bat Tryggve den Fahrer. »Es wird nicht lange dauern.«

»Wollen Sie wieder zurück nach Mullvald?«

»Ja, genau«, antwortete Tryggve und klopfte dem Mann auf die Schulter. »Das wird ein fahrintensiver Abend für Sie.«

Anki war bereits ausgestiegen, stand auf dem Bürgersteig und wählte erneut Susannes Nummer an, um sie um den Türcode zu bitten, da öffnete jemand über ihnen die Balkontür.

»Hallo!«, rief eine raue Stimme. »Aufgepasst! Ich werfe Ihnen den Schlüssel runter.«

Gefährlich nah an Ankis Fuß klirrte es, instinktiv machte sie einen Schritt zur Seite.

»Ich kann ja schlecht den Türcode über die ganze Straße brüllen«, rief Susanne noch herunter, bevor sie die Balkontüre wieder schloss.

Susanne Bendelin war, das war Anki bewusst, alles andere als nüchtern, aber sie bewältigte die Situation problemlos. Die magere Frau hatte es sich, in einen übergroßen Pulli gehüllt, auf dem Sofa bequem gemacht. Sie war nicht geschminkt, die Augen von sehr hellen Wimpern gerahmt. Man hatte den Eindruck, es mit einem Mädchen zu tun zu haben, nicht mit einer Frau, die auf die sechzig zuging.

»Setzen Sie sich doch«, sagte Susanne und deutete zu den Sesseln.

Ihr kleines Heim war sauber und ordentlich. Im Regal

stand sehr viel Nippes, aber Staub schien es hier nirgendwo zu geben.

Tryggve und Anki wählten je einen Sessel und ließen sich nieder.

»Wir bleiben nicht lange«, sagte Tryggve. »Das Taxi wartet unten.«

»Aha«, sagte Susanne, dann lächelte sie. »So sieht man sich wieder.«

Tryggve nickte. »Ja, stimmt, wir haben uns ein paarmal getroffen.«

Susanne gab ein heiseres Lachen von sich.

»Die meisten vergisst man ja lieber, aber Sie hab ich sofort wiedererkannt, Fridman. Sie haben mich mal eingebuchtet. Nichts für ungut. Hinseberg war gut für mich. So war ich eine ganze Weile trocken.«

Anki wurde sofort neugierig, denn Susanne hatte sicher eine ganze Menge zu erzählen, aber für den Moment mussten sie sich auf anderes konzentrieren.

»Susanne, Sie haben mir gegenüber ein Foto erwähnt, das Ninni Ihnen gegeben hat«, sagte Anki.

Susanne schaltete den Fernseher aus und schien dann ins Leere zu starren.

»Das Foto?«, hakte Anki nach und dachte an den Zähler im wartenden Taxi.

»Ach ja.«

Mit einer Leichtigkeit, die Anki überraschte, stand Susanne auf und verschwand im Schlafzimmer. Sie hörten, wie eine Schublade geöffnet und dann wieder geschlossen wurde.

»Ich halte immer Ordnung«, sagte sie, als sie zurückkehrte. »Hier ist es, im Umschlag. Damals war ich richtig hübsch, würde ich sagen. Oder was meinen Sie, Fridman? Nur ein bisschen speckiger.«

Tryggve fischte das Bild aus dem Umschlag und betrachtete es genau. Dann drehte er es um und schaute auf die Rückseite.

»Wer ist der Mann in der Mitte?«, fragte er.

Susanne zuckte mit den Schultern.

»Irgendjemand. Keine Ahnung. Da gab es so viele.«

»Wissen Sie, wie Ninni an das Foto gekommen ist?«, fragte er.

Susanne Bendelin runzelte die Stirn. »Nein, das hat sie nicht gesagt. Vielleicht hatte sie es von ihrer Mutter.«

Tryggve steckte das Foto zurück in den Umschlag.

»Eins noch«, sagte Tryggve. »Haben Sie Ninni ermordet?«

Er schaute ihr direkt in die Augen, doch Susanne zuckte nur mit den Schultern.

»Aus welchem Grund?«

»Weil Sie zu denen gehören, denen es lieber wäre, die Vergangenheit ruhen zu lassen. Zum Beispiel.«

Susanne leerte ihr Weinglas und stellte es unnötig laut ab.

»Wo waren Sie Montagabend?«, fragte Tryggve.

Sie blinzelte und schenkte sich nach. »Um die Uhrzeit würde ich sicher nicht mehr an der Klippe rumkraxeln. Nein, Ihren brutalen Mörder müssen Sie anderswo suchen.«

»Woher wissen Sie, wann Ninni ermordet wurde?«

»Ich lese Zeitung«, sagte sie. »Und höre Radio.«

»Haben Sie denn ein Alibi?«, fragte Anki. »Gibt es jemanden, der bestätigen kann, dass Sie nicht am Tatort waren?«

»Ich glaube nicht. Außer die Nachbarn haben gesehen, dass ich zu Hause war. Und jetzt müssen Sie gehen.«

Sie drückte auf die Fernbedienung, und schon erschien der Vorspann ihrer Lieblingssendung. Anki selbst würde sich mit der Wiederholung zufriedengeben oder online schauen müssen.

Susanne ignorierte ihre Besucher und versank in ihrer Serie. Tryggve nickte zur Wohnungstür. Sie konnten genauso gut wieder gehen, hier würden sie doch nicht mehr erfahren.

»Könnte es Susanne gewesen sein?«, flüsterte Anki, als sie wieder im Taxi saßen.

Sie wollte nicht, dass der Fahrer hörte, worüber sie sprachen.

»Die Vorfälle sind so lange her«, fuhr sie fort. »Ich halte es für unwahrscheinlich, dass das zum Motiv reicht. Geschweige denn für einen Mord.«

»Trotzdem nicht ganz unvorstellbar«, sagte Tryggve. »Ihre Vergangenheit ist nicht gerade makellos.«

»Aber sie ist so klein und zart. Die Frage ist, ob sie überhaupt genügend Kraft für eine solche Tat hätte.«

»Aber sie hat kein Alibi«, sagte er. »Wenn Myrstedts Leute sie noch nicht vernommen haben, werde ich ihm mal einen Hinweis geben. Vielleicht kommt dabei ja etwas heraus. Denn sie können sie definitiv besser unter Druck setzen als wir.«

33

Dienstag, 31. Mai

Langsamer und nicht so heiter wie gewöhnlich spielte der Kantor *Gotländische Sommernacht*, während die Trauergäste sich in der Kirche von Buttle, Ninnis Geburtsort, zum Gedenkgottesdienst einfanden. Die richtige Beerdigung musste noch warten, bis die Ermittlungen abgeschlossen waren. Aber ein Gottesdienst, um sich zusammen an Ninni zu erinnern und sie zu ehren, war eine gute Idee, fand Anki, die zusammen mit Tryggve und Maja hergekommen war.

Tryggve ging voran und wählte eine Bank in der Mitte der Kirche. Ein angemessener Abstand für jemanden, der weder verwandt noch eng mit Ninni Weström befreundet war.

Anki schaute sich um. Rechts des Mittelgangs waren zwei Bankreihen gefüllt von Menschen, die sie nicht kannte. Sie stupste Tryggve leicht in die Seite.

»Wer ist das, was meinst du?«, fragte Anki und deutete mit dem Kopf zu den Bänken.

»Journalisten, würde ich schätzen«, antwortete dieser. »Ninnis Kollegen. Ich kenne zwei von ihnen. Sie arbeiten für *Radio Gotland.*«

Dass sie geschlossen gekommen waren, gefiel Anki. Ein paar der anderen Gäste erkannte Anki wieder. Dagny Jonsson zum Beispiel war auch da und saß ganz weit vorn auf der rechten Seite. Vielleicht war sie gekommen, um ihren Sohn Björn zu unterstützen, und Anki beschlich der Verdacht, dass Dagny ihren Sohn von Kindesbeinen an verhätschelt hatte.

Susanne Bendelin saß ganz außen in einer Bank. Ihr faltiges Gesicht wirkte sogar noch blasser als bei ihrem letzten Zusammentreffen. Vermutlich lag es daran, dass sie komplett schwarz gekleidet war, in schwarzen Jeans und weitem schwarzen Pulli. Heute war sie wieder kräftig geschminkt, die Augen mit Lidstrich, auf den Lippen blassrosafarbener Lippenstift.

Hatte eine der Frauen den Drohbrief an Anki geschickt? Den Brief, den sie im Kamin verbrannt hatte, dessen Inhalt sie aber trotzdem noch auswendig konnte. *Hör auf zu schnüffeln! Sonst nimmt das ein böses Ende!* Anki erschauderte, und Maja schaute sie fragend an.

»Alles in Ordnung«, flüsterte Anki, »mir war nur plötzlich kalt.«

Sie hatte den Brief weder Tryggve noch Maja gegenüber erwähnt, weil sie niemanden beunruhigen wollte. Die Polizei hätte sie kontaktieren sollen, das wusste sie, aber dazu war sie nicht gekommen.

Maja war ganz gefesselt von Ninnis Artikeln und bestand darauf, mitzukommen. Dass die Reportage offenbar das Motiv zum Morden gewesen war, hatte Maja aufgewühlt. Vermutlich zum Teil, da ihr Vater ja im selben Bereich arbeitete und ebenfalls des Öfteren pikante Angelegenheiten recherchierte. Anki hatte mitbekommen, dass sie seit dem Mord jeden Tag mit ihm telefoniert hatte.

Raymond und Terttu Dixén waren ebenfalls da. Vermutlich repräsentierten sie die Gemeinde Smissarve.

In der Bank hinter ihnen entdeckte sie Ulla Endrell und eine weitere Grauhaarige. Anki kannte auch sie.

»Schau mal«, sagte sie und knuffte Tryggve erneut. »Inga Olofsson und Ulla Endrell sitzen nebeneinander.«

Tryggve folgte ihrem Blick.

»Wir werden ja sehen, wie es mit Arvid weitergeht«, sagte er. »Myrstedt hat deine Schilderung jedenfalls zur Kenntnis genommen.«

Anki musste daran denken, wie plötzlich Ingas Sohn mit dem Gewehr in der Küche aufgetaucht war. Was, wenn er wirklich der Täter war? Die Methode war nicht gerade einfallsreich gewesen, der Ort, an dem die Leiche entsorgt worden war, dafür umso mehr. Arvid stammte ganz aus dem Süden Gotlands, aus Sudret, konnte er wirklich das Leichenversteck in Visby kennen?

Die Orgelmusik änderte sich, der Kantor stimmte das erste Lied an. Als die versammelten Trauergäste *Bleib bei mir, das Ende des Tages ist nah* sang, rührte die Melodie etwas in Anki an, sodass sie nach einem Taschentuch suchen musste.

Sie betrachtete das Foto von Ninni, das vorne aufgestellt war. Ein Strauß hellroter Gerbera stand neben dem Kerzenständer. Wer wollte, konnte nach vorn gehen und ein Licht entzünden. Ninni Weströms so trauriger und brutaler Tod bewegte viele.

Als die letzten Töne verklangen, brachte Gabriella vom Seniorenheim in Roma Kerstin Weström herein und schob sie bis ganz nach vorn. Die arme Frau. Hatte ihre Tochter verloren und war sich dessen nicht einmal bewusst. Wobei, was verstand Anki schon davon, was in den Köpfen dementer Menschen vorging?

»Im Namen des Vaters, des Sohnes und des Heiligen

Geistes, Amen«, sagte Björn Jonsson. »Wir haben uns heute hier versammelt, um Ninni Weström zu gedenken und sie in Gottes Hände zu übergeben.«

Björn trug eine schwarze Stola, das sonst so unbändige rote Haar war gekämmt, und er wirkte gefasster als bei ihrem letzten Zusammentreffen.

»Wer ist das?«, fragte jemand laut. Kerstin Weström zeigte auf das Foto.

»Das ist Ninni, Ihre Tochter«, sagte Björn deutlich. »Jetzt wollen wir ihrer gedenken und dem, was sie erreicht hat.«

Die Mutter verstummte, und Anki wünschte, ihr Gesicht sehen zu können, doch das war von ihrer Position aus ein Ding der Unmöglichkeit. Björn hatte mit seiner Ansprache begonnen, und Anki lauschte gebannt. Was sagte man über jemanden, der brutal ermordet worden war?

Während er sprach, blickte er die ganze Zeit Ninnis Mutter an. Erzählte zunächst von Ninnis Kindheit, von dem fröhlichen, kessen Mädchen, das im Leben etwas erreichen wollte. Er ließ ihre gesamte Laufbahn Revue passieren und näherte sich der Reportage über das Mütterhaus in Smissarve.

»Ich bin schon häufig an den roten Häuserreihen vorbeigekommen, die im Schatten einer riesigen Felswand liegen. Ein Ort, an dem die Sonne niemals scheint«, sagte er.

Anki erschauderte. Genauso hatte er sich ausgedrückt, als sie sich während ihres Ausritts begegnet waren.

»Ninni hatte Hinweise auf unrechtmäßige Handlungen gefunden, die lange im Verborgenen geblieben sind und die sie ans Licht bringen wollte.«

Anki war, als hörte sie ein Zittern in seiner Stimme.

»Aber es waren Handlungen, die kein Sonnenlicht tolerierten«, fuhr Björn fort. »Unbequeme Wahrheiten, die sie ausgrub. Waren diese Wahrheiten so gefährlich, dass sie zu ihrem Tod führten? Kein Schatten soll über Ninni fallen, bitten wir den Herrn, unsern Gott, dass das freie Wort fortleben möge, ohne dass weitere Menschen ihr Leben lassen müssen. Bitten wir ihn darum, dass der Schuldige sich zu erkennen gebe. Amen.«

In der Kirche war es totenstill. Kein Schuh schabte über den Boden, niemand blätterte im Gesangbuch, niemand räusperte sich. Ankis Blick wanderte zum Ehepaar Dixén. Terttu hob gerade das Taschentuch an die Augen, Raymond starrte Björn mit gerunzelter Stirn an.

Kurz wurde es laut, als Susanne Bendelin aufstand und die Kirche mit schnellen Schritten verließ. Sie presste ein Taschentuch gegen ein Auge und schluchzte. Die Tür schlug laut hinter ihr zu.

Anki schielte zu Tryggve hinüber, der ebenfalls ein Taschentuch fest umschlossen hielt. Hatte er geweint? Sie war so gefesselt gewesen von Björns Ansprache, dass sie Tryggves Reaktion gar nicht mitbekommen hatte. War dem Pfarrer bewusst, dass Ninnis Mörder hier unter ihnen sein konnte? Vielleicht war es ja sogar Susanne, die gerade hinausgerannt war.

»Die Polizei hat alles im Blick«, sagte Tryggve so leise, dass nur Anki ihn verstehen konnte. »Ganz hinten sind zwei Kollegen.«

Sie drehte sich ungeniert um und erblickte tatsächlich zwei Polizisten in Zivil. Anders Klintvall und Camilla Persson. Nicht verwunderlich, dass sie gekommen waren, der Fall war schließlich nicht aufgeklärt. Da schadete es nicht, die Verwandten und Bekannten des Opfers genauer unter die Lupe zu nehmen.

»Herr, nimm Ninni in Frieden entgegen«, sagte Björn

und faltete die Hände, »Lasst uns alle ein Licht für Ninni Weström entzünden.«

Zu den Klängen von *Älska mig*, gesungen von den Ainbusk Singers, gingen sie nacheinander nach vorn. Die meisten blieben eine Weile vor dem Foto stehen, bevor sie in ihre Bank zurückkehrten, um still ihren Gedanken nachzuhängen. Maja war sichtlich gerührt und ließ ihren Tränen freien Lauf. Anki legte ihr einen Arm um die Schultern. Wie hübsch Maja war, selbst mit verlaufener Wimperntusche.

Der Gedenkgottesdienst war stimmungsvoll gewesen, und es war gut, dass sie sich auf diese Art hatten verabschieden können. Verabschieden von der Frau, die die Wahrheit über das Mütterhaus erzählen wollte. Wer würde diese Aufgabe nun übernehmen? Wer würde den letzten Artikel fertigstellen, um Ninni und ihrer Mutter Gerechtigkeit widerfahren zu lassen?

»Wir müssen das aufklären«, sagte Anki zu Tryggve.

Er hob die ergrauenden Augenbrauen. »Selbstredend«, sagte er.

Vor ein paar Tagen noch hatte sie geglaubt, er würde sie aufhalten. Schon früher war er nicht immer begeistert gewesen von der Idee, mit Anki zusammenzuarbeiten, und diesmal war er richtig wütend geworden. Sie tätschelte leicht seinen Arm, es war schön, dass sie sich wieder vertragen hatten.

Tryggve entfernte sich, um Kerstin Weström sein Beileid auszusprechen.

Kurz darauf saß Anki in ihrem Wagen und wollte gerade den Zündschlüssel umdrehen, da trat Björn Jonsson aus der Kirche und kam auf den Parkplatz. Raymond Dixén, der auf dem Friedhof stand und mit seiner Frau und Dagny Jonsson sprach, entschuldigte sich sofort und eilte dem Pfarrer hinterher. Er griff nach Björns Schulter. Anki kurbelte die Scheibe hinunter, denn die Männer waren ganz in der Nähe. Davon, dass sie beobachtet wurden, ahnten sie nichts.

»Bist du in deiner Ansprache nicht ein bisschen weit gegangen?«, fragte Raymond.

»Inwiefern?«, fragte Björn zurück.

»Musstest du so sehr darauf herumreiten, dass der Mörder mitten unter uns sein könnte? Die Trauernden hätten Worte des Trosts verdient, finde ich.«

Björn starrte ihn finster an.

»Wenn du jedes Mal weißt, wie ich meinen Job besser machen könnte, hättest du vielleicht eine andere Laufbahn einschlagen sollen«, fauchte er. »Vielleicht hätte es geholfen, direkt Theologie zu studieren, um Pfarrer zu werden, statt sich ein Leben lang nur als Pfarrer aufzuspielen.«

»Aber ich habe doch bloß gesagt …«

»Vermutlich fehlt dir die Begabung dafür«, fuhr Björn fort. »Außerdem finde ich, es ist an der Zeit, dass du dich endlich zur Ruhe setzt. Du bist doch längst im Rentenalter. Die Gemeinde braucht junge Energie.«

Er öffnete die Tür zum Dienstwagen der Pfarrei Smissarve, stieg ein und knallte die Tür zu. Dagny kam schnell herbei und stieg zu ihm ins Auto, während Björn startete und dann sehr schnell ausparkte, um davonzufahren.

Raymond blieb allein mit hängenden Schultern zurück. Er hatte eine deutliche Ansage von seinem jüngeren Kollegen bekommen, und damit hatte er sicher nicht gerechnet.

34

»Oma, ich habe die Artikel jetzt noch mal gelesen, und sie sind wirklich hammergut geschrieben. Der dritte muss einfach noch erscheinen.«

Nach der Rückkehr vom Gedenkgottesdienst hatte Maja sofort nach Ninnis Artikeln gefragt, dann war sie mit den Zeitungen in ihrem Zimmer verschwunden, hatte die Tür hinter sich geschlossen und war ein paar Stunden lang nicht wieder herausgekommen. Anki konnte sich nicht vorstellen, dass sie so lange brauchte, um die Texte zu lesen, vermutlich war Maja eingeschlafen, oder sie hatte lieber Musik gehört.

Jetzt stand Maja im Wohnzimmer und betrachtete ihre Großmutter mit ernster und bestimmter Miene. Anki war erschöpft von dem Gottesdienst und hatte es sich auf dem Sofa bequem gemacht, die Füße auf den Couchtisch gelegt. Ihr war weder nach Lesen noch Fernsehen zumute gewesen, sie hatte einfach nur dagesessen, ins Leere geschaut und den Gedanken freien Lauf gelassen. Wer hatte Ninni Weström ermordet? Arvid? Der Verdacht gegen ihn hatte sich erhärtet, er saß noch immer in Untersuchungshaft, das wusste sie aus der Zeitung. Dass Susanne Bendelin die Täterin war, konnte Anki sich nicht wirklich vorstellen. Die Frau hatte genug damit zu tun, ihren Alltag zu bewältigen, und selbst wenn das Trauma sie noch quälte, dann reichte es doch nicht als Motiv für einen Mord an Ninni – höchstens hegte sie vielleicht Mordgedanken für denjenigen, der ihr selbst damals übel mitgespielt hatte.

Anki richtete ihre Aufmerksamkeit jetzt voll auf Maja. Was hatte sie gesagt? Sicher hatte sie Ninnis Reportage gelobt?

»Ja, sie sind richtig gut«, sagte Anki, »aber ich gehe davon aus, dass der dritte Artikel nicht mehr erscheinen wird, wenn man bedenkt, was passiert ist. Außer er war bereits geschrieben. Vielleicht ist er fertig und liegt auf ihrem Computer. Oder sie hat ihn bereits an die Redaktion gemailt, dann kann dort entschieden werden, ob sie ihn posthum veröffentlichen.«

»Posthum?«

»Ein Wort, mit dem du heute dein Vokabular bereichern kannst«, lächelte Anki. »Es bedeutet, dass man etwas nach dem Tod von jemandem macht. Karlfeldt zum Beispiel bekam den Nobelpreis posthum.«

»Karlfeldt?«

Herrgott, was lernten die Kinder denn heutzutage in der Schule?

»Vergiss den alten Erik Axel, von dem erzähle ich dir nächstes Mal.«

»Wo ist denn ihr Computer? Hat die Polizei den mitgenommen?«, fragte Maja.

Anki nahm die Beine vom Tisch und setzte sich aufrecht hin.

»Da fragst du was!«, sagte Anki. »Wo, um alles in der Welt, ist der Computer? Es ist anzunehmen, dass er bei der Polizei ist, aber davon habe ich bisher nichts gehört. Ich werde mal bei Tryggve nachhören.«

Sie nahm ihr Handy vom Tisch und wählte Tryggves Nummer.

»Tryggve«, sagte sie, übersprang wie gewöhnlich die höflichen Begrüßungsfloskeln. »Ninnis Computer, weißt du, wo der ist?«

Er grunzte etwas Unverständliches.

»Im Ernst, Tryggve. Weißt du, ob sie ihn gefunden haben? Er müsste eigentlich im Auto gelegen haben, denn Ninni hat … hatte ihn immer bei sich. Wenn er dort nicht war, dann …«

»… dann hat der Täter ihn«, vollendete Tryggve den Satz. »Du hast völlig recht. Ich rufe Mats sofort an und frage nach.«

Wenige Minuten später kam eine SMS von Tryggve. *Sie haben den Laptop im ausgebrannten Wagen gefunden.* Anki schrieb schnell zurück. *Völlig zerstört vermutlich?* Tryggve war nicht langsam, Anki musste nur eine halbe Minute warten. *Kriminaltechnik untersucht Festplatte. Vielleicht nicht alles verloren. Dauert.* Anki hielt Maja das Handy hin.

»Oh, *shit!* Das wäre echt Mist, wenn der letzte Artikel nicht erscheint«, sagte sie. »Wenn man die ersten beiden liest, dann merkt man doch, dass sie im dritten … tja, wie sagt man das, na, dass sie da mehr über sich selbst schreiben will.«

»Dass sie persönlicher werden will, meinst du?«, fragte Anki.

»Ja, genau.«

Anki musste an das Notizbuch denken, das sie sich so frech von Tryggve ausgeliehen hatte. Darin wurde die Anzeige von Kerstin erwähnt und sogar irgendwas über ihre Tochter. Was, wenn nicht nur Ninnis Mutter Opfer eines Übergriffs geworden war? Vielleicht war Ninni selbst … Sie konnte den Gedanken nicht mal zu Ende denken.

»Lieber Gott!«, entfuhr es ihr.

Und wenn sich dieser Mensch, wer immer es war, an dem Kind vergangen hatte? Kein Wunder, wenn Ninni darüber schreiben wollte.

»Was ist los, Oma?«

Anki stand auf. »Ach, weißt du, Maja, vielleicht... Himmel, ist mir plötzlich kalt. Ich bin ganz deiner Meinung, der dritte Artikel wäre sehr wichtig gewesen, aber was können wir jetzt schon tun?«

»Dafür sorgen, dass der dritte Artikel geschrieben wird!«, sagte Maja bestimmt.

»Und das willst du übernehmen?«

»Ja! Ich weiß schon, wie ich das machen werde, aber das verrate ich nicht. Noch nicht. Ich will es auf jeden Fall versuchen.«

Sie verschwand in ihrem Zimmer und schloss die Tür hinter sich. Anki ging in den Flur und zog ihre Stallsachen an. Egal wie schauerlich die Umstände, Osk und Austri brauchten ihr Abendessen. Außerdem hatte Anki ein schlechtes Gewissen, weil sie heute gar nicht geritten war. Das durfte sie nicht einreißen lassen.

Bevor sie hinausging, kehrte sie noch einmal zum Rosenzimmer zurück, in dem Maja leise telefonierte. Ihrem Tonfall nach zu urteilen, sprach sie mit jemandem, den sie gut kannte. Anki brachte das Ohr näher zur Tür. Sicher war sie neugierig, aber sie musste sich zusammenreißen. Wie sollte sie ihrer Enkelin gestehen, dass sie sie belauscht hatte?

Anki öffnete die Stalltür und warf einen Blick in die offenen Boxen. Am Morgen hatte sie die Pferde einfach nur auf die Weide gebracht und nicht ausgemistet, weil sie schon so zeitig zum Gedenkgottesdienst mussten und sie vom Vortag noch so erschöpft gewesen war. Eigentlich war es auch nicht weiter schlimm, nach dem ganzen Stillsitzen konnte sie die körperliche Betätigung gut brauchen. Sie holte die Schubkarre samt Mistgabel und machte sich an die Arbeit. Dabei drehten sich ihre Gedanken um den Gottesdienst.

Warum war Inga Olofsson gekommen? Sie wollte doch nur schöne Erinnerungen haben, um ihr Leben bewältigen zu können. Anki wäre an ihrer Stelle zu Hause geblieben und hätte sich Sorgen um den Sohn gemacht, statt den weiten Weg bis nach Buttle zurückzulegen. Schließlich konnte ihr Sohn der Mörder sein, selbst wenn er es noch so hartnäckig bestritt.

Anki schleuderte eine Gabel voll Mist Richtung Karre und hatte sich verschätzt. Die Hälfte landete daneben.

»Chill mal«, ermahnte sie sich selbst und musste sofort grinsen. Majas Ausdrucksweise schien unbemerkt abzufärben. »Kehrschaufel und Besen, dann ist das sofort wieder behoben. Wenn ich nur …«

Sie hielt inne, fischte ihr Handy aus der Tasche und suchte die richtige Nummer. Es tutete ein paarmal, bevor eine brüchige Stimme sich meldete.

»Inga Olofsson.«

»Hallo«, sagte Anki aufgeregt. »Ich habe Sie vor Kurzem besucht. Die Heimatforscherin.«

Es blieb kurz still im Hörer.

»Was wollen Sie?«

Anki holte tief Luft, schöpfte Mut.

»Ich habe ein paar der Logbücher aus dem Mütterhaus bei Ihnen auf der Veranda gesehen, als ich gegangen bin. Ich wollte fragen, ob ich einen Blick hineinwerfen dürfte.«

Wieder Stille.

»Hallo? Sind Sie noch da?«, fragte Anki.

»Die Bücher«, sagte Inga Olofsson, und die Brüchigkeit war komplett aus ihrer Stimme gewichen, stattdessen lag darin Schärfe, »hat die Polizei mitgenommen, als sie Arvid abholten. Das heißt die, die noch übrig waren, alle anderen haben wir verbrannt. Komisch, dass Sie das nicht gesehen haben, als Sie hier waren.«

»Ich verstehe.«

»Ach ja? Dabei haben doch Sie ihn angeschwärzt. Dafür gesorgt, dass ich jetzt allein hier im Haus sitze und mein unschuldiger Sohn in Untersuchungshaft.«

»Nun ...«

Es klickte in der Leitung. Inga Olofsson hatte aufgelegt.

35

Mittwoch, 1. Juni

Die Dunkelheit hatte sich noch nicht ganz gelichtet, als Björn auf sein Fahrrad stieg. Es war gerade mal halb vier an diesem ersten Junimorgen, aber das Aufstehen war ihm nicht schwergefallen. Er wusste, dass er dafür belohnt werden würde. Reichhaltiger als jeder andere. Er würde den Sonnenaufgang bei der großen Klippe sehen.

Er hatte nicht gerade gut geschlafen, seit der gestrigen Vernehmung durch die Polizei geisterten ihm unzählige Gedanken durch den Kopf. Dass Ninni Weström tot war, fand er schrecklich bedrückend, und den Gedenkgottesdienst halten zu müssen hatte ihn eine Menge Kraft gekostet.

Das Rad war gut geschmiert, er bog praktisch geräuschlos von der Landstraße in den kleinen Weg ein, der ihn an der Kirche vorbei zum Meer führen würde. Er musste an die Reiterin denken, die ihn nach den roten Häusern gefragt hatte. Damals hatte er noch nicht viel sagen können, aber seit Ninni Weströms Reportage wusste er umso mehr. Er fand es interessant, dass sich jemand der Geschichte des Ortes widmete, wiederum ein Punkt, in dem er und Raymond sich nicht einig waren.

Björn trat in die Pedale. Es gab anderes, das ihn mehr bekümmerte und wovon sein Kopf ständig voll war. Die Arbeit war nicht das, was er sich nach der Priesterweihe erhofft hatte. Eigentlich war an seiner derzeitigen Aufgabe nichts auszusetzen, und seine Chefin war eine sehr aufmerksame Frau, die alles dafür tat, dass er sich wohlfühlte. Leider reichte das nicht, aber daran konnte Ulrika auch nichts ändern. Die Dämonen, die ihn jagten, behielt er für sich.

Es war ihm gelungen, das Studium in Uppsala zu überstehen. Er hatte gute Freunde gehabt, die Zukunft hatte sich hell und leicht angefühlt, zumindest immer wieder zwischendurch. Nach der Priesterweihe war er ein Jahr lang als Vikar bei einer kleinen Gemeinde südlich von Stockholm gewesen, danach arbeitete er in einem der Vororte der Hauptstadt, bevor er schließlich die Stelle in seiner Heimatgemeinde antrat. Er hatte so sehr gehofft, dass alles besser werden würde, wenn er erst wieder zu Hause war. Bei seinem Antrittsgottesdienst hatte seine Mutter ganz vorn in der Kirche gesessen, ein stolzes Lächeln im Gesicht. Viele andere Gemeindemitglieder hatten ihm gratuliert und ihn willkommen geheißen, inklusive Raymond Dixén. Alles wirkte hell und bereit für Björn und seine Taten als Diener Gottes. Er freute sich besonders, dass er den Konfirmandenunterricht übernehmen durfte. Diese Jugendlichen waren eine wunderbare Truppe, die Treffen mit ihnen gehörten zu den Highlights seiner Arbeitswoche. Aber selbst dazu hatte der Diakon seine ewigen Ratschläge.

»Lass ihnen nicht zu viele Freiheiten. Eine Konfirmandengruppe braucht Ordnung und Struktur.«

Björn hatte versucht, das nicht an sich heranzulassen, und einfach weitergemacht, wie er wollte. Die Jugendlichen hatten vor, sämtliche biblischen Geschichten zu rappen, eine moderne Version der Konfirmandenprüfung. Das würde ein ziemlicher Zirkus werden, wenn der Tag endlich kam. Ein wunderbarer Tag, von den Konfirmanden selbst gestaltet.

Björn lachte und trat in die Pedale. Wenn er an die Jugendlichen dachte, wurde ihm ganz warm ums Herz. Ihre unbeeindruckte Frische wog jeden Mist auf, den Raymond über ihm auskippte. Björn wandte sich täglich an Gott und bat darum, dass der Diakon sich änderte, aber bisher wartete er vergeblich auf eine Antwort. Eine Aktion von Raymond hing ihm noch immer nach: Der Diakon war einfach zu dem Paar gefahren, dessen Sohn sich vor Kurzem das Leben genommen hatte, und das, nachdem Björn selbst die beiden bereits besucht hatte. Das durfte er natürlich, wenn er wollte, aber danach war er mit neuen Liedervorschlägen zu Björn gekommen und hatte ihm außerdem einen Zettel gegeben, auf dem er notiert hatte, was in der Traueransprache über den Sohn gesagt werden sollte.

»Wir haben deinen Besuch ein bisschen nachkorrigiert«, war Raymonds Kommentar gewesen, als er ihm den Zettel reichte.

Und Björn blieb nichts anderes übrig, als die Vorgaben zu befolgen. Aber schon da war er kurz davor gewesen, dem Diakon eine zu scheuern.

Nun warf er einen Blick auf seine Smartwatch und fuhr weiter. Es lagen nur noch wenige Meter vor ihm, und in fünf Minuten würde die Sonne aufgehen. Er schaute hinauf in den klaren Himmel, das würde ein ungetrübtes Naturschauspiel werden.

Er lehnte das Rad gegen einen Strauch und schlenderte zur Klippe. Dann fischte er die Sitzunterlage aus seinem Rucksack, platzierte sie auf den Boden und setzte sich im Schneidersitz darauf. Er drehte die Handflächen zum Himmel, legte sie auf die Knie und schaute auf Meer, als sich gerade die ersten Strahlen am Horizont zeigten. Nie fühlte er sich Gott näher, als wenn er den Sonnenaufgang miterleben konnte.

Vollkommen still war es natürlich nicht, im umliegenden Gebüsch erwachten die Vögel und freuten sich über den neuen Tag. Unten vom Strand hörte er Möwen kreischen. Manchmal ging er dort mit seinem Fernglas entlang und beobachtete Austernfischer und andere Watvögel, deren Namen er nicht kannte. Von dem Wissen, das Raymond über Vögel hatte, war Björn meilenweit entfernt.

Wenn die Sonne sich erst einmal zeigte, ging es schnell. Die magischen ersten Minuten, in denen der Himmel brannte, würden schnell vorbei sein. Björn konzentrierte sich auf den Himmel Gottes und den Frieden der Natur und war tief in seine Meditation versunken. Ein paar wenige Wolken brachen die Strahlen stellenweise und erinnerten Björn an die Bilder Gustave Dorés, die er so viele Stunden in der Familienbibel betrachtet hatte. Ein herrlicher Anblick, den nur der Herr selbst schaffen konnte.

In diesem wunderbaren Augenblick vernahm er ein Knirschen. Fahrradreifen auf Kies, das Geräusch von einem Fahrradständer, der heruntergeklappt wurde. Typisch. Niemals sollte man sich einbilden, allein in der Natur zu sein, aber wer zum Kuckuck war denn um diese Zeit unterwegs? Jemand, der jedenfalls keinen Wert auf Stille legte. Björn gab sich alle Mühe, den Eindringling zu ignorieren und sich diesen Moment der Besinnung nicht nehmen zu lassen, deshalb schaute er nicht, wer da gekommen war.

»Soso, bist du zum Morgengebet hier?«, fragte eine ihm nur zu bekannte Stimme. Raymond stellte sich direkt vor Björn hin und verdeckte so das himmlische Schauspiel. Den rosafarbenen Pulli hatte er wie immer um die Schultern geknotet, das Haar zum üblichen Pferdeschwanz gebunden. Um den Hals trug er ein Fernglas.

Björn dachte nicht daran, die Frage mit einer Antwort zu würdigen, sondern schaute weiter aufs Meer hinaus, etwa auf Höhe von Raymonds Knie. Wieso musste der nörgelige Diakon ausgerechnet jetzt auftauchen und seinen Moment der Ruhe und Einsamkeit stören? Es reichte doch wirklich, dass er ihm die Arbeitstage vermieste.

»Wunderschön«, sagte Raymond und wandte den Kopf zum Sonnenaufgang. »Das lässt sich nicht leugnen. Kommst du oft her?«

Björn schaute zu seinem Kollegen hinauf und versuchte, ihn selbst aus dieser Position mit einem strengen Blick zu bedenken.

»Ich würde mich über Stille freuen«, sagte er und ballte die Hände zu Fäusten. »Deshalb bin ich hergekommen.«

Raymond lachte, also kapitulierte Björn und stand auf. Der Zauber war gebrochen, der selige Moment zerstört. Dieser verfluchte Idiot, dieser Teufel! Björn machte einen Schritt auf den Kollegen zu, bis er dicht vor ihm stand.

»Ich wäre dir unendlich dankbar, wenn du mich ein Mal in Ruhe lassen könntest!«, zischte Björn.

Der Diakon, der immer noch mit dem Rücken zum Meer stand, machte einen Schritt zurück und strauchelte.

»Hallo! Immer mit der Ruhe. Ich möchte mich doch nur ein bisschen austauschen. Vielleicht hast du ja Interesse daran, ein paar Vögel zu beobachten.« Er hielt ihm das Fernglas hin.

Björn ballt die Fäuste umso fester.

»Ständig hast du es auf mich abgesehen, Raymond.« Er wurde laut. »Entweder findest du Fehler in meiner Predigt, oder aber irgendwas mache ich bei meinen Hausbesuchen, dass du dich immer wieder berufen fühlst, auf eigene Faust noch mal loszuziehen, um etwas zu richten, das du für falsch hältst. Lass mich doch einfach meinen Job machen! Auf meine Art und Weise!«

Raymond hob abwehrend die Hände. Machte noch einen Schritt zurück.

»Aber junger Mann, nichts für ungut. Ich möchte doch nur helfen.«

In seinem Kopf hämmerte es. Björn wusste, dass er still sein sollte, sonst würde er die Kontrolle über sich verlieren. Er biss die Zähne aufeinander, beugte sich hinunter, um die Sitzunterlage aufzuheben und schwang den kleinen Rucksack über die Schulter. Er war nicht mal dazu gekommen, die Thermoskanne auszupacken, aber das war jetzt auch egal. Er drehte sich um und entfernte sich wenige Schritte vom Abgrund.

»In dem Fall hast du einfach ein bisschen Hilfe bei der Beerdigung brauchen können, falls es das ist, was dich so bedrückt«, sagte Raymond.

Björn bohrte die Fingernägel in die Sitzunterlage. Der Teufel – oder war es der Diakon – sollte verstehen, dass er besser die Klappe hielt. Und vor allem nicht einfach dastand und Gustave Dorés Bibelhimmel verdeckte.

»Die Vorbereitung ließ zu wünschen übrig«, fuhr Raymond fort. »Deine Unerfahrenheit kann ich in dem Fall entschuldigen, aber nicht die Nachlässigkeit, mit der du dort vorgegangen bist.«

Björn drehte sich hastig um. Hörte das Blut in den Ohren rauschen. Machte ein paar Schritte auf das Geschöpf zu. Der Herr mochte ihm gnädig sein. Der Teufel sollte ihn nicht in die Finger bekommen.

36

Die Pfarrerin Ulrika Trogen war früh in ihr Büro gekommen und hatte einen Großteil Liegengebliebenes abarbeiten können. Wobei, früh… sich um acht an seinem Arbeitsplatz einzufinden war eigentlich eher normal, aber offenbar war sie die Einzige, die heute daran gedacht hatte. In allen anderen Zimmern herrschte Stille, und sie sah weder Björn noch Raymond noch irgendjemand sonst. Lasse Nyroth, der Hausmeister, fing gemeinhin um sieben an und schaute meist vorbei, um sie zu grüßen, aber er hatte bereits vergangenes Wochenende mitgeteilt, dass er heute zur Kirche in Sojvide musste und frühestens zur Vormittagspause gegen halb zehn eintreffen werde. Die Raumpflegerin, die bei einer Putzfirma angestellt war, schaute immer zwischendurch vorbei, hatte aber – genau wie der Hausmeister – mehrere Orte zu betreuen, sowohl Kirchen als auch Gemeindehäuser. Als die Gemeinden zusammengelegt worden waren, hatte sich das Arbeitspensum für beide vergrößert. Für mehr Mitarbeiter reichte das Budget nicht.

Ulrika musste sich damit abfinden, keine Gesellschaft zu haben, und stürzte sich in ihre Überlegungen für die Sonntagspredigt. Ihr blieben noch ein paar Tage, aber es schadete ja nicht, einen Blick in die Bibel zu werfen und die grauen Zellen arbeiten zu lassen. Etwas Inspirierendes zu finden und dann darüber nachzudenken, wie sie die Predigt aufziehen konnte. Sie schlug das Johannesevangelium auf und las. Blieb an der Aussage eines der Jünger hängen, die er an Jesus richtete: *Jetzt sprichst du mit klaren Worten*. Das sollte Ulrikas Leitsatz werden, generell sollte es der Leitsatz bei jeder Begegnung und Interaktion mit anderen Menschen sein. Ulrika wollte die Gemeindemitglieder auffordern, stets das klare Wort zu suchen. Keine Undeutlichkeiten oder Verleumdungen. Einfach nur rein und liebevoll miteinander sprechen.

Sie schaltete den Computer an und schrieb ihre Gedanken auf. Schon bald war die Pfarrerin von Smissarve tief versunken, freute sich insgeheim bereits auf den kommenden Sonntag und den Moment, in dem sie die Predigt von der Kanzel in Hällinges schöner kleiner Kirche halten würde. Dorthin kam Ulrika nicht oft, weshalb es sich jedes Mal wie etwas Besonderes anfühlte. Die Glocken wurde dort noch per Seil von Hand bedient, eine Aufgabe, für die nicht jeder gemacht war. Für gewöhnlich kamen viele Gläubige, ganz besonders, wenn sie die Predigt hielt.

Ulrika wusste, dass sie beliebter war als Björn Jonsson, der noch relativ neu war, trotzdem machte es sie nicht hochmütig. Der junge Geistliche war immer noch unsicher, brauchte einfach noch ein paar Jahre Erfahrung, dann würde er ein hervorragender Pfarrer sein, egal was Raymond sagte. Schließlich war es nicht Aufgabe des Diakons, den jungen Kollegen zu beurteilen. Ulrika versuchte selbst, Björn, so gut es ging, zu beobachten. Was die Konfirmanden betraf, bestand keine Frage an seinen Fähigkeiten. Von ihnen und ihren Eltern kamen nichts als Lobesworte.

Häufig nahm er die Gitarre mit, um mit ihnen zu singen oder in ihrer Sprache über die Mysterien der Bibel zu sprechen. Gerade bereiteten sie ihre Konfirmationsfeier vor, und darum wurde ein großes Geheimnis gemacht. Björn wollte nicht verraten, was sie sich ausgedacht hatten, aber er hatte angedeutet, dass die meisten sehr überrascht sein würden über das, was die Jugendlichen auf die Beine gestellt hatten.

Ulrika schaute auf die Uhr, es war bereits kurz nach neun. Bald war es Zeit für den Morgenkaffee, da konnte sie genauso gut schon die Maschine anstellen. Als sie auf den Flur trat, um das kurze Stück bis zum Personalraum zu gehen, öffnete sich die Haustür.

»Terttu, wie schön, Sie zu sehen. Ich nehmen an, Ihr Mann ist ebenfalls im Anflug?«

Auch wenn das Paar in Visby wohnte, kam Terttu häufig mit nach Smissarve. Sie war in Rente und Mitglied des kirchlichen Nähkreises, übernahm aber keine festen Aufgaben innerhalb der Gemeinde. Was sehr bedauerlich war, denn Terttu wäre eine begnadete Küsterin gewesen. Ulrika hatte versucht, sie dazu zu überreden, aber leider ohne Erfolg. Terttu wollte frei sein und helfen, wenn es sich anbot.

»Möglich, das weiß ich nicht«, antwortete Terttu und hängte ihre Jacke an die Garderobe.

Sie hatte dunkle Ringe unter den Augen und sah aus, als hätte sie keine Sekunde geschlafen. Ulrika selbst versteckte solche Makel für gewöhnlich unter Concealer, aber Terttu war nicht eitel.

»Wie geht es Ihnen denn?«, fragte Ulrika. »Sie wirken sehr müde. Kann ich Ihnen irgendwie helfen?«

»Er ist seit drei Uhr in der Früh unterwegs«, sagte Terttu, als sie am Tisch im Personalraum saßen.

»Raymond?«, fragte Ulrika.

»Ja, ich wollte nur schauen, ob er zur Arbeit gekommen ist.«

Zur Arbeit gekommen? Was wollte Terttu denn eigentlich? Wusste sie etwa nicht, wo ihr Mann steckte?

»Hier ist es still wie im Grab, und ich bin mutterselenallein. Schätzungsweise ist er noch auf dem Rad unterwegs und genießt den schönen Morgen.«

Terttu seufzte. »Dann will ich das mal glauben. Er ist heute sehr früh losgefahren, um Vögel zu beobachten. Eigentlich meldet er sich, wenn er damit fertig ist, so haben wir's vereinbart. Aber er hat bisher nicht angerufen.«

»Haben Sie es schon bei ihm versucht?«

»Ja, aber sein Handy ist ausgeschaltet.«

»Wenn er gerade auf Hausbesuch ist, dann darf er nicht sagen, wo er ist. Das wissen Sie.«

»Ja, das weiß ich. Aber sonst ruft er eben an, um zu sagen, dass er sich verspätet.«

»Wir warten erst einmal ab. Björn kommt sicher bald, vielleicht weiß er ja etwas.« Damit musste sich Terttu Dixén zufriedengeben. Ulrika machte ihnen Brote mit Käse und mit ihrer leckeren selbst gemachten Pflaumenmarmelade. Die Haustür öffnete sich, mehrere Personen kamen herein. Ulrika Trogen legte widerwillig das Messer beiseite und ging in den Flur, um nachzusehen, was dort los war. Direkt bei der Tür warteten vier Menschen aus Smissarve und den Nachbarorten. Drei Frauen und ein Mann. Himmel, das war die Trauergruppe, die Raymond einmal pro Woche leitete. Nichts, was er einfach so ausfallen ließ. Besorgnis meldete sich, offenbar hatte Terttus Sorge auf sie abgefärbt.

»Wo ist der Diakon?«, fragte eine große Frau, deren Mann Ulrika vor fünf Jahren beerdigt hatte. Sie war noch immer in der Trauergruppe? Über die Jahre hatte Ulrika gelernt, dass jeder anders mit dem Tod des Partners umging. Manche litten jahrelang unter dieser absoluten Trennung. Andere atmeten erleichtert auf, wenn sie endlich allein waren, und lehnten das Angebot der Trauergruppe freundlich, aber bestimmt ab.

»Tja«, sagte Ulrika und warf einen Blick auf die Uhr, »das weiß ich leider selbst nicht. Vielleicht hat er verschlafen. Gehen Sie doch schon einmal ins Gesprächszimmer und warten dort. Ich werde versuchen, ihn zu erreichen.«

Ulrika kehrte in die Küche zurück und fand Terttu am Handy vor. Sie hatte die Lautsprecherfunktion eingeschaltet, und die Nachricht machte einen Anruf von Ulrika überflüssig. Die Mailbox sprang an und verkündete laut und deutlich: »*Willkommen, dies ist die Mailbox von Diakon Raymond Dixén. Ich kann gerade nicht ans Telefon gehen, aber hinterlassen Sie doch eine Nachricht und Ihre Telefonnummer, dann melde ich mich, so schnell ich kann. Vielen Dank für Ihren Anruf. Gott segne Sie.*« Ulrika trank den letzten Schluck kalten Kaffee aus ihrer Tasse und dachte nach.

»Ich werde die Trauergruppe übernehmen müssen«, sagte sie. »Bleiben Sie gern hier. Wir werden Raymond schon finden. Falls er vorher auftaucht oder Sie von ihm hören, warten Sie bitte trotzdem, bis ich das Treffen aufgelöst habe.«

Ulrika ließ Terttu zurück und ging schnellen Schritts zum Gesprächszimmer, wobei sie fast von der Haustür erschlagen wurde, die aufgestoßen wurde. Hereingestürmt kam Björn. Er sah aus, als wäre er gerade erst aus dem Bett geklettert. Er war nicht gekämmt, und sein Blick war müde.

»Guten Morgen, Björn«, sagte Ulrika und lächelte ihn aufmunternd an. »Schalt mal einen Gang runter. Im Personalraum ist frischer Kaffee. Dort sitzt auch Terttu. Hast du eine Ahnung, wo ihr Mann sein könnte?«

Björn blieb stehen und starrte sie an. »Raymond?«

»Ja, seine Trauergruppe wartet, aber weil er noch nicht da ist, werde ich sie wohl heute übernehmen müssen.«

»Ich habe keine Ahnung«, sagte er, »und jetzt musst du mich entschuldigen. Ich muss eine Taufansprache schreiben und vorher noch ein paar Sachen herausfinden.«

»Das heißt, du bist gleich wieder weg?«

»Nein, die Familie kommt her«, sagte er und verschwand in seinem Büro.

Als Ulrika sich fast zwei Stunden später von der Trauergruppe verabschiedete, war Raymond noch immer nicht aufgekreuzt. Terttu war das Warten offenbar leid und war aufgebrochen, und Björns Tür war geschlossen. Dahinter wurde gesprochen, aber verstehen konnte man nichts. Dann klingelte ihr Handy, und sie zog sich in ihr Büro zurück, um ungestört telefonieren zu können.

»Guten Tag, hier spricht Olle Karlström.«

»Ja?«, fragte Ulrika zögerlich, der beim besten Willen nicht einfallen wollte, wer der Mann war.

»Ich bin Hafenmeister hier in Slite«, erklärte er.

Was hatte sie denn mit dem Hafen von Slite zu tun? Als wäre ihr Job als Pfarrerin noch nicht fordernd genug. Wenn dies jetzt mit den Russen und ihrer Gaspipeline zu tun hatte, wollte sie lieber nicht mehr wissen. Aus dem Projekt würde sich die Kirche doch hoffentlich raushalten dürfen?

»Okay, womit kann ich Ihnen helfen?«, fragte sie.

Der Hafenmeister räusperte sich.

»Wir haben etwas aus dem Wasser gefischt, das Sie interessieren könnte«, sagte er. »Dem Namensschild nach zu urteilen, gehört es jemandem, der für Sie arbeitet.«

37

Ein schönerer Frühsommermorgen war nicht denkbar. Die Sonne schien fast übertrieben stark, und der Flieder hatte zu blühen begonnen. Tryggve stellte seinen Kaffee und einen Teller mit einem Käsebrot auf ein Tablett und setzte sich damit auf die Veranda, von der aus man aufs Meer schauen konnte. Der beste Platz am Vormittag. Selbst Putte schien mit der Wahl zufrieden zu sein. Er schnüffelte einen Augenblick durch den Garten, prüfte, ob alles war, wie es sollte, und legte sich dann seinem Herrchen zu Füßen. Sie waren schon lange am Strand spazieren gewesen, zwei gemeinsame Stunden in der Natur lagen hinter ihnen. Das sollte Putte für den Rest des Tages genügen. Außerdem wirkte so ein Spaziergang anregend für kreative Gedanken.

Weil niemand ihn beobachten konnte, tunkte Tryggve sein Käsebrot in die Tasse, was einer Zeitreise in seine Kindheit gleichkam. Denn genau so hatte er mit dem Kaffeetrinken angefangen, als er gerade mal sechs Jahre alt gewesen war. Damals hatte er allerdings die schöne, gewölbte obere Hälfte eines Brötchens verlangt, die untere überließ er der Schwester, die damit zufrieden war. Selbstverständlich hatten sie sich auch hin und wieder gestritten, aber nie, wenn es um die Aufteilung von Brötchen ging.

»Aber es muss Herrenhauskäse sein, nicht wahr, Putte?«, sagte Tryggve. »Mit ordentlich Butter drunter.«

Putte bewegte das eine Ohr, schien sich aber ansonsten nicht sonderlich für die Ausführungen seines Herrchens zu interessieren. Ihm war nach einem Erholungsschläfchen. Ein kleines Nickerchen, das konnte man als Hund wohl verlangen?

Tryggve schlürfte den Kaffee und schaute aufs Meer, das als blaues Fleckchen zwischen den Kiefern hindurchschimmerte. Er hätte mehr Meerblick, wenn er ein paar der Bäume fällen würde, aber dann könnte man wiederum auch sein Grundstück besser von außen einsehen. Zu dieser Jahreszeit war das nicht weiter schlimm, aber wenn die Touristen einfielen – besonders im Juli –, war es schon ganz schön, dass die Kiefern standen, wo sie standen.

Er dachte ein paar Takte lang an seinen Urlaub in Nerja. Die ersten Tage waren ganz wunderbar gewesen, ruhig und warm. Dann war Ninni vorbeigekommen und hatte alles auf den Kopf gestellt. Tryggve hatte keinen Zweifel daran, dass ihre Recherchen zum Mütterhaus den Grund für ihre Ermordung darstellten. Wenn Myrstedt und seine Leute einen anderen Grund fänden, würde Tryggve fürderhin von jeglichen privaten Ermittlungen absehen und sein Dasein als Pensionär fristen, der sich nichts als der Gartenarbeit widmete. Und möglicherweise der Ahnenforschung.

Das Tor auf der anderen Seite des Hauses quietschte. Auf sein Gehör war noch Verlass, selbst wenn andere Körperteile mit dem Alter schwächer wurden. Um die quietschende Angel hatte er sich eigentlich vor seiner Abreise kümmern wollen, es war ihm aber wie immer entfallen. Er stand im selben Moment auf, in dem Anki ums Haus bog – mit ihrer kleinen Stute am Führstrick, der fuchsfarbenen Osk.

»Hallo«, sagte Tryggve. »Macht ihr einen Spaziergang? Wie geht es ihr? War die Deckung erfolgreich?«

»Das kann man wohl sagen«, antwortete Anki. »Ich hab das mit einer alten Methode getestet, und dann hat es die Tierärztin mit hochmodernem Gerät ebenfalls bestätigt. Wenn alles gut geht, gibt es nächstes Frühjahr Zuwachs in Ankis Stall.«

»Herzlichen Glückwunsch!«

»Danke, das ist lieb. Was du es hier schön hast, in der Sonne.«

»Setz dich doch«, forderte er sie mit einer Geste zur Treppe auf. »Ich mach dir gern ein Käsebrot, wenn du magst. Die Stute kannst du derweil ja an den Zaun binden. Dahinten findet sie sicher genug zu grasen.«

»Und, womit beschäftigst du dich gerade?«, fragte Anki, nachdem sie sich niedergelassen hatte.

»Ach, ich denke in alle möglichen Richtungen. Vor allem an all die, die ich vor so langer Zeit befragt habe und die alles abgestritten haben. Hast du schon die Zeitung gelesen?«

»Nein, dazu bin ich noch nicht gekommen. Steht was Interessantes drin?«

»Nicht viel, nur, dass noch jemand festgenommen wurde.«

»Weißt du, wer?«

»Ja, Susanne Bendelin. Sie haben sie zu Hause besucht, um ihr ein paar Fragen zu stellen, aber sie war wohl in einem Zustand, dass sie sie lieber mit auf die Wache genommen haben.«

»Susanne war ja, selbst als wir da waren, ziemlich gut

dabei«, sagte Anki, »aber hältst du sie wirklich für eine Mörderin?«

»Schwer zu sagen«, erwiderte Tryggve und hielt ihr die Zeitung hin. »Wirklich zuverlässig sind ihre Aussagen nicht.«

Putte stand auf, und Tryggve kraulte ihn unterm Kinn, während er nachdachte. Anki blätterte sich zur entsprechenden Seite vor.

»Allerdings frage ich mich, ob sie mit Arvid den Richtigen gefasst haben«, murmelte er. »Irgendwie wenig glaubwürdig, dass er für etwas morden sollte, das seiner Mutter widerfahren ist, als er selbst noch nicht mal sprechen konnte.«

Er musste an das Foto denken, ging ins Haus und holte es.

»Schau mal«, sagte er. »Die junge, blonde Frau in der Mitte, um die der Mann seinen Arm gelegt hat. Man sieht, dass es Susanne ist. Auf seiner anderen Seite steht eine dunkelhaarige Schönheit, der er den Arm fest um die Taille gelegt hat.«

»Ja, und dann alle anderen, sechs pro Seite. Es wirkt so seltsam symbolisch. Wie der Heiland in der Mitte und alle Jünger um ihn herum.«

Er pfiff durch die Zähne. »Die Assoziation hatte ich noch gar nicht. Aber das ist sicher Zufall.«

»Sicher«, sagte Anki, »und eigentlich ist es auch unwichtig. Wichtiger wäre, zu wissen, wer die Frauen sind.«

»Das ist Kerstin Weström«, sagte Tryggve und zeigte auf eine groß gewachsene Frau mit kurzen Haaren am äußeren Rand.

»Wie groß die Ähnlichkeit mit Ninni ist«, sagte Anki. »Schöne Gesichtszüge.«

Sie betrachteten schweigend die Aufnahme.

»Du, Anki«, sagte Tryggve. »Wie hast du die Frauen dazu gebracht, mit dir zu reden?«

Anki lächelte. »Ich habe behauptet, ich sei Heimatforscherin.«

Er schaute sie ungläubig an und brach dann in schallendes Gelächter aus.

»Heimatforscherin? Ein bisschen verrückt bist du ja schon. Und sie haben dir geglaubt?«

»Klar, und dadurch wirkte ich viel harmloser als eine Journalistin. Aber einen Namen, der uns zu einem Täter führen könnte, habe ich trotzdem nicht herausgefunden. Allerdings glaube ich, dass Susanne wesentlich mehr weiß, als sie verrät. Vermutlich würde sie es nicht verkraften, das alles wieder heraufzubeschwören.«

Er dachte über das nach, was sie da gerade gesagt hatte. Rupfte einen Grashalm ab und musste sich eingestehen, dass das Gras schneller wuchs, als er mit Mähen hinterherkam. Zeit, den Rasentrimmer hervorzuholen und sich den Stellen rund um die Treppe zu widmen. Und noch ein paar anderen.

»Dann ist da noch Ulla Endrell, die wieder auf den rechten Weg gekommen ist«, sagte Anki. »Glaubst du ihr? Was meint die alte Spürnase?«

Tryggve kaute auf seinem Grashalm herum.

»Man sieht den Menschen selten an, ob sie Mörder sind«, sagte er und musste plötzlich an etwas anderes denken. »Anki, du bist ja auch eine recht zarte Frau. Wärst du imstande, jemandem ein Seil um den Hals zu legen und zuzuziehen, bevor die andere sich verteidigen kann?«

»Wahrscheinlich«, antwortete Anki. »Wenn ich mich von hinten anschleichen würde. Du meinst, dass der Täter auch eine Frau sein könnte?«

Er warf den Grashalm beiseite und riss einen neuen ab.

»Alles Spekulation, wobei ich eher zu einem männlichen Täter tendiere«, fasste er zusammen. »Ob Myrstedts Leute wohl schon alle da oben in Smissarve vernommen haben? Vielleicht hat sich ja etwas ergeben. Ninni war zur Recherche dort, nicht wahr?«

»Ja, und ich hab mich beim Gottesdienst mit ihr unterhalten. Aber dann kam dieser Diakon plötzlich und baute sich vor uns auf. Ich weiß das noch so genau, weil dieser hünenhafte Mann uns die gesamte Sonne nahm.«

»Was wollte er?«, fragte Tryggve.

Anki zog die Augenbrauen zusammen, wodurch sich die Falten dazwischen vertieften.

»Ganz genau erinnere ich mich leider nicht mehr, aber ich meine, er hat sich ein bisschen über ihre Recherche und ihr Schreibvorhaben lustig gemacht. Er fand, dass es nicht genug über das Mütterhaus zu erzählen gab.«

»Anki«, sagte er, »hast du das der Polizei erzählt?«

»Nein, als sie mich befragt haben, ging es nur um das, was ich bei Arvid und Inga zu Hause gesehen habe. Ehrlich gesagt ist mir das auch gerade erst wieder eingefallen. Warum hätte ich das erzählen sollen?«

»Vielleicht hatte Raymond Dixén ja Gründe dafür, zu verhindern, dass die Sache ans Tageslicht kommt«, sagte Tryggve. »Man sollte ihm mal auf den Zahn fühlen.«

»Ich habe übrigens auch einen Drohbrief bekommen«, gestand Anki.

»Anki, bist du denn völlig verrückt geworden? Warum hast du denn nichts gesagt? Was für eine Drohung?«

Seine eigensinnige Freundin zuckte nur mit den Schultern.

»Dass ich aufhören soll rumzuschnüffeln, mehr stand da

nicht. Ich bin einfach noch nicht dazu gekommen, das zu erwähnen.«

»Und wo ist der Brief jetzt?«

»Ich habe ihn verbrannt. Ich wollte nicht, dass Maja was mitbekommt.«

Tryggve stand auf und stellte die Tassen auf das Tablett. Er wollte augenblicklich nach Smissarve aufbrechen und mit dem Diakon sprechen.

»Du hast Mats Myrstedt einiges zu berichten«, sagte er. »Manchmal kannst du einen in den Wahnsinn treiben, Anki Karlsson. Weißt du das?«

Sein Handy klingelte, weshalb er das Tablett schnell Anki in die Hände drückte und das Telefon aus der Hosentasche angelte.

»Ja, Fridman?«

Sofort drang Ulrika Trogens aufgeregte Stimme an sein Ohr. Er hörte gut zu, ohne sie zu unterbrechen.

»Okay«, sagte er. »Danke für den Anruf. Nimm bitte sofort Kontakt zur Polizei in Visby auf. Vergiss nicht, dass gerade auch noch im Mordfall Ninni Weström ermittelt wird.«

Er legte auf und schaute Anki an.

»Raymond Dixén ist verschwunden«, sagte er. »Und gerade hat man sein Fahrrad im Hafenbecken von Slite gefunden.«

38

Donnerstag, 2. Juni

Hier ist es«, sagte Anki. »Ja, richtig. Visborgsallé 19. Los, rein mit dir, damit du deinen Aufsatz abgeben kannst.«

Maja zögerte. »*Shit,* jetzt bin ich echt ein bisschen nervös. Oma, kommst du mit rein?«

Anki lächelte. »Aber ja, Maja. Ich möchte doch das Gebäude der Provinzialregierung von innen sehen. Aber den Umschlag musst du selbst abgeben.«

Sie betraten das Foyer durch die Glastüren. Das Erste, was sie erblicken, war auch unmöglich zu übersehen: ein Schild mit einer wichtigen Botschaft. *Seien Sie sparsam mit Wasser! Wir müssen dringend Wasser sparen!* Anki wusste von dem Problem und versuchte, sich daran zu halten, aber sie wusste ebenfalls, dass sie noch mehr tun könnte. Der Grundwasserspiegel war sehr niedrig und hatte sich offenbar über den Winter nicht erholt.

Das Foyer war hell und einladend mit seinen kleinen Sitzgruppen. Ein hübsches Gemälde, auf dem Visby abgebildet war, dominierte die eine Wand. Das Meer lag still, aber eine bedrohliche Wolke hing über der Altstadt mitsamt der Domkirche. Was hatte sich der Künstler dabei gedacht?

Anki zeigte zum Empfangstresen, an dem zwei Gäste standen und mit der Rezeptionistin sprachen.

»Da musst du hin«, sagte Anki. »Ich warte so lange hier.«

Maja stellte sich an, und Anki nahm auf einem der roten Stühle Platz, um auf sie zu warten. Auf dem Tisch lag die *Gotlänningen*, in der Anki blätterte, ohne wirklich zu lesen. Die Lokalnachrichten hatte sie bereits ihrer eigenen Tageszeitung entnommen. Nein, sie behielt ihre Enkelin im Auge und spitzte die Ohren. Maja hatte heute nur bis mittags Unterricht gehabt, dann hatte Anki sie abgeholt. Einen schönen Shoppingausflug in die Stadt hatte Maja sich verdient nach all der Arbeit mit dem Aufsatz. Durch den Mordfall war ihre Enkelin ein wenig ins Hintertreffen geraten.

Als Maja endlich an der Reihe war, legte sie den Umschlag auf den Tresen und sagte, das sei ihr Beitrag zum Schreibwettbewerb.

»Und du reichst ihn persönlich ein?«, sagte die freundliche Frau. »Wie schön. Deine Adresse steht mit darauf, wie ich sehe. Gut, ich kümmere mich darum, dass er bei der Jury landet.«

»Sehr schön, danke«, sagte Maja und kehrte zu Anki zurück. »*My God,* bin ich froh, dass ich das jetzt hinter mich gebracht hab. Und jetzt verschwinden wir von hier, Oma.«

Anki war kein großer Fan des modernen Einkaufszentrums mit den unzähligen Geschäften, die alle zu irgendwelchen Ketten gehörten, aber vermutlich fühlte Maja sich dort wohl und wollte dort shoppen gehen. Also musste Anki sich zusammenreißen, was sie nur gegen das Versprechen tat, nachher noch ein wenig durch die kleinen Sträßchen innerhalb der Stadtmauern zu schlendern, bevor sie sich ein nettes Lokal zum Essen suchten. Maja hatte zugestimmt, und wenig später spazierten sie tatsächlich durch das östliche Stadttor zum historischen Stadtkern. Sie kreuzten eine Straße und gingen zum Stora torg, wo Anki ihrer Enkelin die großartige Kirchenruine zeigte, bevor sie eine niedliche Gasse hinunter zur Mellangata nahmen. Maja betrachtete die Fassaden der Häuser.

»Jetzt schau dir das Haus mal an!«, sagte sie. »Wie cool! Fast, als wären wir irgendwo im Ausland.«

»Da bin ich ganz deiner Meinung«, stimmte Anki zu. »Wäre zu schön, dort eine kleine Wohnung zu haben. Komm, wir gehen hier entlang«, sagte sie und bog in eine weitere Gasse ab. »Die Strandgata musst du gesehen haben.«

Als sie Maja die Häuser mit den Treppengiebeln in der mittelalterlichen Geschäftsstraße gezeigt hatte, kehrten sie um.

»Mir gefällt es hier«, sagte Maja. »Wie cool das wäre, hier zu wohnen und einen kleinen Laden zu haben in einem von diesen alten Kartoffelkellern, oder was auch immer das mal war. Malen, nähen und basteln, um dann völlig überflüssige, aber schöne Sachen zu verkaufen.«

Sie war an der Treppe hinunter zur Alten Apotheke stehen geblieben, ebenfalls ein Haus mit Treppengiebel.

»Du könntest hier studieren«, sagte Anki. »Campus Gotland gehört zur Universität Uppsala.«

»Das wäre toll«, sagte Maja. »Aber es kommt natürlich auch auf die Fächer an, ich möchte ja Journalistin werden wie Papa. Er war auf einer Berufsfachschule in Skurup.«

»Anfangs schon«, sagte Anki, »aber dann war er auf der Journalistenschule in Stockholm. Dein Vater hat eine sehr gute Ausbildung genossen.«

Anki war stolz auf ihren Sohn, das konnte sie gar nicht bestreiten. Auch auf ihre Tochter. Jenny blickte ebenfalls auf eine solide Ausbildung zurück, sie hatte Informatik studiert.

Sie schlenderten die Hästgata hinauf und kehrten beim *Sankt Hans Café* mit seinem unkonventionellen Ambiente ein. Anki nahm eine Brokkoli-Schinken-Quiche und Maja einen Krabbensalat. Sie hatten Glück und fanden einen freien Tisch zwischen all den türkis- und rosafarbenen Möbeln. Ehemals handelte es sich um eine Orangerie, durch die großen Fenster wurde es sehr warm, wenn die Sonne schien. Man konnte auch draußen sitzen, aber heute war es windig, weshalb der große, zum Café gehörige Garten wenig einladend wirkte.

»Kommt Tante Jenny im Sommer mit ihrer Familie her?«, fragte Maja zwischen zwei Bissen Salat und einem Schluck Cola.

Anki entwich ein kleiner Seufzer, den sie sofort bereute.

»Ich weiß es nicht, wir haben bisher noch nicht über den Sommer gesprochen.«

»Du kannst ja auch nach Stockholm kommen.«

»Ach, ich habe doch die Pferde. Wer soll auf Osk und Austri aufpassen, wenn ich wegfahre?«

»Wie wäre es mit Tryggve? Kann der sich nicht um die Tiere kümmern? Wir haben schließlich auch auf seinen Hund aufgepasst.«

»Das hat er ja schon gemacht, als Gullvi auf die Welt kam und ich in Stockholm war. Aber begeistert ist er davon nicht, das kannst du mir glauben«, sagte Anki. »Tryggve hat beim Ausmisten vermutlich in einem fort geflucht. Er träumt nicht gerade davon, noch einmal den Stallknecht zu spielen, um es mal so zu sagen.«

Maja lachte. »Fragen kostet doch nichts. Es wäre echt

schön, wenn wir mal eine Woche lang alle zusammen wären.«

Anki sagte nichts weiter dazu, sondern stand auf, um sich neuen Kaffee zu holen. Dabei war sie ein wenig zu eilig unterwegs, sodass sie fast mit einem älteren Mann zusammenstieß, der genau im Durchgang stand.

»Hoppla«, sagte er freundlich. »Da haben wir ja noch mal Glück gehabt.«

Anki schaute ihn an. Die Stimme kam ihr bekannt vor, aber so richtig konnte sie ihn nicht einordnen. Die blasse, finster dreinblickende Frau, die ihm folgte, sagte ihr ebenfalls etwas, aber wo waren sie sich bloß schon einmal begegnet?

Der Mann stellte das Tablett auf den nächstgelegenen Tisch und lächelte sie an.

»So sieht man sich wieder«, sagte er. »Wie ist Ihnen der lange Ausritt bekommen?«

Endlich fiel es ihr ein: Er war der Bauer aus Hällinge, Sören Pettersson, der einen Eimer Wasser und Heu für Austri bereitgestellt hatte.

»Ach, hallo! Jetzt weiß ich wieder, wer Sie sind«, sagte Anki. »Andere Umgebung, und schon ist man verloren. Der Ausritt war toll, danke. Kommen Sie doch und setzen sich zu uns, ich bin mit meiner Enkelin hier.«

Der Mann und die blasse Frau nahmen dankend an, und Anki stellte ihnen Maja vor.

»Das ist Terttu«, sagte Sören, »aber vielleicht kennen Sie sich bereits?«

»Ja, selbstverständlich«, bestätigte Anki, der es sofort wieder einfiel, als sie den Namen hörte, »wir haben uns in Smissarve getroffen. Sie sind doch mit Raymond verheiratet, nicht wahr?«

Anki tat so, als wisse sie nicht, dass Raymond spurlos verschwunden war. Terttu setzte sich schweigend.

Sören druckste ein bisschen herum. »Das ist gerade leider kein schönes Thema«, sagte er. »Darf ich davon erzählen, Terttu?«

»Ja«, antwortete die Frau leise.

»Ich habe Terttu hierher mitgenommen, um sie auf andere Gedanken zu bringen. Raymond ist nämlich fort, einfach verschwunden.«

»Verschwunden?«, fragte Maja und machte große Augen.

Erst jetzt fiel Anki auf, dass Maja einmal nicht die Kopfhörer in den Ohren hatte, sondern zuhörte.

»Ja.«

Terttu nippte an ihrem Kaffee, aber das belegte Brot auf ihrem Teller blieb weiter unberührt.

»Aber«, sagte Anki, »er kann sich doch nicht einfach in Luft aufgelöst haben. Wann haben Sie sich denn zuletzt gesehen?«

»Sonntagnacht war er zu Hause«, sagte Sören Pettersson, um Terttu auf die Sprünge zu helfen.

»Am Montagmorgen brach er sehr früh auf. Er liebt es, Vögel zu beobachten«, erklärte Terttu. »Seitdem habe ich ihn nicht wiedergesehen.«

Anki zählte an den Fingern zurück.

»Das sind schon drei Tage! Haben Sie die Polizei verständigt?«

Terttu reagierte nicht, also sprang Sören wieder ein.

»Raymond war schon einmal spurlos verschwunden«, erklärte er, »aber das ist nun schon Jahre her. Die Pfarrerin hat allerdings mit der Polizei gesprochen, soweit ich weiß.«

Anki beschlich ein ungutes Gefühl. Warum verschwand dieser Diakon denn fast zeitgleich mit dem Auffinden von

Ninnis Leiche? Gab es vielleicht einen Zusammenhang? Sie hatte plötzlich den überwältigenden Drang, mit Tryggve zu sprechen.

»Gerade passiert so viel Schreckliches«, sagte Anki und stellte Majas und ihr Geschirr auf das Tablett.

»Was meinen Sie?«, fragte Terttu und schaute sie mit ihren mandelförmigen Augen an.

»Na, zum Beispiel den Mord an Ninni Weström«, sagte Anki. »Der ist ja auch noch nicht aufgeklärt. Und es war wirklich entsetzlich, dass die arme Frau erwürgt hier in der Stadt gefunden wurde.«

Drei aufgerissene Augenpaare starrten sie an, und in dem Moment begriff Anki, wie unpassend das war, was sie da gerade gesagt hatte. Terttu war ja schon verzweifelt genug, da musste Anki sie nicht noch zusätzlich beunruhigen. Die arme Frau nahm die Serviette von ihrem Teller, trocknete sich die Augen und schnäuzte sich. Und Anki hätte sich die Zunge abbeißen können.

»Entschuldigung«, sagte sie leise und legte Terttu die Hand auf den Arm. »Ich wollte Ihnen keine Angst machen. Ihr Mann kommt sicher bald zurück, warten Sie nur ab.«

39

Freitag, 3. Juni

Björn schaute durch die dreckigen Fester der Fähre. Die Abendsonne stand tief und spiegelte sich auf dem Wasser, während sie die kleinen Inseln kurz vor Nynäshamn passierten. Zwischen den Kiefern lugten vereinzelt kleine Sommerhäuschen hervor, dicht besiedelt war der Schärengarten hier nicht. Er stand auf, ging hinaus und schaute in Richtung Bug. Die Kirche von Nynäshamn thronte hoch oben auf dem Hügel, durch die schmale Turmspitze war sie in großem Umkreis zu sehen. Ihm hatte die Bauweise nie gefallen, auch wenn ihm bewusst war, dass dies ein wichtiges Wahrzeichen für Seemänner war. Björns Vorstellung von einer schönen Kirche war das weiß gekalkte, mittelalterliche Gebäude von seiner Heimatinsel. Selbst darüber hatten er und Raymond diskutiert. In dieser Situation fühlte es sich richtig an, die Insel zu verlassen. Ihm fehlte die Ruhe, dort zu bleiben. Das freie Wochenende kam wie gerufen.

Eine Lautsprecherstimme verkündete, dass die Fähre bald anlegen würde, also steckte Björn sein ungelesenes Buch ein und schob den Müll zusammen, der sich um ihn angesammelt hatte: ein leerer Kaffeebecher mit Deckel, ein paar Servietten und das Papier eines Muffins inklusive ungefähr einem Drittel des Gebäcks, denn er hatte es nicht geschafft, ihn aufzuessen. Würde seine Mutter sehen, dass er etwas zu essen wegwarf, er würde sich etwas anhören müssen. Lebensmittel zu entsorgen verabscheute sie. Die Leier kannte er seit Kindertagen.

Er warf einen Blick auf seine Smartwatch. Der Shuttleservice würde ihn in die Stadt fahren, wo er am Gullmarsplan aussteigen wollte. Von dort würde er zu Fuß zu Pernilla laufen, so weit war es nicht. Sie hatte ihm ein gutes Essen versprochen, und morgen würden sie wohl in eine Bar gehen, aber den ersten Abend eines freien Wochenendes verbrachten sie normalerweise zu zweit, worüber er sehr dankbar war. Ein besseres Mittel, um die finsteren Gedanken zu vertreiben, gab es nicht.

Die Fähre legte an, und die Menschen sammelten sich an den Ausgängen. Björn stellte sich zu den anderen Passagieren und steuerte danach direkt die Shuttlebusse an. Als er die Fähre betreten hatte, war alles in ihm in Aufruhr gewesen, aber die Seereise hatte eine beruhigende Wirkung auf seinen Sinneszustand gehabt, und er freute sich darauf, in den Frühsommerabend hinauszutreten. Er würde das schon hinbekommen.

Kaum verließ er den Bus am Gullmarsplan, klingelte sein Handy. Er warf einen Blick aufs Display, ehe er dranging.

»Hallo Pernilla, mein Schatz.«

»Hallo! Wo bist du gerade?«

»Bin soeben aus dem Bus gestiegen.«

»Dann bist du ja bald da, am besten lasse ich den Wein dann schon mal atmen«, sagte sie und lachte leise.

Ihre Stimme, das so angenehme Lachen, wie gern er sie hörte. Der Grund dafür, dass er sich in sie verliebt hatte.

Das Körperliche war das eine, aber den nächsten Schritt zu wagen würde nicht leicht werden. Pernilla wollte nicht nach Gotland ziehen und Björn nicht aufs Festland zurückkehren. Allein beim Gedanken, zwischen all den Menschen zu leben, die in der Hauptstadt herumirrten, bekam er schlechte Laune.

»Lass den Wein atmen«, sagte er. »Wenn ich schnell gehe, bin ich in zwanzig Minuten da. Ich hoffe, das Essen steht noch nicht auf dem Tisch?«

Wieder lachte sie, und sofort sandte sein Körper eine entsprechende Rückmeldung.

»Nein, das kommt später«, antwortete Pernilla und bewirkte damit, dass er noch schneller wurde.

Kurz darauf stand Björn vor ihrer Tür in Årsta und drückte auf die Klingel. Er war außer Atem, obwohl er körperlich fit war, so sehr hatte er sich beeilt. Sogar etwas verschwitzt. Würde Pernilla merken, dass nicht alles war, wie es sein sollte? Dass etwas Schreckliches passiert war, über das er nicht sprechen konnte? Er zog sich die Jacke aus und hörte, wie Pernilla drinnen an der Kette herumnestelte. Er holte tief Luft, verdrängt die Gedanken an Raymond und schloss Pernilla in die Arme.

»Willkommen«, sagte sie und lächelte ihn einladend an. »Komm rein!« Pernilla erwartete ihn im Morgenmantel, und ihm stockte fast der Atem, als sie seine Hand nahm und ihn noch einmal an sich zog. Er presste sie an sich und fuhr mit der Hand über die feine Seide. Küsste sie und ließ eine Hand unter den Mantel gleiten, wo er ihre perfekten Brüste streichelte, die schönsten, die Gott je hatte geschaffen hatte. Seine Hände tasteten begierig über ihre nackte Haut, er wollte ihr immer näher kommen. Schnell. Konnte nicht warten. Ihre Atmung beschleunigte sich, seine Hände wanderten weiter.

»Komm«, sagte sie. »Wir gehen ins Bett.«

Auf dem kurzen Weg dorthin riss er sich den Pulli vom Leib, stieg aus Jeans und Boxershorts, die er achtlos neben ihrem Bett liegen ließ. Pernilla zog ihn zu sich, und sein Verlangen stieg ins Unermessliche. Er hatte so lange darauf gewartet, bei ihr zu sein. Und endlich an etwas anderes denken zu können als an die Dunkelheit, von der sie nichts ahnte.

»Das war herrlich«, sagte Pernilla danach, als sie Seite an Seite lagen. »Fehlt nur noch ein Glas Cava.«

»Es ist so schade, dass du nicht auch auf Gotland bist«, sagte er. »Ich möchte jeden Tag so mit dir im Bett liegen.«

»Dann ist es doch gut, dass wir so weit auseinander wohnen«, erwiderte sie mit einem Lachen. »Sonst würden wir ja gar nichts schaffen. Ich finde es so auch sehr gut, immer wenn wir uns dann tatsächlich sehen, ist es besonders intensiv.«

Er brummelte etwas, griff nach der Decke und zog sie über sich. Er fror ein wenig.

»Alles okay bei dir?«

»Ach, geht so.«

»Bedrückt dich irgendwas? Möchtest du reden?«

Er schüttelte den Kopf. Wollte und konnte nichts erzählen. Es war alles so schnell gegangen oben an der Klippe.

»Ich hole uns mal einen Sekt«, sagte Pernilla.

»Und was ist mit dem Essen?«, fragte er. »Und dem Wein, den du schon aufgemacht hast?«

»Das kann warten«, sagte sie und küsste ihn sanft. »Erst mal ein Aperitif.«

Sie schoben die Kissen zusammen und setzten sich auf, jeder mit seinem Glas. Unter der Decke spürte er ihren Körper und bekam Lust, ihre Leidenschaft noch ein zweites Mal zu wecken. Er streichelte ihr über den Oberschenkel.

»Nicht jetzt, warte. Ich muss dir erst was erzählen.«

»Okay«, sagte er widerwillig.

»Hör zu.« Ihre Augen strahlten. »Wir müssen auf meinen neuen Job anstoßen.«

»Ich wusste nicht mal, dass du dich um einen neuen Job beworben hast«, sagte Björn, den das Gefühl beschlich, dass sie ihn absichtlich nicht eingeweiht hatte. »Wo denn? Hier in Stockholm?«

»Nein, weiter weg. Da kommst du nie drauf!«

Er runzelte die Stirn. Ihm fiel nichts Vernünftiges ein, was er sagen könnte. Pernilla hob ihr Glas und erwartete, dass er anstieß.

»In einem Monat werde ich Bergpfarrerin in Sälen«, sagte sie und strahlte ihn an, als hätte sie gerade im Lotto gewonnen. »Davon habe ich schon immer geträumt!«

Sälen? Björn wusste nicht, was er darauf erwidern sollte. Er selbst könnte sich niemals an das Fjäll gewöhnen. Diese kahlen Flächen machten ihn nur nervös. Kein einziger Laubbaum, nur vereinzelte kümmerliche, krüppelige Birken. Er erinnerte sich daran, dass sie während der Ausbildung einmal dort gewesen waren. Er und Pernilla. Schon damals hatte er gedacht, dass er dort niemals leben könnte. Er hatte allerdings nicht gewusst, dass Pernilla sich genau dorthin sehnte.

»Freust du dich nicht?«, fragte sie. »Für mich?«

Er leerte schnell das Glas und hielt es ihr hin, damit sie nachfüllen konnte.

»Doch, klar. Glückwunsch«, sagte er wenig enthusiastisch. »Aber dann sind wir ja noch weiter voneinander entfernt. Wann sollen wir uns da sehen?«

Pernilla nahm seine Hände und streichelte mit den Daumen über die Handrücken.

»Du kannst doch auch dorthin kommen«, sagte sie, als wäre die Anfahrt ein Klacks. »Oder wir treffen uns auf halber Strecke. Bis Mora kann man sogar fliegen, glaub ich. Das heißt, man muss nicht immer Bus und Boot nehmen.«

Pernilla stellte die Gläser weg und kuschelte sich an Björn, der wie versteinert zur Decke schaute, den Blick an die bizarre IKEA-Lampe geheftet. Wenn sie eingeschaltet war, warf sie Schatten, die sich durchs ganze Zimmer bewegten und ihn nervös machten.

»Ich kann dort nicht hinkommen«, sagte er. »Ich ertrage diese kahlen Berge nicht, wo nichts außer Blaubeergestrüpp wächst. Da drehe ich durch, die Natur da oben macht mir einfach nur Angst.«

Sie schloss die Augen, und er betrachtete sie. Spielte mit dem Gedanken, ihr zu erzählen, was passiert war. Ihre Freude über den neuen Job zu sabotieren. Einfach die Wahrheit sagen, freiheraus, und dann auf ihre Reaktion warten. Aber er schwieg und schlummerte ein, wachte erst auf, als Pernilla sich von ihm löste und aus dem Bett glitt. Kurz darauf hörte er, dass die Dusche ansprang. Fjällkirche. Wie konnte sie nur? Immer weiter und weiter fort von ihm. Aber vielleicht war das auch egal. Der Mann, den Pernilla sich wünschte, würde er doch nie sein.

40

Sonntag, 5. Juni

»Wär ja nett, noch was anderes zu sehen als nur den Weg zwischen Mullvald und Roma«, hatte Maja schmollend gesagt, aber Anki war das schelmische kleine Funkeln in ihren Augen nicht entgangen.

Nachdem ihre Enkelin also geradezu darum gebettelt hatte, mehr von der Insel zu sehen, hatte Anki entschieden, an diesem Sonntag einen Ausflug zu machen, schließlich hatten sie sonst nichts weiter geplant.

Sie entschieden sich für Slite und gegen Hemse, wohin Anki normalerweise fuhr. Aber da es ungefähr dieselbe Distanz war, spielte das keine größere Rolle.

Bevor sie zum Einkaufen in die Stadt fuhren, zeigte Anki ihrer Enkelin den riesigen Kalksteinbruch, und danach rollten sie hinunter zum Hafen. Anki erzählte davon, dass die Russen den Hafen nutzen wollten, um eine Gasleitung zwischen Russland und Deutschland zu verlegen. Dass kürzlich Raymond Dixéns Fahrrad hier gefunden worden war, behielt sie hingegen für sich. Weiter ging es zum Wasserturm, der 1955 fertiggestellt worden war und deshalb ein Gebäude im besten Retrostil war. Maja hielt an sich während der Führung, aber kaum hatten sie sich im Restaurant

Slangtornet niedergelassen, jede eine Portion thailändischen Essens vor sich, platzte es aus ihr heraus.

»Oma, du kannst jetzt aufhören, die Lehrerin zu spielen«, sagte sie. »Aber lieben Dank fürs Herumführen.«

Anki lachte.

»Entschuldige, es geht einfach mit mir durch, wenn ich Besuch habe, der noch nie auf Gotland war. Ich möchte einfach alles erzählen.«

Maja lächelte.

»Gut«, sagte sie und wedelte mit der Gabel über dem Teller. »Ich würde gern noch was anderes sehen. Etwas, an dem wir, soweit ich weiß, sowieso auf dem Rückweg vorbeikommen. Ich habe einen Blick auf deine Karte geworfen.«

Anki, die das allzu scharfe Gericht bereits vertilgt hatte, ging zum Tresen und holte sich eine Tasse Kaffee.

»Aha, und das wäre?«, fragte sie.

»Das Mütterhaus!«, sagte Maja. »Ihr habt davon gesprochen, du und Tryggve, und ich würde gern den Ort sehen, von dem Ninnis Artikel handeln.«

Anki wischte einen Wasserring von der schwarzen Tischoberfläche, bevor sie antwortete.

»Hältst du das für eine so gute Idee?«

Maja legte die Gabel hin und verdrehte die Augen.

»Och, Oma, das sind doch nur alte Häuser. Trink aus, dann können wir los.«

Wenig später rollten sie über den schmalen Weg, der zum Meer führte. Das Laub der Bäume hatte sich verdichtet, sodass man die Hausdächer nicht mehr sofort durch das Blattwerk erkennen konnte wie damals bei Ankis Reitausflug. Sie parkte den Wagen, und sie gingen das letzte Stück zu Fuß. Maja stellte sich mitten auf den Hof und betrachtete die Häuserreihen.

»Sieht aus wie ein Lager«, sagte. »Oder wie eine Ferienkolonie. Ich wäre hier nicht gern untergebracht gewesen. Fühlt sich nicht gut an.«

»Der Ort, an dem die Sonne niemals scheint«, sagte Anki, weil ihr die Worte wieder in den Sinn kamen. »Nein, du hast recht, das sind keine guten *Vibes* hier.«

»Was?«

Maja schaute sie mit aufgerissenen Augen an, vermutlich wegen ihrer ungewöhnlichen Ausdrucksweise.

»Siehst du die Felswand?«, fragte Anki. »Sie sorgt dafür, dass es hier so schattig ist. Man will einfach nicht hier sein.«

»Die arme Ninni«, sagte Maja. »Irgendwie muss der Typ, der für ihren Tod verantwortlich ist, doch zu finden sein! Warst du mal dort unterhalb der Klippe?«

»Einmal, ja«, antwortete Anki.

»Lass uns hingehen«, sagte Maja. »Ist sicher schöner direkt am Strand als hier bei den unheimlichen Häusern.«

»Ich kenne den Weg«, sagte Anki. »Vermutlich sind ihn damals auch die Mütter mit ihren Kindern gegangen.«

Sie folgten dem halb zugewachsenen Pfad, und kurz bevor er zum Sandstrand führte, bogen sie ab, um direkt unter die Klippe zu kommen. Anki ging vor, und Maja folgte ihr dicht auf den Fersen. Hier unten kamen Sonnenstrahlen an, und Anki hob die Hand, um das Licht abzuschirmen. Große Kalksteinblöcke lagen am Boden, als hätte ein Riese damit achtlos um sich geworfen. Dazwischen etwas anderes. Etwas, das nicht hergehörte. Eine Hand? Nein, das konnte nicht sein. Nicht schon wieder. Nur zu gut war ihr Ninnis Gesicht in Erinnerung. Aber dies war tatsächlich ein Arm. Und ein grünes Hemd. Anki blieb wie angewurzelt stehen.

»Maja«, sagte sie mit belegter Stimme und hielt die Hand hoch. »Bleib hier stehen und beweg dich keinen einzigen Schritt weiter, sonst wird mir dein Vater niemals verzeihen.«

»Was ist los?«

Anki hörte, dass ihre Enkelin hinter ihr herkam.

»Bleib stehen!«, wiederholte Anki. »Und komm keinen Schritt näher! Geh ein Stück zurück und verständige die Polizei. Gib ihnen durch, dass wir Raymond Dixén gefunden haben. Er liegt tot am Fuße der Klippe in Smissarve.«

41

Tryggve wachte auf, weil Putte neben seinem Bett stand und bellte. Langsam öffnete er die Augen und sah, dass der Hund den Kopf schief legte.

»Okay, okay, Putte. Ich komme schon«, sagte er, streckte die Hand aus und kraulte ihn hinterm Ohr.

Putte hüpfte herum und wedelte mit dem Schwanz, weil er sich so sehr freute, nach draußen zu kommen.

»Herrchen hat schlecht geschlafen«, erklärte Tryggve, während er in seine Jogginghose stieg.

Dann leinte er Putte an und wählte den direkten Weg zum Strand. Ließ sich den Wind ins noch schläfrige Gesicht blasen. Putte schnüffelte und hob immer wieder das Bein, während Tryggve in Gedanken versunken nebenherging.

Sein miserabler Nachtschlaf war dem Umstand geschuldet, dass er unaufhörlich an Ninnis Mutter gedacht hatte. Etwas bei ihrem Treffen ließ ihn nicht los. Irgendetwas war ihm entgangen.

Putte hatte seine Geschäfte erledigt und schien zufrieden mit dem Morgenspaziergang. Er blieb vor seinem Herrchen stehen und wedelte mit dem Schwanz. Es war offensichtlich, was er wollte.

»Frühstück!«, sagte Tryggve und leinte ihn ab. »Komm, wir gehen heim. Den Letzten beißen die Racker.«

Das Wettrennen gewann Putte haushoch, und zum Schutz vor den Rackern schloss Tryggve das Tor hinter ihnen. Er hatte sich entschieden. Nach dem Frühstück würde er noch einmal nach Roma fahren, um zu versuchen, der Lösung ein Stück näher zu kommen.

Er fand sie im Aufenthaltsraum, wo sie den Fernsehgottesdienst anschaute. Das hätte er wissen sollen, schließlich war er Küster. Er wollte sie auf keinen Fall stören, sie sollte in Ruhe zu Ende schauen. Also nahm er die Mütze ab und setzte sich auf einen Stuhl direkt bei der Tür. Er stützte die Ellbogen auf die Oberschenkel und drehte die Mütze zwischen den Händen. Er war angespannt, konnte es kaum erwarten, sich mit ihr zu unterhalten. Er musste etwas aus Kerstin herausholen, das sie weiterbringen würde. Selbst jemand mit Demenz würde sich doch irgendwann an etwas erinnern?

Er stand wieder auf und ging in den Eingangsbereich hinaus, der richtig feudal eingerichtet war. Eine Frau saß an der Rezeption vor einem Computer. Sie trug ein lilafarbenes Oberteil und gehörte allem Anschein nach zum Personal. Hinter ihr stand eine Frau in türkisfarbenem Hemd, auf dessen Rücken »Seniorenheim Roma« stand.

»Guten Tag«, sagte er und streckte die Hand aus. »Mein Name ist Tryggve Fridman. Wir haben uns bei Ninni Weströms Gedenkgottesdienst gesehen. Ich nehme an, Sie sind Kerstins verantwortliche Pflegerin?«

»Ja, die bin ich.«

»Ich wollte sie besuchen, war auch schon einmal hier, aber diesmal möchte ich mich etwas besser mit ihr unterhalten. Sagen Sie, spricht sie je über früher?«

Die Frau betrachtete ihn forschend. Dass sie Gabriella hieß und Pflegeassistentin war, entnahm er ihrem Namensschild.

»Wer sind Sie denn eigentlich?«, fragte Gabriella.

»Oh, entschuldigen Sie. Ich bin Polizist, allerdings mittlerweile im Ruhestand. Vor vielen Jahren habe ich Kerstin getroffen. Sie hat eine Anzeige aufgegeben, und ich habe damals in diesem Fall ermittelt.«

»Es geht um die Reportage der Tochter, nicht wahr? Um das Mütterhaus?«

»Ja, genau. Spricht sie je davon?«

»Fragen wir sie doch einfach selbst«, schlug Gabriella vor. »Gehen Sie schon mal in ihr Zimmer, ich hole sie aus dem Aufenthaltsraum.«

Kurz darauf wurde Kerstin Weström hereingeschoben, und Gabriella half ihr aus dem Rollstuhl in ihren Sessel.

»Ich hole Ihnen einen Kaffee«, sagte Gabriella und verschwand.

Die alte Frau betrachtete Tryggve.

»Guten Tag, Kerstin«, sagte er und legte seine Hand auf ihre. »Wir haben uns bei Ninnis Gedenkgottesdienst getroffen.«

Ihr Gesichtsausdruck deutete nicht darauf hin, dass sie sich an ihn erinnerte. Gabriella kehrte mit dem Kaffee zurück, und Tryggve zog sich die Jacke aus, um sie über die Lehne zu hängen. Aus der Innentasche zog er das Foto, das Susanne Bendelin ihm gegeben hatte. Er lehnte sich damit zu Kerstin Weström hinüber. Ihr Blick war nicht mehr so scharf und intelligent wie damals, als sie ihm so mutig erzählt hatte, was vorgefallen war. Von dem Mann, der beim Mütterhaus arbeitete und die Hände nicht bei sich behalten konnte.

»Ich dachte, wir könnten uns vielleicht über früher unterhalten«, sagte Tryggve. »Sie waren vor vielen Jahren bei mir, um jemanden anzuzeigen.«

»Polizei?«

Er sah Furcht in ihrem Blick.

»Ja, ich war bei der Polizei«, sagte Tryggve. »Erkennen Sie jemanden darauf?«

Er reichte ihr das Gruppenfoto, das sie mit leicht zitternder Hand entgegennahm.

»Lassen Sie sich Zeit, und schauen Sie es sich in Ruhe an«, sagte er. »Es herrscht keine Eile.«

Kerstin betrachtete das Bild. Als sie ihn wieder ansah, lag da etwas in ihrem Blick. Sie wirkte insgesamt unruhig, aber war da nicht auch pure Wut in ihren Augen? Der toughe Blick, den er von damals kannte?

»Wissen Sie noch, wie der Mann heißt? Der in der Mitte?«

Kerstin Weström hielt das Foto hoch, während sie mit der anderen Hand in die Luft schlug.

»Mein Mädchen rührst du nicht an!« Ihre Stimme klang schrill. »Verschwinde!«

Tryggve und Gabriella wechselten einen schnellen Blick. Gabriella legte Kerstin beruhigend die Hand auf die Schulter. Kerstin zeigte auf das Foto.

»Erkennen Sie ihn wieder?«, fragte Tryggve.

Er hatte das Gefühl, der Antwort sehr nah zu sein.

»Kerstin«, sagte Gabriella, »manchmal sprechen Sie vom Mütterhaus, nicht wahr?«

»Ja«, antwortete Kerstin mit ernstem Gesichtsausdruck.

»Wie heißt der Mann in der Mitte? Der Mann, den Sie angezeigt haben?«, fuhr Tryggve fort.

»Tord«, sagte Kerstin, als wäre es das Natürlichste der Welt.

Sie tunkte ihre Zimtschnecke in die Tasse, die Gabriella ihr hinhielt.

»Tord?«, fragte Tryggve und bekam eine Gänsehaut an den Armen. Endlich eine Art Durchbruch, oder wenigstens ein Anfang, ein Ansatzpunkt.

42

Während er das Seniorenheim verließ, versuchte er, Ulrika Trogen zu erreichen, erfolglos. Ein Blick auf die Uhr verriet ihm, dass sie sicher gerade irgendwo eine Messe hielt. Der Fernsehgottesdienst fand eine Stunde eher statt als die Gottesdienste in den Kirchen, Ulrika konnte also noch gar nicht fertig sein. Er drückte auf dem Display herum und googelte nach »Gemeinde Smissarve«. Die Informationen waren übersichtlich, heute war Ulrika in Hällinge. Wenn er die Abkürzung über Ganthem nahm, würde er dort sein, ehe die letzten Töne des Schlusslieds verklungen waren.

Er hatte richtig vermutet. Ulrika Trogen stand auf den Stufen zur Kirche und verabschiedete die Besucher, als er ankam. Vor dem Gemeindehaus direkt gegenüber war ein Tisch, auf dem Teller mit verschiedenen Kuchen und Gebäck bereitstanden. Tryggve blieb in seinem Wagen, bis Ulrika vorbeikam. Dann öffnete er die Tür und stieg aus.

»Oh, hallo! Ist was passiert?«, fragte sie und hob die Augenbrauen.

»Nein. Vielmehr nichts Schlimmeres als an anderen Tagen, aber ich muss dich was fragen.«

»Klar, wollen wir rübergehen? Es gibt Kaffee.«

»Ungern«, sagte er schnell. »Ich habe Fragen zum Mütterhaus. Ich weiß nicht, wie gut du informiert bist, aber kannst du dich erinnern, ob dort damals ein gewisser Tord gearbeitet hat?«

Ulrikas Gesichtszüge hellten sich auf.

»Du meinst sicher Totte Persson, oder?«

»Vermutlich«, sagte Tryggve und spürte einen Funken Hoffnung.

»Ja, über Totte hab ich eine Menge gehört«, sagte Ulrika lächelnd. »Er hat Gitarre gespielt und gesungen und war ganz allgemein bekannt als der Sonnenschein der Gemeinde. Hat sogar selbst Lieder geschrieben. Ich meine, wir haben davon sogar noch welche. Das war ein fideler Bursche, wenn man meinem Vorgänger Glauben schenken darf.«

»Hast du ihn mal getroffen?«

»Nein, leider nicht.«

»Gibt es noch jemanden, der ihn kennen könnte?«

Sie dachte nach, bevor sie antwortete.

»Terttu müsste sich an ihn erinnern können. Sie hat ja auch dort gearbeitet. Frag sie doch, sie steht gleich dort drüben, aber geh behutsam vor, ihr Mann ist noch immer verschwunden.«

Tryggve nickte. Das konnte nicht leicht sein für Terttu Dixén.

»Hast du eine Ahnung, was mit Tord Persson passiert ist?«

Wieder schien Ulrika ihr Gedächtnis zu durchforsten.

»Ich glaube, er ist vor vielen Jahren ins Ausland gegangen. Soweit ich weiß, hat er dort für die schwedische Kirche gearbeitet.«

»Lebt er noch?«

»Keine Ahnung.«

Ein paar ältere Frauen fingen Ulrika ab und sprachen mit ihr. Tryggve ließ sie zurück und suchte nach Terttu Dixén, um ihr ein paar tröstende Worte zu sagen und ins Gespräch zu kommen.

»War die Polizei schon bei Ihnen?«

»Ja.«

»Wie geht es Ihnen?«

»Es geht.«

Tryggve war ungeduldig, aber musste sich eingestehen, dass die Gelegenheit nicht die beste war. Er würde ein andermal den Kontakt zu ihr suchen müssen.

»Ich habe eine Idee«, sagte Ulrika, nachdem sie sich von den Damen losgeeist hatte und wieder vor Tryggve stand. »Vielleicht könnten wir Totte ja doch noch finden.«

»Wie denn?«

Ulrika lehnte sich vor, damit nur Tryggve sie hören konnte.

»Ich habe Zugriff auf das Personenregister der Schwedischen Kirche«, sagte sie. »Eine wahre Goldgrube. Darin findet man wirklich jeden, der einen Posten als Pfarrer oder Diakon innehat oder innehatte. Wenn Tord Persson noch lebt, dann finden wir ihn dort, davon bin ich überzeugt.«

Tryggve empfand große Bewunderung für diese pfiffige Frau. Kein Wunder, dass sie ihn für gewöhnlich beim Schach besiegte. Stets hilfsbereit war sie außerdem, aber das gehörte wohl zu ihrem Beruf.

»Ich fahre nach Smissarve«, sagte er. »Wir sehen uns dort.«

»Du, Tryggve«, sagte Ulrika, »ermittelst du etwa gerade? Ich dachte, du bist pensioniert?«

»Offiziell schon«, gestand er. »Aber ich habe in dem Fall

als junger Polizist ermittelt und würde ihn gern noch aufklären. Die Aufklärung des Mordes ist nicht mein Ziel, darum kümmern sich die Kollegen. Ich beschäftige mich gerade mit der Vergangenheit, davon haben die keine Ahnung. Noch nicht. Bis gleich!«

Ulrika setzte ihn in ihren Besuchersessel und legte ihm ein blaues Buch im Bibelformat auf den Schoß. In Goldschrift stand darauf, dass es sich um das Personenregister der Schwedischen Kirche handelte.

»Hier findest du alle«, sagte sie, »und es wird jährlich aktualisiert. Lass uns ganz hinten anfangen und schauen, ob es einen Tord Persson gibt.«

Tryggve blätterte im Buch, fand das Namensverzeichnis, aber keinen Tord Persson.

»Such mal unter den Auslandsangestellten«, schlug Ulrika vor. »Das ist ganz hinten, Seite 326 oder so.«

Er blätterte wieder und fand eine Liste über die unterschiedlichen Länder, in die er sich eine Weile vertiefte. Ulrika hatte ihn allein zurückgelassen, um sich für die Vesper in Sojvide vorzubereiten. Björn hatte an diesem Wochenende frei, und sie hatte als einzige diensthabende Pfarrerin alle Hände voll zu tun.

Tryggve suchte seine eigene Gemeinde, Mullvald. Alles schien richtig: Pfarrer Oskar Bergsten stand, wo er sollte, und die Stelle des Diakons war nicht besetzt. Bedauerlicherweise, denn es gab sicher Arbeit für einen Diakon in Mullvald. Die Einwohner wurden immer älter, und alte, einsame Menschen brauchten Zuwendung. Außerdem wurde diskutiert, Geflüchtete in der alten Schule unterzubringen, auch da wäre ein Diakon eine große Hilfe. Er blätterte bis Smissarve. Die Gemeinde umfasste nach einer umstrittenen

Zusammenlegung auch die Kirchen von Kyrkebinge, Sojvide und Hällinge. Selbst die Kapelle Gunnfjauns gehörte nun dazu. Eingetragene Pfarrerin war Ulrika Trogen. Er ließ den Blick weiterwandern zu ihrem Kollegen Björn Jonsson. Selbst in Smissarve war die Position des Diakons unbesetzt, was sicher daran lag, dass Raymond nur vorübergehend eingestellt war, in der Hoffnung, bald jemanden zu finden, der nicht bereits pensioniert war.

Er schlug noch einmal das Verzeichnis über die pensionierten Pfarrer und Diakone im Ausland auf. Hielt inne. Etwas stimmte nicht. Oder im Gegenteil, es stimmte nur zu sehr. Er las die Informationen noch einmal und machte ein paar Fotos von den entsprechenden Stellen. Inmitten all der Informationen hatte er endlich den Schuldigen gefunden. Jetzt musste er so schnell wie möglich Anki erreichen, sie mussten den Mörder umgehend stellen.

Er schlug das Buch genau in dem Moment zu, in dem sein Handy klingelte. Ankis Name tauchte auf dem Display auf.

»Hallo«, sagte er. »Du rufst an wie auf Bestellung. Ich weiß jetzt, wer der Mann auf dem Foto ist. Der Mann, der Susanne Bendelin den Arm um die Schulter legt.«

»Tryggve«, sagte sie und klang fürchterlich müde und traurig, »der Diakon liegt tot am Fuß der Steilwand.«

»Verdammt!«, fluchte er. »Bist du dort?«

»Wir haben die Polizei verständigt«, sagte Anki, als Tryggve die Autotür öffnete. »Oder vielmehr war es Maja. Sie sind unterwegs.«

»Gut«, erwiderte er. »Ihr möchtet wahrscheinlich so schnell wie möglich nach Hause, aber ich vermute, sie werden mit euch sprechen wollen. Haltet ihr es noch ein bisschen hier aus?«

Maja schaute ihm direkt in die Augen.

»Klar«, sagte sie. »Vielleicht hängt das ja mit dem Mord an Ninni zusammen.«

Anki lächelte matt.

»Maja redet nicht um den heißen Brei herum«, sagte Tryggve. »Aber ich glaube, sie hat recht. Wo habt ihr ihn gefunden?«

Anki erklärte es ihm so genau wie möglich, und schon war Tryggve unterwegs. Er beeilte sich besser, nicht dass gleich schon die Kollegen eintrafen und alles absperrten.

Es war kein schöner Anblick, der sich ihm da bot. Der grüne Hemdsärmel zwischen den Felsbrocken war nicht zu übersehen, und als er ihn entdeckte, stoben ein paar Möwen, die sich am Leichnam zu schaffen gemacht hatten, kreischend zum Himmel auf und flogen aufs Meer hinaus. Er holte tief Luft, um sich innerlich zu wappnen, und wagte sich näher heran. Der Schädel war zertrümmert, an der Stirn klebte getrocknetes Blut. Die Augen hatten ihm die Möwen bereits ausgepickt, genauso Stücke aus den Wangen. An Hals und Händen waren Leichenflecke sichtbar. Tryggve zählte an den Fingern ab. Raymond musste seit ungefähr vier Tagen hier liegen. Und verschwunden war er seit Mittwoch, oder?

»Fürchterlich«, stieß er aus tiefstem Herzen aus und drehte sich um.

Er schaute zur Klippe hinauf, die direkt über ihm aufragte. Nicht schwer, sich auszumalen, was passiert war. Einen solchen Sturz konnte vermutlich niemand überleben. Oder war es ein freiwilliger Sprung in den Tod gewesen? Hatte sein schlechtes Gewissen ihn eingeholt?

Im selben Moment sah er Mats Myrstedt über den Pfad auf sich zulaufen. Er hatte einen jungen Polizeianwärter dabei, und Tryggve vermutete, dass jemand bei Anki und Maja geblieben war, um sie direkt über den Fund auszufragen.

»Ich werde wahnsinnig!«, platzte es aus seinem guten Freund heraus. »Kommt man denn auf dieser Insel nie zur Ruhe? Ich gehe in Pension! Ehrlich!«

Tryggve zeigte ihm den Weg.

»In Pension zu gehen scheint nicht zu helfen«, sagte er. »Zumindest mir nicht. Hier hast du deinen Mörder. Leider nicht mehr lebend, aber er hatte ein starkes Motiv, Ninni Weström umzubringen.«

»Wie kannst du dir da so sicher sein?«, fragte Mats.

»Alte Wahrheiten durften nicht ans Licht kommen. Das ist Raymond Dixén alias Tord Persson, der Mann, der sich in den Siebzigern im Mütterhaus an Frauen rangemacht hat.«

Mats blieb wie angewurzelt stehen und betrachtete den malträtierten Leichnam vor sich.

»Trotzdem nicht nötig, sich von einer Klippe zu stürzen.« Er schüttelte betrübt den Kopf.

»Wenn er denn selbst gesprungen ist«, sagte Tryggve. »Vielleicht wurde er ja gestoßen.«

Myrstedt hatte sich hingehockt und warf einen näheren Blick auf die Leiche. Der Anwärter machte Fotos.

»Nicht ausgeschlossen«, sagte Myrstedt, »aber jedenfalls deutet viel darauf hin, dass er der Täter von damals ist.«

Tryggve hob die Augenbrauen.

»Als wir Dixén zum Mord an Ninni Weström befragten«, erklärte Mats, »erfuhren wir, dass er den Ort, an dem ihre Leiche gefunden wurde, sehr gut kannte. Zudem wohnte er selbst in Visby und trieb sich häufig in der Innenstadt rum, zu Fuß und per Fahrrad.«

»Und weiter?«, hakte Tryggve nach.

»Er hatte kein Alibi für die Tatzeit, niemand konnte bestätigten, dass er zu Hause war, als Ninni ermordet wurde. Seine Frau war selbst unterwegs und kam erst spät nach Hause, das wusste er noch, weil sie ihn geweckt hat.«

»Wusste er noch, wann Terttu Dixén zu Hause war?«, fragte Tryggve.

»Nicht konkret. Er war sich nur relativ sicher, dass es vor Mitternacht war. Aber das ließ ihm zuvor genug Zeit, unbemerkt Ninni zu ermorden. Als er das begriff, wurde die Befragung fast peinlich, weil er sich so sehr verhaspelte. Vielleicht war das ja der Auslöser. Die Scham wurde zu groß, dann doch lieber selbst dem Elend ein Ende setzen.«

»Und was ist mit Arvid Olofsson?«, fragte Tryggve. »Wie geht es für ihn weiter? Er sitzt immer noch in Untersuchungshaft, nicht wahr?«

»Nein, wir mussten ihn gestern laufen lassen. Die Staatsanwaltschaft hielt die Beweise für unzureichend, um ihn weiter festzuhalten, aber wir behalten ihn trotzdem im Visier.«

Sie standen eine Weile schweigend beieinander und beobachteten, wie zwei Polizisten versuchten, den Strand abzusperren. Es gab nicht gerade viele Möglichkeiten, das Band zu befestigen.

43

Dienstag, 7. Juni

Wie geht es dir?«, fragte Tryggve und bedachte Anki mit besorgtem Blick. »Hast du's schon einigermaßen verdaut?« Sie saßen bei ihr am Gartentisch. Tryggve war mit einem frisch gebackenen Kuchen vorbeigekommen, und Anki hatte schnell Kaffee gekocht. Die Pferde waren versorgt und Maja in der Schule. Anki konnte sich einen Moment der Ruhe gönnen. Der gestrige Nationalfeiertag war ohne besondere Vorkommnisse verlaufen. Anki war zum Pfarrhof in Östergarn gefahren, um mitzufeiern, hatte es aber nicht lange ausgehalten.

»Ich weiß es nicht«, antwortete sie. »Natürlich war das nicht gerade der Anblick, mit dem ich da in der schönen Natur gerechnet hatte. Ich sehe immer nur diese leicht bläuliche Hand vor mir, die aus dem grünen Hemdsärmel schaute. Gleichzeitig muss es für Terttu ja fast befreiend gewesen sein, dass er gefunden wurde. Wird schließlich nicht leicht zu ertragen sein, wenn der Mensch, mit dem man verheiratet ist, einfach verschwindet.«

Tryggve schob ihr den Teller mit dem Kuchen hin, und sie nahm sich ein weiteres Stück. Fasten konnte sie auch wann anders.

»Da hast du recht«, sagte er. »Besonders nicht für die nächsten Verwandten. Diese Ungewissheit ist schlimm und unheimlich zermürbend. Und nun muss Terttu auch noch mit all dem weiterleben, was Dixén angestellt hat.«

»Wie gut, dass du herausgefunden hast, dass Tord Persson und Raymond Dixén ein und dieselbe Person waren«, lobte Anki. »Wie genau bist du darauf überhaupt gekommen?«

Tryggve lehnte sich im Gartensessel zurück, legte das eine Bein über das andere und verschränkte die Arme vor der Brust.

»Diese Personenverzeichnisse werden mit großer Sorgfalt geführt«, sagte er. »Raymonds Name stand bei den pensionierten Diakonen im Ausland. Und winzig und in Klammern folgte auf seinen Namen die wichtige Wahrheit: (früher Tord Persson).«

Er machte mit den Fingern Klammerzeichen in die Luft, während er sprach.

»Ulrika war das vorher nicht aufgefallen?«, fragte Anki.

»Nein. Aber ich vermute, dass man nicht gerade in diesen Büchern herumblättert, wenn es dazu keinen Anlass gibt, und den hatte sie offenbar nicht.«

Anki stand auf, um ein bisschen auf und ab zu laufen.

»Raymond war also Tord«, sagte sie. »Eigentlich war er dann also nicht nur ein paar Tage verschwunden, sondern ganze Jahre. Was manche Leute sich trauen. Einfach einen neuen Namen annehmen, in der Welt rumgurken und nach Hause zurückkehren, wenn alle vergessen haben, wer man war.«

»Ja, und zu allem Überfluss auch noch als alter Mann an den Ort der Tat zurückkehren! Wahrscheinlich ist er sentimental geworden auf seine alten Tage. Hat seine Fehltritte vergessen oder sie vielleicht selbst nie so ernst genommen. Aber die Zeiten haben sich geändert, und er hat sicherlich nicht damit gerechnet, dass ausgerechnet Kerstin Weströms Tochter anfängt, in der Vergangenheit zu wühlen.«

Anki dachte weiter nach.

»Ich frage mich, ob er wirklich gesprungen ist«, sagte sie. »Wenn man sich umbringen will, gibt es doch wesentlich zuverlässigere Methoden. Erschießen oder erhängen. Ist es nicht denkbar, dass ihn jemand gestoßen hat?«

Anki erschauderte. Sofort tauchte das Bild von Raymond vor ihrem inneren Auge auf. Sein Schädel war auf einem Stein aufgekommen, sein grauer Pferdeschwanz verschmiert von Blut und anderem, das sie lieber nie gesehen hätte.

»Manchen Menschen sieht man nicht an, ob sie suizidal sind«, sagte Tryggve. »Sie wirken stabil, dabei herrscht in ihrem Inneren reines Chaos. Glaub mir, das habe ich nicht selten erleben müssen.«

Anki schwieg und dachte darüber nach, wer zum direkten Umfeld von Raymond gehörte. Die Pfarrerin Ulrika Trogen war seine Chefin, eine sympathische Frau, die Tryggve persönlich gut kannte. Unwahrscheinlich, dass sie ihren Mitarbeiter von einer Klippe stieß. Seine Frau vielleicht? Terttu? Anki wurde aus der farblosen Frau nicht schlau. Sie war unnahbar und so verschlossen, als trüge sie ein großes Geheimnis mit sich herum, aber welches das sein könnte, das konnte Anki sich beim besten Willen nicht zusammenreimen. Laut Tryggve hatte Terttu zwar im Mütterhaus gearbeitet, konnte sich aber angeblich an nichts erinnern. Und der junge Pfarrer? Björn Jonsson. Er machte einen etwas überspannten Eindruck auf sie.

»Du, Tryggve«, sagte Anki.

»Hm?«

Sie sah, dass er einen Buchfinken betrachtete, der sich dem Tisch näherte, vermutlich in der Hoffnung, den einen oder anderen Kuchenkrümel abzustauben. Tryggve hielt ihm die ausgestreckte Hand hin, und der Vogel wagte sich tatsächlich vor, um ihm ein paar Bröckchen von der Handfläche zu picken, bevor er schnell davonflog.

»Björn Jonsson wirkt nicht gerade stabil auf mich«, sagte Anki.

»Der Pfarrer?«

»Als ich ihn zum ersten Mal traf, direkt beim Mütterhaus, führten wir eine nette Unterhaltung, aber kaum sprach ich die roten Häuserreihen an, war er so schnell weg, dass ich kaum gucken konnte. Haute einfach ab. Als hätte ich ihn irgendwie getroffen, dabei hatten wir nur über Belanglosigkeiten gesprochen.«

Tryggve warf dem Buchfinken nun weitere Bröckchen hin, der sie nur zu gern aufpickte.

»Nach Ninnis Gedenkgottesdienst hat er aufgebracht mit Raymond diskutiert«, fuhr Anki fort. »Ich habe alles gehört, weil sie genau vor meinem Wagen gestritten haben. Sein Ton war nicht gerade nett, und das ist noch untertrieben.«

»Nicht undenkbar, dass du da was auf der Spur bist«, sagte Tryggve langsam und rieb sich dabei das Kinn. »Woher kommt der Knabe eigentlich?«

»Er stammt aus Smissarve«, sagte Anki. »Das hat er mir erzählt. Kehrte in die Heimatgemeinde zurück, als sich die Chance bot.«

»Aha, ein Gotländer«, stellte Tryggve fest. »Hört man bei den jungen Leuten heute gar nicht mehr, der Dialekt stirbt allmählich aus. Wer sind denn seine Eltern?«

Björns Eltern, dachte Anki. Die Mutter war vermutlich

die Frau, die auch beim Freiluftgottesdienst gewesen war. Und die auch bei Ninnis Gedenkgottesdienst in der Kirche saß. Die Frau, die jeden Schritt ihres Sohnes zu begleiten schien.

Tryggve holte sein Handy aus der Tasche und suchte eine gespeicherte Nummer heraus.

Als er anfing zu sprechen, wusste Anki, dass er mit Ulrika Trogen telefonierte.

»Ich wollte dich was fragen«, sagte er. »Kennst du Björn Jonssons Mutter?«

Er erfuhr den Namen, legte auf und wandte sich an Anki.

»Dagny Jonsson«, sagte er. »An den Namen des Vaters konnte sie sich nicht erinnern, aber der lässt sich leicht herausfinden.«

»Ich rufe sofort beim Melderegister an«, sagte Anki.

»Dazu brauchen wir aber die Personennummer des Jungen«, sagte Tryggve und rief noch einmal bei Ulrika an.

»Tolle Frau«, sagte er nach dem neuerlichen Telefonat. »Sie stellt nicht viele Fragen.«

»Ihre Aufgabe ist ja auch eher das Zuhören«, sagte Anki. »Nur Gott weiß, welches Wissen sie mit sich trägt.«

Es dauerte einen Moment, bis Anki die richtige Ansprechperson beim Melderegister am Apparat hatte. Langsam gab sie Björn Namen, Geburtsdatum und Adresse durch, dann wurde sie gebeten, kurz zu warten, während der Beamte die Angaben prüfte.

»Hier habe ich ihn«, sagte er. »Geboren in Visby im Juni 1982.«

»Wie heißen seine Eltern? Den Namen der Mutter kennen wir, aber wer ist der Vater?«

Es wurde still im Hörer.

»Hallo? Sind Sie noch dran?«, fragte Anki.

»Ja, ich muss nur etwas genauer nachschauen. Manche Angaben sind geheimhaltungspflichtig, aber das scheint hier nicht der Fall zu sein.«

Er nannte ihr zwei Namen, worüber Anki nur die Stirn runzeln konnte. Hatte sie sich auch nicht verhört?

»Sind Sie sich sicher?«, hakte sie nach. »Haben Sie wirklich den richtigen Björn Jonsson nachgeschlagen?«

Tryggve schaute Anki fragend an, die schnell den Zeigefinger hob, damit er sie nicht unterbrach.

»Ja, er wurde recht früh adoptiert. Und mehr kann ich Ihnen leider nicht sagen, höchstens noch, dass er ein paar Jahre in Uppsala gelebt hat, danach in Enskede Årsta, jetzt aber wieder nach Gotland zurückgekehrt ist, wohnhaft in Slite.«

Anki notierte die Informationen schnell auf einem Blatt und schob es Tryggve zu.

»Dann los«, sagte sie, nachdem sie das Telefonat beendet hatte. »Ich fahre.«

44

Terttu saß am Küchentisch und starrte aus dem Fenster. Zum Haus, das sie nach ihrer Rückkehr nach Gotland gekauft hatten, gehörte ein kleiner Garten. Der Flieder stand in voller Blüte, allerdings nahm sie das gerade gar nicht wahr. Sie strich mit der Hand über das verblasste Wachstuch und wischte nicht existente Krümel weg. Es konnten gar keine da sein, denn sie hatte seit Raymonds Verschwinden fast nichts gegessen. Dass er am Vortag tot aufgefunden worden war, hatte ihr auch den letzten Appetit verdorben. Ausgerechnet diese neugierige Person aus Mullvald hatte ihn gefunden.

Terttu seufzte. Raymond hinterließ eine große Lücke. Wie sie die Einsamkeit bewältigen sollte, war ihr unbegreiflich. Wie es sich anfühlte, einsam und verlassen zu sein, wusste sie jedoch schon lange. Raymond hatte ihr immer Halt gegeben, war ihr sicherer Hafen gewesen.

Terttu stand auf, sie musste irgendetwas tun. Also holte sie das Reinigungsspray hervor und putzte Spüle und Herd. Im selben Zuge auch die Schranktüren und Fliesen. Nichts tat so gut wie scheuern und putzen, wenn man traurig und schwermütig war.

Im Krieg, als sie als Kind auf der Insel ankam, hatte die Einsamkeit tiefe Spuren in ihrer Seele hinterlassen. Obwohl Terttu in einer sehr guten Pflegefamilie untergebracht worden war, hatte sie sie immer wieder überkommen: eine Dunkelheit, die den Körper durchdrang, sich als Kloß im Hals sammelte und zu einem Gefühl unbändigen Heimwehs führte. Selbst als Erwachsene überkam dieses Gefühl sie noch, aber immer seltener und kürzer.

Terttu hatte keine einzige Träne wegen Raymond vergossen. Sie wollten nicht hinaus, obwohl ihr bewusst war, dass sie erlösend wirken könnten. Ihre Welt war auf den Kopf gestellt worden, als die Polizei ihr erzählt hatte, dass ihr Mann tot am Fuße der Steilwand lag.

Seit den Sommern ihrer Jugend hatte es nur noch sie beide gegeben. Terttu hatte sich sofort im ersten Jahr im Mütterhaus in ihn verliebt. Er war so attraktiv gewesen mit seinem langen blonden Haar, wenn ihm der Pony beim Gitarrespielen ins Gesicht fiel. Alle Frauen waren in Raymond verliebt gewesen. Mehr oder weniger. Er war lieb zu den Kindern, die endlos herumtobten. Sein kindliches Wesen sprach sie an, und er konnte stundenlang mit ihnen im Wasser spielen. Aber er war nicht nur albern, er kannte auch eine große Ernsthaftigkeit, die man jeden Abend bei seiner Andacht am Lagerfeuer bezeugen konnte. Terttu betrachtete sein schönes Gesicht im Schein der Flammen. Ihre Liebe für ihn musste sie über mehrere Jahre für sich behalten, es dauerte, bis Raymond auf sie aufmerksam wurde. Im letzten Sommer glückte ihr, was sie so lange ersehnt hatte: Als alle abgereist waren und sie zusammen die Häuser putzten, hatte er sie endlich wahrgenommen.

Terttu stellte das Reinigungsspray weg, hängte den Lappen über den Wasserhahn und setzte sich wieder an den

Tisch. Seither hatte es nur sie beide gegeben, Raymond und Terttu. Unterwegs in der Welt mit spannenden und wichtigen Aufgaben. Kinder hatten sie keine bekommen, sie musste sich damit trösten, dass es viele andere Kinder auf der Welt gab, die Zuwendung brauchten. Als die Rente sich näherte, wollte er nach Hause zurückkehren. Die Vertretungsstelle als Diakon sagte ihm zu, und Terttu hatte sich mit ihren Aufgaben einigermaßen abgefunden. Die Handarbeit nahm Zeit in Anspruch, ebenso ihre ehrenamtliche Tätigkeit für die Kirche. Außerdem hatte sie Freundschaften in der Stadt geschlossen, ging mit ihren Freundinnen in Ausstellungen, ins Theater oder nahm die Fähre zum Festland. Mehr hatte sie nicht zu tun, und wenn sie die Kindergruppe der Kirche betreute, meldete sich bisweilen die Dunkelheit wieder.

Terttu zuckte zusammen, als es an der Tür klopfte. Kurz spielte sie mit dem Gedanken, einfach nicht zu öffnen, aber sie musste sich gar nicht entscheiden. Ihre Besucherin, Dagny Jonsson aus Smissarve, trat einfach ungebeten ein. Sie war noch nie hier gewesen, aber sie kannten sich aus dem Nähkreis.

»Hallo«, sagte Dagny und kam zu ihr in die Küche. »Ich hatte etwas in der Stadt zu erledigen, und da wollte ich mal bei dir vorbeischauen und fragen, wie es dir geht.«

Terttu lud Dagny mit einer trägen Geste ein, sich zu ihr zu setzen.

»Ich setze mich gern zu dir, aber möchtest du nicht vielleicht etwas essen? Du siehst aus, als könntest du eine warme Mahlzeit vertragen. Oder einen Tee?«

Terttu lehnte nicht ab, ein heißer Tee konnte vermutlich nicht schaden.

»Danke, das klingt gut. Im Moment fühlt es sich an, als

wäre die Strecke zwischen Tisch und Herd zehn Kilometer lang.«

Dagny hatte den Wasserkocher schon angestellt und sich auf die Suche nach Teebeuteln gemacht.

»Das kann ich gut verstehen«, sagte sie. »Akute Trauer und Verlust machen einen so kraftlos.«

»Ja«, seufzte Terttu, »und dass es auf so fürchterliche Weise passiert ist, macht es nicht leichter.«

Ihre Stimme brach, und sie zog die Nase hoch wie ein Kleinkind.

»Hier ist es so leer und trostlos ohne Raymond«, sagte sie. »Ich weiß gar nicht, wie ich ohne ihn weiterleben soll. Es gab doch immer nur uns beide.«

»Das kann ich gut verstehen«, wiederholte Dagny.

Sie öffnete einen Küchenschrank und holte Tassen heraus. In einem anderen fand sie Dosen mit Gebäck und stellte davon einen Teller zusammen.

»Soll ich dir ein Brot schmieren, Terttu?«, fragte Dagny.

»Nein danke, ein bisschen Süßes wird reichen.«

Dagny stellte den Teller vor Terttu hin und setzte sich zu ihr.

Sie schwiegen, während Terttu ein paar Schlucke trank und eine Zimtschnecke aß. Schließlich schob sie Dagny sogar die leere Tasse hin, um Nachschub zu bekommen.

»Kinder waren uns leider nicht vergönnt«, sagte sie, »sonst wäre ich jetzt nicht allein. Da hast du es leichter, du hast ja Björn.«

Dagny legte ihre Zimtschnecke auf den Tellerrand.

»Aber du weißt doch sicher, dass Raymond ...«

Terttu starrte Dagny an. Was sagte diese Frau da an ihrem und Raymonds Küchentisch? Dazu hatte sie kein Recht.

»Dann hat er davon gar nichts erzählt?«, fragte Dagny

und trommelte mit den Fingern auf den Tisch. »Okay, das musst du nicht beantworten, ich sehe dir an, dass das neu für dich war. Entschuldige, ich hätte wirklich gedacht, dass ...«

Terttu besann sich.

»Nein, nein, du musst dich nicht entschuldigen. Aber ich wusste es tatsächlich nicht. Aber wie ist das ... ich kenne ihn doch schon immer.«

Das Gespräch hatte eine Wendung genommen, die ihr alles andere als gefiel.

»Aber du hattest ihn ja nicht den lieben langen Tag unter Kontrolle.«

Terttu schwieg, und Dagny streckte die Hand aus, um sie auf Terttus zu legen.

»Wenn du es wirklich wissen willst, erzähle ich es dir.«

Als Dagny sie in dem Glauben verlassen hatte, Terttu gerade in das Geheimnis des Jahrhunderts eingeweiht zu haben, riss Terttu sich aus ihrer Starre. Sie hatte ihre Rolle gut gespielt und die Unwissende gemimt. Sie verließ die Küche und ging in Raymonds Arbeitszimmer. Öffnete die unterste Schublade des Schreibtischs und durchsuchte sie. Raymond war ein Ordnungstalent gewesen, aber anders hätten sie auch unmöglich leben können, schließlich waren sie alle drei Jahre umgezogen. In einer dünnen blauen Mappe, die mit »höchst privat« beschriftet war, fand sie es. Das Urteil. Terttu trat an den Ofen, knüllte das Dokument zusammen und entzündete ein Streichholz. Langsam hielt sie es an das Blatt. Es fing Feuer. Innerhalb weniger Sekunden war von der Wahrheit nichts als Asche übrig.

»Als wäre das neu gewesen für mich«, schnaubte sie und kratzte die Asche zusammen.

Die Existenz des Kindes, über das Terttu all die Jahre geschwiegen hatte, um Raymond zu schützen.

»Wir sprechen nicht mehr darüber«, hatte er gesagt. »Nie wieder.«

Ohne Härte, ohne Strenge. Nur mit seinem sanften Lächeln hatte er sie zum Schweigen gebracht. Damit sie auch nicht die neue Familie und ihr Glück zerstörte. Der Junge sollte nichts erfahren.

Als Dagny so offen die Wahrheit aussprach, war etwas kaputtgegangen. Jetzt könnte alles rauskommen. Im Flur riss Terttu Jacke und Schal an sich. Terttu Dixén musste hinaus. Brauchte Luft. Sonst würde sie ersticken.

45

Björn irrte ohne wirkliches Ziel durch den Wald nahe dem Strand. Einzig den Teil unterhalb der Steilwand wollte er um jeden Preis meiden. Und dem Dröhnen in seinem Kopf entkommen. Den Stimmen, den Dämonen, er wollte vor sich selbst weglaufen. Der Ausflug zu Pernilla nach Stockholm war ein Aufschub gewesen, nichts weiter. Und alle Hoffnung auf ein glückliches Zusammenleben war mit ihrem neuen Job verflogen.

Er wurde schneller, lief weg vom Strand, wählte den Weg voller Unterholz. Die Büsche ritzten ihm die Waden auf, aber er bemerkte es nicht mal. Er wollte nur nach Hause und sich die Sünde abschrubben. Die Füße waschen. Aber erst musste er zu seiner Mutter. Dagny würde ihn in die Arme schließen, ihn festhalten und ihm sagen, dass alles in Ordnung war.

»Björn!«, rief sie, als er in die Küche trat. »Was ist passiert? Du bist ja ganz zerkratzt.«

Er rang sich ein Lächeln ab und klopfte sich den Dreck von den Schultern.

»Ach, nichts weiter. Ich bin nur durch den Wald gelaufen.«

Dagny legte ihre kühle Hand auf seine Stirn, und er schloss die Augen. Wollte einfach nur in den Frieden und die Stille eintauchen, sich hinlegen und von Mama zudecken lassen wie damals als Kind.

»Du bist ja ganz warm«, sagte sie. »Du hast sicher Fieber. Komm, leg dich hin.«

Sie brachte ihn ins Wohnzimmer, wo er sich auf dem Sofa zusammenrollte.

»Mein kleiner Björn«, sagte sie und legte eine Decke über ihn.

Seine rastlose Seele beruhigte sich langsam.

»Ich bin nicht mehr so klein«, sagte er und hörte, wie jämmerlich er klang.

»Nein, morgen wirst du schon dreiunddreißig.«

»Jesus«, murmelte er.

»Wie bitte?«

»Jesus wurde dreiunddreißig. Auch nicht älter.«

Schwierig, das Letzte auszusprechen.

»Wie meinst du denn das?«, fragte sie, in ihrem Blick lag eine Spur Sorge. »Wie geht es dir, Björn? Ganz ehrlich?«

Er zog sich in Embryohaltung zusammen. Ließ den Tränen freien Lauf. Versuchte nicht mal, sie aufzuhalten. Seine Mutter streichelte ihm über den Kopf.

»Schon gut«, sagte sie tröstend. »Denk an deine Konfirmanden, schon bald steht ihre große Feier an. Darauf freust du dich doch, Björn. Weil du sie so magst. Oder? Und auf deinen Geburtstag. Ich backe eine Torte und pflücke Himmelsschlüssel, wie jedes Jahr.«

Seine Mutter hatte recht, was die Konfirmanden betraf, aber nicht einmal der Gedanke an diese wundervollen jungen Leute konnte ihn aufmuntern.

»Ich möchte meinen Geburtstag nicht feiern«, schluchzte

er. »Dreiunddreißig ist kein Grund zum Feiern, sondern zum Trauern.«

»Liegt es an Raymond?«

Björn antwortete nicht.

»Ich kann verstehen, dass du deshalb trauerst. Er war mehr als ein Kollege.«

Björn öffnete die Augen und starrte sie an. Auf ihrem sonst so fröhlichen Gesicht zeigte sich eine tiefe Falte zwischen den Augenbrauen, ihr Blick war besorgt.

»Ich trauere nicht um ihn«, sagte Björn wahrheitsgemäß. »Er war ein schrecklicher Mensch. Ich bin froh, dass er tot ist.«

Seine Mutter wies ihn nicht auf die Unangemessenheit seiner Aussage hin. Streichelte ihm einfach über den Kopf. Das war schön. Als er fast eingeschlafen war, sagte sie noch etwas.

»Dann kann ich es dir ja jetzt sagen, schließlich ist er tot. Er war dein leiblicher Vater, Björn.«

Alles in Björn krampfte sich zusammen. Die Hand auf seinem Haar erstarrte. Er hob den Kopf ein wenig an.

»Wovon redest du?«

»Raymond war dein leiblicher Vater.«

Die Gedanken wirbelten ihm nur so durch den Kopf, ihm wurde schwindelig.

»Mein Vater?«, fragte er, seine Stimme brach.

Sie lächelte, als würde es sie Mühe kosten. Sie blinzelte.

»Das kann nicht sein«, flüsterte er. »Habt ihr, du und …«

Sie streichelte ihm über die Wange. »Nein, nein. Wir hätten es dir schon längst erzählen sollen, aber Gunnar wollte nicht, und so kam es nicht dazu.«

»Raymond?« Es fühlte sich an, als würde alle Kraft aus ihm herausrinnen.

»Ja«, sagte Dagny. »Vermutlich war er deshalb so hinter dir her. Um aufzuholen, was er verpasst hat. Wie so eine Art Mentor.«

Björn stemmte sich mit allerletzter Kraft hoch. Seine Muskeln gehorchten ihm nicht. Sein Kopf drohte zu platzen.

»Mama«, sagte er. »O Mama! Das ist alles meine Schuld!«

Er schlug die Decke zurück und stand auf.

»Ich bin ein schlechter Mensch«, sagte er. »Ich habe es nicht verdient zu leben.«

Er stieß sie beiseite und verließ das Haus. Ihre Rufe von der Veranda hielten ihn nicht zurück.

46

Die Angaben, die Anki vom Melderegister bekommen hatte, waren überraschend gewesen, und sie waren sofort aufgebrochen. Während Anki schon fuhr, suchte Tryggve die Adresse heraus und gab sie ins Navi ein. Sie machten sich gar nicht erst die Mühe, anzurufen und ihre Ankunft anzukündigen. Als Anki aus dem Wagen stieg, bewegte sich eine Gardine am Fenster, und jemand verschwand sogleich wieder im Innern. Kurz darauf wurde die Haustür aufgerissen, und Dagny Jonsson stand auf der Veranda. Anki kannte sie von Freiluftgottesdienst und von der Gedenkfeier für Ninni.

»Entschuldigen Sie, dass wir so unangemeldet vorbeischauen«, sagte Tryggve, lächelte warm und stellte sich vor. »Wir sind uns sicher schon mal begegnet, ich bin Küster und ehemaliger Kriminalkommissar.«

Dagny Jonsson schluckte den Köder und bat sie herein. Sie setzten sich an den Küchentisch.

»Björn ist Ihr Adoptivsohn«, sagte Tryggve ohne Umschweife.

»Soso, dann haben Sie das also schon herausgefunden«, stellte Dagny Jonsson fest.

»Ein guter Junge«, sagte Anki. »Es scheint alles zu seinem Besten gewesen zu sein.«

Dagny sagte eine ganze Weile nichts, starrte nur vor sich auf den Tisch, bevor sie schließlich den Mund öffnete.

»Er hat keine starken Nerven«, erklärte sie. »Ich weiß nicht, woran es liegt, aber das wurde ihm wohl von seinen leiblichen Eltern mitgegeben. Wenn seine Panikattacken zu schlimm werden, kommt er zu mir. Ich habe ihn immer unterstützt. Ohne mich hätte er seine Ausbildung zum Pfarrer in Uppsala niemals abgeschlossen.«

»Weiß er, dass er adoptiert ist?«, fragte Anki.

Dagny zog den gestickten Läufer gerade, der auf dem Wachstuch lag.

»Jetzt weiß er wenigstens, wer sein Vater ist«, sagte sie, aber die Wörter schienen ihr nur schwer über die Lippen zu kommen.

»Jetzt?«

»Ja, ich habe es ihm gerade erst gesagt. Ich fand es richtig, jetzt, wo sein leiblicher Vater auf so tragische Weise verstorben ist.«

Anki und Tryggve wechselten einen Blick.

»Wie hat er es aufgenommen?«, fragte Tryggve.

Dagny Jonsson schaute auf. Sie hatte Tränen in den Augen.

»Er ist weggelaufen«, sagte sie. »Schockiert also, schätze ich. So habe ich ihn noch nie erlebt. Schrie etwas davon, dass alles seine Schuld sei.«

»Sein Vater wird es gewusst haben, nehme ich an? Es gab ja vermutlich ein Vaterschaftsurteil?«, fragte Anki.

»Ja, er wusste es. Wahrscheinlich kehrte er deshalb hierher zurück und versuchte, eine Art Wegweiser für seinen Sohn zu sein. Aber gut ging das nicht.«

»Wie meinen Sie das?«

»Björn fühlte sich gemobbt. Egal, was er machte, immer mischte der Diakon sich ein. Björn war immer häufiger niedergeschlagen und hatte das Gefühl, nie gut genug zu sein. Manchmal hat Raymond kontrolliert, ob Björn auch alles richtig gemacht hat. Ist selbst noch einmal zu Angehörigen gefahren, nachdem Björn die Beerdigung dort durchgesprochen hatte, zum Beispiel. Oder er hat seine Predigten rezensiert, anders kann man es wohl nicht nennen.«

Anki hatte ihren Schlagabtausch vor der Kirche in Buttle gehört, sie wusste also, wovon Dagny sprach.

»Ich frage mich, wie es Terttu Dixén geht«, sagte Dagny. »Ich sollte noch einmal zu ihr fahren und schauen, ob alles so ist, wie es sein sollte.«

»Noch einmal?«

»Ja, ich war heute Vormittag erst bei ihr, um zu fragen, wie es ihr geht. Da kamen wir auch auf das Thema. Terttu schien davon gar nichts gewusst zu haben.«

Diese Dagny Jonsson war eine sehr mitteilsame Person. Innerhalb weniger Stunden hatte sie zwei Menschen etwas erzählt, das beiden vorher unbekannt gewesen war. Effizient war sie, aber ob sie damit wirklich das Richtige getan hatte, blieb abzuwarten. Tryggve und Anki standen gleichzeitig auf.

»Wissen Sie, wo Björn jetzt sein könnte?«, fragte Tryggve.

»Im Wald«, sagte Dagny. »Er fährt immer mit dem Rad durch den Wald. Er hat eins, mit dem man buchstäblich über Stock und Stein fahren kann. Oder er ist unten am Strand in der Nähe der Klippe.«

Sie legte sich die Hand auf die Brust.

»O Gott!«, flüsterte sie. »Die Klippe! Er hat gesagt, es sei seine Schuld. Kann es sein, dass er Raymond hinuntergestoßen hat? Seinen eigenen Vater?«

47

Große, schwere Wolken türmten sich überm Meer auf, die Sonne verschwand dahinter, alle Zeichen standen auf Gewitter. Terttu durchsuchte den Wagen, bis sie eine Weste fand, die sie noch über die Jacke ziehen konnte.

Das letzte Stück musste sie gehen. Sich bewegen, die Gedanken abschütteln, die sie jagten. Sie wieder begraben. »Wir denken nicht daran«, hatte Raymond gesagt, als sie den Jungen mal zur Sprache gebracht hatte. Die Lüge, mit der zu leben er sie gezwungen hatte.

Terttu bahnte sich den Weg durchs Unterholz. Durch ein Stück zwischen Weide, Wald und Meer, das kein vernünftiger Mensch wählen würde. Die Zweige kratzten ihr Gesicht und Hände auf, aber das machte nun auch nichts mehr.

Ein Geräusch erregte ihre Aufmerksamkeit. War es ein Fahrrad? Raymond? Unmöglich. Sie besann sich eines Besseren und schob die Wunschgedanken beiseite.

»Nein, so darfst du nicht denken«, murmelte sie. »Keine Dummheiten. Raymond ist tot. Raymond gibt es nicht mehr.«

Vielleicht hatte sie sich verhört? Nein, da war es wieder. Etwas entfernt, aber unmissverständlich. *Der Sohn.* Auch er fuhr für gewöhnlich mit dem Rad durch die Gegend.

Sie hielt die Arme hoch, um die Äste abzuwehren, weil sie schneller wurde. Sie hätte sich gern um ihn gekümmert, als Raymond sein Kollege wurde. Ihn unterstützt, ganz wie einen eigenen Sohn. Aber sie hatte nie die Gelegenheit dazu bekommen.

»Wir sprechen nicht darüber«, hatte Raymond gesagt, wie immer, wenn das Thema zur Sprache kam. Alles, was mit dem Jungen zu tun hatte, behielt er für sich.

Terttu zwängte sich an einem Hagebuttenstrauch vorbei und erreichte endlich den Strand. Der Wind hatte zugenommen, die Wellen waren hoch und schlugen kräftig ans Ufer. Hinterließen dort Muscheln, Treibholz und vereinzelte Plastikflaschen, die unachtsame Badegäste zurückgelassen hatten oder die von einem Boot geworfen worden waren.

Ein Stück entfernt sah sie ihn. Das Rad war achtlos in den Sand geworfen, er lehnte sich vor. Sie hörte, dass er etwas brüllte, doch die Worte gingen im Tosen der Wellen unter.

Durch den heftigen Gegenwind und den schweren Sand kam sie nur mühsam voran. Sie hielt den Blick zu Boden gerichtet und kämpfte sich weiter vor.

48

Frischer Wind fuhr Anki ins Haar. Sie fischte eine dünne Mütze aus der Jackentasche und stülpte sie über den Kopf. Ein paar Tropfen fielen, und Tryggve hielt die Hand auf.

»Nicht lange, dann kommt ein gewaltiger Schauer runter«, sagte er mit einem Blick gen Himmel. »Wir müssen uns beeilen.«

»Da war er doch tatsächlich Björns Vater«, sagte Anki, während sie schnell zum Ufer liefen. »Wie tragisch! Wie konnte Raymond mit so einer Lüge leben?«

Tryggve erwiderte nichts, schüttelte nur den Kopf. Anki musste sich mit den Händen an den Felsbrocken abstützen, um nicht zu stürzen. Außerdem trug sie die denkbar ungeeignetsten Schuhe, ihre ganz einfachen Sandalen mit Stoffriemen. Eine sehr schlechte Wahl für einen Ausflug bei diesem Wetter.

Sie umrundeten die Steilwand und erreichten den Ort, an dem sie Raymond gefunden hatte. Für den Rest ihres Lebens würde sie seinen zertrümmerten Schädel nicht mehr vergessen, genauso wenig die leeren Augenhöhlen, an denen die Vögel sich so gierig zu schaffen gemacht hatten. Das

Meer hatte das Blut weggespült, nur Teile vom Absperrband flatterten noch kläglich im Wind. Ein Stock mit einem Stück davon bog sich im Sand, ein anderes steckte unter einem kleinen Felsbrocken. Der Rest war fort. Anki wandte sich ab und lief weiter, warf einen Blick aufs Meer, wo schon Regen auf die Wasseroberfläche fiel und sie kräuselte. Der Sturm hatte zugenommen, der Sand war löchrig von den Regentropfen, und die Nässe drang durch die Sandalen.

Putte war nicht aufzuhalten, übernahm die Führung, dicht gefolgt von seinem Herrchen, dann von Anki. Tryggve blieb kurz stehen und warf einen Blick in die Richtung, aus der sie gekommen waren. Anki betrachtete das Paar. Kaum zu glauben, wie unsympathisch ihr die beiden gewesen waren, als sie ihnen zum ersten Mal begegnet war. Jetzt verspürte sie fast so etwas wie Zärtlichkeit, wenn sie den gepflegten älteren Herrn mit seinem gutmütigen Hund sah. Tryggve war ein prächtiger Kerl, etwas anderes konnte man gar nicht sagen. Sie überlegte, was er wiederum über sie denken mochte? Sie schüttelte den dummen Gedanken ab, im Moment gab es wirklich Wichtigeres. Sie mussten Björn finden.

»Wo wurde sein Fahrrad noch mal gefunden?«, fragte Tryggve und drehte sich zu ihr. »Das von Raymond?«

»Nicht hier«, antwortete Anki. »Im Hafen von Slite, also ein gutes Stück entfernt.«

»Hm«, machte er und schien intensiv nachzudenken. »Er wird wohl kaum ...«

»Was?«, fragte Anki.

»Der junge Mann, der gerade wie vom Erdboden verschluckt ist, könnte längst an Bord eines Schiffes sein oder in einem Flugzeug sitzen oder wie auch immer unterwegs sein, aber in seinem Zustand wirkt das unwahrscheinlich. Selbst Slite kommt mir zu weit vor.«

»Er muss völlig verzweifelt sein, seit er die Wahrheit weiß«, stimmte Anki zu. »Der arme Mann, ohne Sinn und Verstand. Und du meinst, er könnte auf dem Schiff sein ...«

»Nein, das war nur so ein Gedanke, aber er ist ja noch gar nicht lange genug weg, um bis zur Fähre gekommen zu sein.«

»Tryggve«, sagte sie. »Ich spreche auch nicht von der Fähre.«

Er schaute sie an, und dann schien er sie zu verstehen.

»Du meinst wirklich ein Schiff?«

»Oder sogar nur ein Boot. Kann es sein, dass er sich bei dem Wetter aufs Meer gewagt hat?«

»Komm.« Tryggve griff leicht nach ihrem Arm. »Wir suchen weiter, das kann nicht schaden. Trägst du die richtigen Schuhe dafür?«

»Nicht so richtig.« Sie verzog das Gesicht und warf einen Blick auf die nassen Socken in den ollen Sandalen. »Aber da kann man jetzt nichts machen.«

»Wir laufen so lange am Strand entlang, wie wir können«, sagte er. »Und wenn wir bis Hällinge unterwegs sind.«

Putte lief forsch voran, die Nase am Boden. Hin und wieder blieb er stehen und witterte. Stellenweise war der Strand sandig, dann wieder steinig. Der Regen wurde stärker, der Wind immer frischer. Anki zog die Kapuze über, aber das brachte nicht sonderlich viel. Eigentlich war es auch Wahnsinn, was sie hier machten. Unterwegs in diesem Mistwetter, um ... ja, um was? Würden Sie Björn Jonsson lebendig oder tot finden? Und wenn sie ihn wirklich nicht lebendig fanden? Anki erschauderte. Das galt es unter allen Umständen zu verhindern. Noch eine weitere Leiche verkraftete sie nicht. Wenn er aber am Leben war und sie ihn traurig und völlig entmutigt vorfanden, dann konnten sie ihn immer noch an einen Ort bringen, an dem ihm geholfen werden konnte.

Tryggve blieb stehen, und Anki lief direkt in ihn hinein, hielt sich an seinem Ärmel fest. Er nahm ihre Hand und streichelte sie leicht mit dem Daumen.

»Warst du so dicht hinter mir? Das war mir gar nicht bewusst.«

Anki zog ihre Hand zurück und spürte, wie sich ungebetene Tränen ihren Weg zu den Augen bahnten. Sie blinzelte sie weg. Warum, in Gottes Namen, war sie plötzlich so bewegt?

»Wir sollten umkehren«, sagte Tryggve, dem der Regen vom Schirm seiner Mütze troff. »An der Steilwand vorbei. Ich hab gesehen, dass ein Stück weiter ein steiniger Abschnitt folgt, an dem der Wald bis ans Ufer steht. Ich kann es nicht erklären, das sagt mir einfach meine Polizistennase.«

Widerwillig stimmte sie zu. Eigentlich hätte sie liebend gern darauf verzichtet, noch einmal an dem Ort vorbeizugehen, an dem Raymond gelegen hatte, aber es blieb ihr ja nichts anderes übrig.

Tryggve wurde schneller, und Anki hatte große Mühe, mit ihm Schritt zu halten. Aber sie dachte gar nicht daran, sich darüber zu beklagen. Zur Ablenkung dachte sie an ihre schöne Sauna. Warme Luft würde ihre kalten Glieder umfangen, dann würde sie sich mit Maja unterhalten, und eine gute Mahlzeit wäre auch nicht schlecht. Tryggves Berührung konnte sie auch noch auf der Haut spüren.

Puttes Kraft und Ausdauer schienen unerschöpflich. Er trabte voraus, verschwand hinter einem Felsblock und bellte plötzlich einmal.

»Er hat etwas gefunden«, sagte Anki.

Putte bellte weiter.

»Komm«, sagte Tryggve und nahm ihre Hand.

Anki wagte nicht, sich auszumalen, was der Hund entdeckt hatte. Diesmal zog sie ihre Hand nicht weg, sondern stolperte – gehalten von Tryggve – voran. Putte stand vor einem flachen Stein und wedelte mit dem Schwanz, während er sein Herrchen erwartungsvoll ansah. Tryggve pfiff durch die Zähne und streichelte ihn.

»Feiner Junge«, sagte er. »Gut gemacht.«

Auf dem Stein vor dem Hund lagen ein Paar abgetragener Ledersandalen und ein schwarzes Buch. Eine nasse und abgegriffene Bibel.

Anki durchsuchte ihre Taschen und holte ein Paar dünne rote Lederhandschuhe heraus. Dann schielte sie zu Tryggve, der absichtlich in eine andere Richtung zu schauen schien. Die Kriminaltechniker würden ausrasten, wenn sie wüssten, was sie da tat. Vorsichtig klappte sie die Bibel auf und las. *Björn Jonsson, zur Erinnerung an die Konfirmation 1996, Psalm 23,4.*

Björn, der Konfirmand, aus dem ein Pfarrer wurde, der an seiner Aufgabe zerbrach. Der Sohn, um den seine Mutter sich nicht hatte kümmern können, der dann aber einen Überfluss an Liebe bei Dagny Jonsson erfuhr. Es hatte nicht geholfen. Er trug Dunkelheit in sich, hatte sie gesagt. Vielleicht hatte er tatsächlich Raymond wutentbrannt von der Klippe gestoßen, doch konnte ihm dabei nicht bewusst gewesen sein, dass dieser sein leiblicher Vater war.

Putte bellte erneut, blieb reglos stehen und knurrte. Anki und Tryggve schauten in seine Richtung.

Etwa dreißig Meter entfernt stand ein dünner, beigefarbener Mensch ganz still auf einem Stein und starrte aufs Wasser hinaus. Anki erkannte sie sofort.

»Putte, hierher!«, rief Tryggve und leinte ihn an.

»Ich rede mit ihr«, sagte Anki. »Warte hier.«

Anki eilte zu Terttu, und eine unerklärliche Wut überkam sie.

»Haben Sie ihn ins Meer getrieben?«, entfuhr es ihr.

Der Wind riss an Terttus dünnem Haar. Sie hatte sich die Arme um den Leib geschlungen, in der einen Hand hielt sie einen Seidenschal mit Leopardenmuster.

»Er ist von allein hineingegangen«, sagte sie. »Ich konnte nichts tun.«

»Mit einem Boot?«

»Nein, er ist einfach ins Wasser gegangen, bis die Wellen ihn verschluckten.«

Anki schaute aufs Meer hinaus, auf die grauen, bedrohlichen Wogen, die zum Strand rollten und wieder hinaus. Wer sich von ihnen mitreißen lassen wollte, fand keinen besseren Tag als den heutigen.

»Er hat um Verzeihung gebeten«, sagte Terttu.

»Wofür?«

»Raymond ist seinetwegen gestorben.«

»Weil er ihn gestoßen hat?«

»Nein, Raymond ist gestürzt. Das hat Björn noch gesagt, bevor …«

Sie deutete zum Wasser, und der Seidenschal flatterte im Wind.

Anki schaute auf den Schal, dann in Terttus Gesicht, dann wieder zum Schal. Ninni hatte so einen gehabt. Genau so einen. Hatte Terttu etwa …? Plötzlich begriff Anki, wie alles zusammenhing. Tryggve und Anki waren der Wahrheit so nahe gekommen, aber nicht nah genug.

»Sie haben Ninni ermordet. Damit«, sagte sie und zeigte zum Schal.

»Scharfsinnig«, sagte Terttu trocken. »Sehr scharfsinnig, das muss ich Ihnen lassen.«

»Ich hatte Raymond für den Schuldigen gehalten.«

Terttu lachte. Wie konnte sie nur?

»Raymond hat mit seinen Händen zwar so einiges angestellt, aber jemanden erwürgen, das hätte er nicht gekonnt. Das widersprach seinem Glauben.«

Eine Windböe machte es Anki kurzzeitig schwer, Terttu genau zu verstehen.

»Aber warum?«, schrie Anki. »Warum haben Sie Ninni getötet?«

Terttu machte einen Schritt auf Anki zu, die allein dastand. Tryggve war ein gutes Stück hinter ihr.

»Sie hat sich eingemischt«, antwortete Terttu. »Hat in der Vergangenheit gegraben. Verdammt unnötig. Das durfte nicht herauskommen.«

»Sie meinen die sexuellen Übergriffe?«

Terttu widersprach nicht.

»Sie haben sich auch eingemischt«, sagte sie, und ihr Blick verdunkelte sich.

»Sie und ich haben doch bisher noch kein Wort gewechselt«, sagte Anki. »Woher wollen Sie wissen, was ich mache oder nicht mache?«

»Es gibt genügend andere, die wissen, wie Sie kreuz und quer über die Insel gefahren sind, um herumzuschnüffeln.«

»Wer denn?«

Terttu lachte wieder. Hoffentlich war Tryggve bald bei ihnen. Anki wagte es nicht, Terttu aus den Augen zu lassen, um sich umzusehen.

»Dann kam der Drohbrief von Ihnen?«, fragte sie, um Zeit zu schinden.

»Sie hätten sich einfach nicht einmischen sollen.«

»Eigentlich hätte Raymond besser seine Finger bei sich behalten, meinen Sie nicht?«, fragte Anki.

Sie musste das Gespräch am Laufen halten.

»Im Mütterhaus gab es niemanden, der Raymond hieß«, zischte Terttu.

»Nein, weil er damals noch Tord Persson hieß.«

Terttu blinzelte. Das schien ihr die Sprache verschlagen zu haben.

»Und Sie mussten Ihr Leben lang schweigen«, fuhr Anki fort.

Terttu starrte sie an, ohne etwas über die Lippen zu bekommen.

»Raymonds Ehre stand auf dem Spiel, da mussten Sie mitmachen.«

Terttus Augen schimmerten. Waren es Tränen? Sie trat noch näher an Anki heran, stand jetzt direkt vor ihr.

»Ihr werdet mich nicht drankriegen!«, schrie sie, schlang Anki den Schal um den Hals und zog zu. So schnell und überraschend, dass Anki sich nicht wehren konnte.

Die Wellen donnerten ans Ufer. Ankis Schreie ertranken im Tosen des Meeres. Ihr Hals brannte. Sie riss die Arme hoch, musste sich verteidigen, sich befreien.

Jemand kam ihr zuvor. Putte näherte sich in vollem Galopp und sprang Terttu an. Deren Beine gaben nach, sie landete im Sand. Die Schlinge um Ankis Hals lockerte sich. Tryggve folgte auf dem Fuße und hielt Terttu fest. Sie lag mit dem Gesicht im Sand, schrie und weinte gleichzeitig. Möglich, dass sie stark und stur war, aber gegen den Griff des ehemaligen Kommissars kam sie nicht an.

»Die Polizei ist unterwegs«, sagte er zu Anki. »Ich habe sie verständigt, als du zu ihr gegangen bist. Irgendwie war mir klar, dass etwas nicht stimmte.«

Anki atmete heftig. Ihr Mund war trocken, die Stimme versagte ihr.

»Es wird dauern, bis sie hier sind«, krächzte sie.

Er nickte finster und zog Terttu unsanft auf die Beine.

»Stimmt, aber ich lass sie schon nicht laufen.«

Er setzte sie auf einen Felsen und sich direkt daneben, ohne den Griff zu lockern. Terttus Gesicht war schmutzig. Eine Mischung aus nassem Sand und Tränen der Enttäuschung. Anki nahm ihr den Schal ab und setzte sich ebenfalls auf einen der nassen Felsbrocken, konnte sich einfach nicht länger auf den Beinen halten. Sie zitterte, und das lag nicht nur an Sturm und Regen, die Kälte kam von innen und ließ sie schlottern.

»Die Tatwaffe«, sagte sie und hielt den Schal so, dass Tryggve ihn sehen konnte. »Ninnis Schal.«

Ihr entging sein unendlich betrübter Blick nicht, während er ohne ein Wort den schmalen Seidenschal betrachtete.

»Was stand in Björns Bibel?«, fragte er schließlich. »Du hast doch hineingeschaut.«

»Nur der Hinweis auf einen Psalm«, antwortete Anki.

Sie dachte an die säuberlichen Druckbuchstaben, die sich im Regen schon ein wenig aufgelöst hatten.

»Weißt du noch, auf welchen?«

»Psalm 23,4, wenn ich mich richtig erinnere. Welcher könnte das sein?«

Terttu hatte die Augen geschlossen und sah aus, als wäre sie in Tryggves hartem Griff eingeschlafen.

»Selbst wenn ich durch ein finsteres Tal gehen muss, wo Todesschatten mich umgeben, fürchte ich mich vor keinem Unglück, denn du, Herr, bist bei mir! Dein Stock und dein Hirtenstab geben mir Trost«, sagte Tryggve aus dem Gedächtnis auf.

Anki schaute auf das graue, aufgewühlte Meer hinaus. Die Wellen hatten den unglücklichen jungen Pfarrer verschlungen. Tränen liefen ihr über die Wangen, aber es war ihr egal. Bei diesem Regen würde es Tryggve ohnehin nicht auffallen.

49

Freitag, 10. Juni

Niemand hätte stolzer sein können als Anki, die auf dem Stora torg in Visby stand und zusehen durfte, wie ihrer Enkelin der erste Preis des Schreibwettbewerbs überreicht wurde. Vor der Bühne standen ihre Klassenkameraden und ihre Lehrerin aus Roma. Alles Menschen, die Maja vor Kurzem noch nicht gekannt hatte.

»Maja Karlsson gewinnt den Wettbewerb mit ihrem originellen und gleichzeitig ernsten Aufsatz zum Thema Liebe«, sagte die Regierungspräsidentin, die den Preis vergab. »Ihr Aufsatz handelt nicht etwa von einem Flirt, sondern von der Liebe innerhalb der Familie. Sehr schön gemacht, herzlichen Glückwunsch! *Region Gotland* und die Bezirksregierung wünschen dir und deiner Klasse eine schöne und lehrreiche Reise nach Island.«

Anki applaudierte und lächelte. Ihr traten die Tränen in die Augen. Sie war so stolz auf Maja. Anki hatte den Aufsatz noch nicht lesen dürfen, er war zu privat, das wusste sie, aber dass es um die Liebe zwischen Eltern und Kind ging und im Besonderen um Caroline, die zusammen mit einer anderen Frau ins Ausland aufgebrochen war, das war ihr klar.

»Hat sie gut gemacht, was?«, erklang eine ihr nur zu gut bekannte Stimme direkt an ihrem Ohr.

Sie wandte überrascht den Kopf und wurde umarmt.

»Jocke! Wie schön, du bist genau rechtzeitig. Was hast du doch für eine tolle Tochter!«

Auch er fing an zu klatschen. Majas Familie platzte vor Stolz.

»Papa!«, rief sie und warf sich in seine Arme, als sie von der Bühne kam. »Seit wann bist du hier?«

»Maja!« Jocke strahlte. »Wie schön, dich zu sehen. Ich bin heute Morgen schon gelandet, aber ich musste mich erst noch um was kümmern. Herzlichen Glückwunsch zum ersten Platz!«

Im selben Moment zog Maja das Handy aus der Tasche und schaute aufs Display. Ihre Enkelin war ein hoffnungsloser Fall. Konnte sie nicht mal in einer solchen Situation die Finger von dem Ding lassen?

»Oma, guck mal!«

Da hielt Maja ihr das Telefon hin, damit sie selbst lesen konnte, was ihr im Sonnenlicht nicht gerade leichtfiel.

»Ich kann nichts erkennen«, sagte Anki. »Was steht denn da?«

Maja lächelte vom einen Ohr zum anderen, während sie die SMS vorlas: *Ich weiß, dass du gerade bei einer Preisverleihung bist. Herzlichen Glückwunsch! Komme nächste Woche zurück nach Schweden. Fühl dich fest gedrückt, Mama.*

Jocke legte seiner Tochter einen Arm um die Schultern, aber Anki zwängte sich dazwischen, um Maja in die Arme zu schließen. Wie schön für das Mädchen, dass Caroline endlich nach Hause kam.

Dann überließ sie Vater und Tochter sich selbst und

schaute sich auf dem Platz um. Mehrere der Restaurants hatten geöffnet, auf den Sonnenterrassen saßen die Menschen und aßen zu Mittag. Beim Ryska gården entdeckte sie einen blonden Haarschopf. Eine Frau mit einem Glas Weißwein vor sich.

»Oma«, sagte Maja. »Papa und ich wollen zu *Sankt Hans*, um was zu essen. Kommst du mit?«

Anki schaute von der blonden Frau zu ihrer lieben Familie.

»Geht ruhig allein«, beschloss sie. »Du hast deinem Vater sicher eine Menge zu erzählen. Ich habe da drüben jemanden entdeckt, mit der ich mich gern unterhalten würde. Ruf mich an, wenn ihr fertig seid, dann treffen wir uns, okay?«

Anki ließ das Publikum zurück, das vermutlich hauptsächlich aus stolzen Eltern bestand und dem einen oder anderen Spaziergänger. Als sie sich dem Ryska gården näherte, hob Susanne Bendelin ihr Glas und blickte Anki über den Rand hinweg an.

»Setzen Sie sich doch zu mir und trinken ein Gläschen mit. Ich könnte ein bisschen Gesellschaft brauchen.«

Anki nahm sie beim Wort, entschied sich aber lieber für ein Mineralwasser mit Zitrone. Schließlich wartete das Auto auf dem Parkplatz und wollte sicher nach Hause gefahren werden. Susanne hatte ein Panino vor sich, von dem sie langsam kleine Stücke brach.

»Wie geht es Ihnen?«, fragte Anki. »Sie haben sicher mitbekommen, dass der Mord aufgeklärt ist.«

Susanne nickte. »Ich bin auch vernommen worden«, sagte sie. »Am Tag nachdem Sie und dieser Bulle bei mir waren. Das hab ich wohl Ihnen zu verdanken, was?«

Anki antwortete nicht, aber das schien Susanne Bendelin auch nicht zu erwarten.

»Ninni Weströms Mörderin ist endlich gefasst worden«, sagte Anki. »Das ist ein gutes Gefühl, auch wenn es so tragisch ist.«

»Ja, und dann auch noch der arme Pfarrer, der ins Meer gegangen ist. Das war ja wohl verdammt unnötig.«

»Ja, da haben Sie recht«, sagte Anki. »Aber er hatte offenbar sehr schwache Nerven. Sie haben mir übrigens nie erzählt, warum Sie im Mütterhaus gelandet sind. Nur, dass Sie schwanger waren und Ihren Sohn abgeben mussten. Was war denn mit dem Vater?«

Susanne zuckte mit den Schultern und steckte sich einen Brotkrümel in den Mund.

»Jemand aus der Gemeinde. Aus schrecklich gutem Hause.«

Anki hob die Augenbrauen. Jemand aus der Gemeinde? Aus welcher Gemeinde wohl?

»Was ist passiert?«

Susanne schlug sich die Hände vors Gesicht und wiegte sich von rechts nach links. Anki berührte sie am Arm.

»Entschuldigen Sie«, sagte sie. »Sie müssen auch nichts erzählen, wenn es Ihnen zu schwerfällt.«

»Sie haben ihn mir weggenommen«, sagte sie und ließ die Hände wieder sinken. »Ich war sechzehn, meine Eltern waren rasend vor Wut.« Anki konnte ihr anhören, wie viel es sie kostete, das auszusprechen. »Ich durfte ihn sehen, aber dann wurde er von einer Familie in Norrland adoptiert.«

»Und mehr wissen Sie nicht über ihn?«

»Nein, meine Eltern wollten kein uneheliches Kind akzeptieren. Dabei behaupteten sie, Christen zu sein. Mustergültige Mitglieder der Freikirche, aber als es darum ging, sich um mich zu kümmern, da zogen sie die Grenze. Verdammt, wie ich die Kirche hasse!«

»Und der Vater des Kindes?«

»Er hat natürlich alles abgestritten, also stand ich allein da und wurde als Schlampe abgestempelt. Ich musste sogar vor der Gemeinde Abbitte leisten für die Sünde, die ich begangen hatte.«

Anki ging nicht weiter darauf ein, wie herzlos diese Eltern ihre jugendliche Tochter behandelt hatten, es würde ja doch nicht weiterhelfen. Mehr hätte sie interessiert, wie die Reaktion gegenüber dem Kindsvater ausgefallen war. Wurde er denn nicht ebenfalls gerügt, musste auch er Abbitte leisten wie Susanne?

»Und dann waren Sie im Mütterhaus?«

»Ja, dafür haben sie gesorgt. Eine unreine Sünderin wollte man nicht im Haus haben. Ich war kaputt – physisch wie psychisch, und trotzdem hat er sich über mich hergemacht, dieser ...«

Susanne leerte ihr Glas. Ihr Mund verzog sich zu einem Strich, rote Flecken zeigten sich an ihrem Hals, und ihre Augen funkelten vor Wut.

»Der Mann von dem Foto, nicht wahr?«, fragte Anki. »Sie haben es die ganze Zeit gewusst, oder?«

Susanne antwortete nicht, aber sie stritt es auch nicht ab.

»Tord Persson«, sagte Anki. »Aber ich glaube, damals wurde er Totte genannt. Er ist nach Gotland zurückgekehrt, allerdings als Raymond Dixén. Offenbar war niemandem bewusst, dass es sich um ein und dieselbe Person handelte.«

Sie schwiegen eine Weile und betrachteten die Menschenmenge auf dem Stora torg. Die Bühne wurde bereits wieder abgebaut, und allmählich verteilte sich das Publikum oder fand sich in kleinen Grüppchen zusammen.

»Möchten Sie noch etwas?«, fragte Anki. »Einen Espresso vielleicht?«

Susanne schüttelte den Kopf. »Lieber was anderes, wenn Sie verstehen, was ich meine.«

Anki verstand und holte ihr ein weiteres Glas Wein. Die arme Frau, dass ihr Körper überhaupt noch funktionierte. Anki hatte noch nie eine Frau in diesem Alter gesehen, die so abgemagert war. Sechsundfünfzig Jahre alt und anorektisch, wahrscheinlich hatte sie nie Hilfe bekommen. Oder annehmen wollen. Auf der Serviette vor ihr lag der Großteil des Panino unberührt. Ihr Brennstoff war Alkohol.

»Ich sollte es mir einpacken lassen«, sagte Susanne. »Das reicht mir noch als Abendessen.«

Mindestens, dachte Anki.

»Ich war mal im Knast«, sagte Susanne plötzlich.

»Ja, Sie haben Hinseberg erwähnt, als Fridman und ich bei Ihnen waren«, sagte Anki. »Warum? Was haben Sie gemacht?«

»Ein Kind entführt.«

»Aber ...«

Susanne grinste und entblößte so ihre gelben Zähne.

»Ja, ich hab ihn aus einem Wagen gemopst, als die Mutter nicht aufgepasst hat. Hier in der Stadt. Dann bin ich zum Haus meiner Eltern gefahren. Da waren die beiden schon lange tot. Uns ging es gut, dem Baby und mir.«

»Aber Sie wurden gefasst?«

Susanne schob das Panino in einen Karton, den die Bedienung gebracht hatte.

»Ja, die Polizei hat uns wenige Tage später gefunden. War wohl nicht schwer, herauszukriegen, wo ich mich versteckte. Ich hab ein Jahr wegen Kindesentführung abgesessen. Eigentlich wären es anderthalb gewesen, aber weil ich mich wie ein Lamm aufgeführt habe, wurde das letzte halbe Jahr in Bewährung umgewandelt.«

»Warum haben Sie das getan? Also, das Kind entführt?«

»Sie haben mir mein Kind weggenommen«, sagte Susanne aufgebracht. »Ich dachte, ich hätte ein Recht darauf, das Kind von jemand anderem zu nehmen. Besonders die Eltern, die ihre Kinder in teuren, schönen Kinderwagen herumschieben, sollten mir nicht zu nahe kommen. Sonst passiert das vielleicht noch mal, wer weiß. Kaum schauen Mama oder Papa mal kurz weg, taucht Tante Susanne auf und mopst ihren kleinen Augenstern.«

Anki fiel nichts ein, was sie darauf erwidern könnte. Susanne wusste selbst, dass ihre Tat falsch gewesen war, da musste Anki nicht mit weiteren Belehrungen kommen.

»Haben Sie versucht, Ihren Sohn zu finden?«, fragte sie.

»Und wozu sollte das gut sein? Der will mich doch sicher gar nicht kennenlernen. So wie ich aussehe.«

»Seien Sie sich da mal nicht so sicher«, sagte Anki. »Ich glaube, dass ein Kind sich sein Leben lang nach seiner leiblichen Mutter sehnt. Versuchen Sie es doch. Es gibt doch sogar eine Fernsehsendung, wo adoptierte Kinder nach ihren leiblichen Eltern suchen. Ich fand immer, dass es sicher genauso spannend wäre, wenn die Suche mal andersrum liefe.«

»Dass die Eltern suchen, meinen Sie? Ja, da haben Sie wohl recht.«

Ankis Telefon vibrierte, und sie holte es heraus. Maja hatte ihr geschrieben, dass sie nach Hause wollten. Anki stand auf und umarmte Susanne Bendelin zum Abschied. Sie konnte die Schulterblätter der Frau deutlich unter ihren Handflächen spüren.

»Danke für Ihre Offenheit«, sagte Anki. »Passen Sie gut auf sich auf, und lassen Sie gern von sich hören, wenn Sie ihn gefunden haben.«

50

Samstag, 11. Juni

Die Fahne auf dem Pfarrhof in Smissarve hing auf halbmast. Ulrika Trogen hatte den Hausmeister gar nicht darauf hinweisen müssen, er machte seine Arbeit stets, wie er sollte, und hatte die Fahne um Punkt acht gehisst. Kein schöner Auftrag für Lasse Nyroth, denn er und Ulrika Trogen hatten ihre zwei engsten Kollegen verloren. Die Trauer in ihrem kleinen Arbeitskreis war beinahe mit Händen greifbar. Ulrika stand auf der Treppe zum Haupthaus und schaute in den Garten. Seit die Flagge sichtbar war, kamen die Gemeindemitglieder vorbei, Autos hielten. Aber die Menschen zündeten nur Kerzen vorm Tor an oder legten Blumen ab, um ihr Mitgefühl auszudrücken. Niemandem war die Tragödie entgangen, sowohl die lokalen Zeitungen als auch die Radio- und Fernsehsender hatten über Smissarve berichtet, die Gemeinde mit der dunklen Vergangenheit.

Ulrika ging in den Gemeindesaal. Bald würden alle eintreffen, zum Glück hatte sie Unterstützung von Greta, der Haushälterin aus Mullvald, bekommen, die Kaffee kochte und für belegte Brote sorgte. Das war Tryggve Fridmans Vorschlag gewesen, und Ulrika hatte dankend angenommen. Sie hatte auch so genug zu tun, schließlich fehlten ihr nun ein Pfarrer und ein Diakon. Die Menschen waren sehr nett. Eine pensionierte Lehrerin hatte sich sofort angeboten, das Sprachcafé mit den Geflüchteten zu übernehmen, und Raymonds Trauergruppe hatte ihr versichert, dass sie durchaus über den Sommer pausieren könnten. Mit Björns Konfirmanden hingegen verhielt es sich schwieriger. Ulrika war es schwergefallen, sich vor sie zu stellen und ihnen mitzuteilen, was passiert war. Ein junger Pfarrer aus Visby hatte sich – zusammen mit einem Gemeindepädagogen – bereit erklärt, die Gruppe zu übernehmen, damit die Konfirmation wie geplant stattfinden konnte. Aber Ulrika konnte die Jugendlichen verstehen, es war nicht dasselbe wie mit Björn Jonsson.

Der Kaffee duftete verlockend, die belegten Brote lagen auf Tellern bereit, und nach und nach erschienen die Gäste und nahmen Platz. Anki Karlsson hatte Susanne Bendelin und Ulla Endrell abgeholt. Inga Olofsson war von ihrem Sohn hergebracht worden, der sofort wieder aufbrach. Er habe keine Zeit, an einem gewöhnlichen Arbeitstag einfach herumzusitzen, hatte er gemurmelt. Tryggve kam in Begleitung von Ankis Sohn und Enkelin, Kerstin Weström mit ihrer Pflegerin Gabriella.

»Herzlich willkommen«, sagte Ulrika, als alle vor Ort waren. »Danke, Greta, für deine unschätzbare Hilfe. Du hast alles ganz wunderbar hergerichtet. Genau das brauchen wir in Zeiten wie diesen. Und jetzt übergebe ich das Wort an Tryggve Fridman.«

Tryggve tupfte sich den Mund mit einer Serviette ab und räusperte sich. Alle Blicke richteten sich auf ihn. Die Einzige, die – mit Unterstützung – weiteraß, war Kerstin Weström.

»Hallo«, sagte Tryggve. »Ninni Weström wurde brutal ermordet, das wird kaum jemandem von Ihnen entgangen sein. Aber vielleicht kennen Sie nicht alle das Motiv, das hinter der Tat steckte.«

»Es lag an ihren Artikeln«, sagte Ulla Endrell.

»Richtig«, stimmte er zu. »Ninni Weström war tief in die Geschichte vorgedrungen.«

Tryggve machte eine Pause. Ulla und Inga schauten in ihre Tassen. Die anderen waren ganz bei ihm und warteten gespannt auf die Fortsetzung.

»Ninni wurde das Opfer eines Übergriffs, und drei von den hier Anwesenden waren damals ebenfalls im Mütterhaus.«

Ulrika betrachtete die Gesichter der totenstillen Gäste. Sie gab Greta ein Zeichen, die in der Tür stand, um weiteres Essen zu servieren.

»Sie waren mir keine große Hilfe dabei, die Wahrheit zu finden«, fuhr Tryggve fort. »Weder in den Siebzigern noch diesmal. Anki hat mehr herausgefunden als ich, weil Sie auf ihren Bluff reingefallen sind, dass sie Heimatforscherin ist.«

»Wie bitte?«, fragte Inga Olofsson.

»Das war mir klar«, sagte Susanne Bendelin und lachte heiser.

Ulla Endrell ähnelte einer Gewitterwolke. Anki selbst lauschte hoch konzentriert ihrem Freund.

»In gewisser Weise hatten Sie alle ein Motiv«, sagte Tryggve, »doch es gab eine, deren Motiv stärker war. Die kinderlose Terttu, die ihr Leben lang das Geheimnis hüten musste, dass Raymond der Vater von Björn Jonsson war. Ein Kind, das aus einer Vergewaltigung entstanden war. Nichts davon durfte an die Öffentlichkeit gelangen. Und alles wäre ewig so weitergelaufen, wäre Ninni Weström nicht aufgetaucht. Ihre Suche nach der Wahrheit veranlasste Terttu zum Morden.«

»Wer ist denn Björns Mutter?«, fragte Susanne.

»Das bin ich«, sagte Dagny Jonsson. »Ich hätte ihm besser nie die Wahrheit erzählt.«

Sie schluchzte und hielt sich ein Taschentuch an die Augen.

»Das ist zwar wahr, stimmt aber nicht ganz«, sagte Ulla Endrell, und alle Blicke richteten sich auf sie. »Ich bin seine leibliche Mutter. Björn wurde adoptiert, als er sehr klein war. Das Kind durfte ich nicht mit nach Hause bringen. Mein Mann war rasend vor Wut.«

»Und das Tragischste ist«, fuhr Tryggve fort, »dass Björn sich für den Tod des Diakons verantwortlich fühlte. Dagny hat es zu spät verstanden.«

Ulrika faltete die Hände. Björn war nicht bewusst gewesen, dass er noch andere Möglichkeiten gehabt hätte. Raymond war eine Last gewesen, das war Ulrika klar, aber jetzt war es zu spät, sich Vorwürfe zu machen, nicht eher eingegriffen zu haben.

»Ich glaube nicht, dass er Raymond gestoßen hat«, sagte sie laut.

»Da bin ich ganz deiner Meinung«, pflichtete Tryggve ihr bei. »Das hat er außerdem auch Terttu gesagt. Sie scheinen dort oben an der Klippe eine Meinungsverschiedenheit gehabt zu haben, und dann kam es, wie es kommen musste. Es war einfach ein tragischer Unfall.«

Greta sammelte die benutzten Teller zusammen und verteilte neue. Dann servierte sie eine Biskuitrolle und Waffelröllchen. Diese Pause konnten alle Anwesenden gut gebrauchen. Die Gäste bedienten sich und sprachen leise miteinander.

Tryggve, der neben Anki saß, lehnte sich vor und sagte etwas. Anki nahm ihren Löffel und schlug damit gegen ihre Tasse.

»Ich habe zwei Menschen mitgebracht, die Sie noch nicht kennen«, sagte sie. »Das sind mein Sohn Jocke und meine Enkelin Maja.«

Artig wurde ihnen zugenickt.

»Ninnis Artikel haben Maja sehr berührt, genauso das grausame Schicksal, das sie ereilt hat, nicht wahr?«

Maja schaute ihrer Großmutter in die Augen.

»Ja, und ich fand, dass ihr dritter Artikel unbedingt noch erscheinen sollte. Also habe ich mit meinem Vater gesprochen.«

»Mein Sohn ist Journalist und hat mithilfe seiner Kollegen die Rohfassung des dritten Artikels ausfindig gemacht«, erklärte Anki.

»Genau«, sagte Jocke. »Ninni Weström war im Großen und Ganzen fertig mit ihrer Reportage, und ich habe aufgrund ihrer Recherchen den dritten Artikel vervollständigt, der heute in der *Dagens Nyheter* erscheint.«

»Jemand meinte, ihr letzter Artikel würde sehr persönlich ausfallen«, sagte Ulrika mit einem Blick aus dem Fenster. Der Berg abgelegter Blumen wuchs, und im Hof sammelten sich die Mitglieder des Sprachcafés und die Konfirmanden.

»Das ist richtig«, sagte Jocke. »Ninni Weströms Bedürfnis, herauszufinden, was im Mütterhaus passiert ist, war aus privaten Gründen sehr groß.«

Ein Scheppern war zu hören. Kerstin Weström hatte die Tasse wuchtig auf die Untertasse gestellt, etwas Kaffee schwappte auf die weiße Papiertischdecke. Kerstin reckte den Zeigefinger in die Luft.

»Böse!«, sagte sie. »Komme nicht mit dorthin.«

Gabriella nahm ihre Hand. Sofort tauchte Greta mit einem Lappen auf und wischte den verschütteten Kaffee auf.

»Sie haben die Zeitung ja dabei«, bemerkte Susanne und zeigte auf Jockes aufgeschlagene *Dagens Nyheter*. »Lesen Sie den Artikel doch vor.«

»Wir haben das selbst erlebt«, sagte sie, als Jocke zögerte. »Schlimmer kann es also nicht werden.«

Jocke schob die Zeitung zu seiner Mutter hinüber und nickte ihr zu. Anki holte ihre Brille aus der Tasche und fing an zu lesen. Als sie den letzten Teil des Artikels erreicht hatte, war es fast still im Gemeindesaal von Smissarve. Kein Stuhl rückte, niemand schlürfte, niemand rührte in seiner Tasse. Nur Tryggve putzte sich die Nase, und Dagny Jonsson schluchzte leise. Anki suchte Ulrikas Blick, bevor sie den Schluss las.

»Die Juninacht war hell, und das blaue Rollo war zu klein, um das Zimmer vollständig abzudunkeln. Die Türklinke senkte sich, und sofort war sie hellwach. Vorsichtig, um die Tochter nicht zu wecken, setzte sie sich auf. Ein Schatten glitt herein und schloss die Tür lautlos hinter sich. Er näherte sich dem Mädchen. ›Nein‹, flüsterte sie und griff nach der Hand des Kindes. ›Du musst gehen!‹«

Aber ihr Flehen traf auf taube Ohren. Er schob die Decke beiseite und legte sich neben das Mädchen.

›Du fasst sie nicht an!‹

Er lachte böse, als er auf ihre Seite des Bettes rollte. Die gierigen Hände bahnten sich den Weg unter ihr Nachthemd, schoben es bis zum Bauchnabel hoch.

›Wenn du den Mund nicht hältst, lege ich mich zu deiner Tochter!‹, sagte er heiser.

Sein Atem stank. Wann hatte er Gelegenheit gehabt, sich zu betrinken? Das Mädchen bewegte sich, schien aber weiterzuschlafen. Sie hielt ihre Hand unverändert fest. Es war unmöglich zu schreien. Was sollte ihre Tochter denken, wenn sie davon wach wurde? Sie blieb still liegen und ließ es geschehen.

Als er endlich verschwunden und ihre stillen Tränen getrocknet waren, stand sie auf und packte im Dunkeln ihre Sachen. Sie wollte um jeden Preis sofort zurück in die Stadt. Egal, ob sie trampen oder die vierzig Kilometer zu Fuß bewältigen mussten. Sie hatte sich entschieden, sie wollte zur Polizei gehen. Die Gefahr, dass ihr nicht geglaubt würde, war groß, aber sie wollte es trotzdem versuchen.«

Anki hob den Blick und betrachtete ihre Zuhörerschar. Ninni hatte alles gesagt, niemand hatte etwas hinzuzufügen.

Wenig später brachen sie auf und gingen gemeinsam hinaus, wo sie von ernsten Konfirmanden und Asylsuchenden empfangen wurden, die sich um den Fahnenmast drängten.

»Wie geht es nun weiter?«, fragte Anki die Pfarrerin. »Mit den roten Häusern, meine ich.«

Ulrika schaute ihr in die Augen. Sie fühlte sich schrecklich einsam, und doch tat es so gut, all diese Menschen im Hof versammelt zu sehen, die ihre Unterstützung anboten. Ein Mann löste sich aus der Menge und kam zur Treppe. Ulrika erkannte ihn, er war ein fleißiger Besucher des Sprachcafés.

»Wir sehr traurig«, sagte er und nahm ihre Hand. »Alle sehr traurig.«

Er machte eine Geste, die den gesamten Pfarrhof einschloss. Alle Konfirmanden, Asylsuchenden und anwesenden Gemeindemitglieder.

»Die Häuser«, sagte er und schaute von Ulrika zu Anki und zurück. »Schlecht. Alle verrottet. Ich weiß das, ich habe viele Häuser gebaut.«

»Da haben Sie sicher recht«, sagte Ulrika. »Die Gebäude stehen ja schon Ewigkeiten ungenutzt herum. Sie wollen jetzt aber hoffentlich nicht sagen, dass Sie dort einziehen wollen? Denn da kann niemand mehr wohnen.«

Der Mann schüttelte den Kopf, und Ulrika erahnte einen Funken Heiterkeit in seinem sonst so betrübten Blick.

»Wir helfen abreißen«, sagte er. »Alle Häuser weg.«

Ulrika drehte sich zu ihren Gästen um, die hinter ihr auf der Treppe standen. Den meisten von ihnen war es gelungen, trotz ihrer Trauer die Mundwinkel zu einem Lächeln zu heben. Susanne Bendelin klatschte in die Hände.

»Was meinen Sie, Anki?«, fragte Ulrika. »Sie waren ja sogar erst kürzlich in einem der Häuser?«

»Ich halte es für einen wunderbaren Vorschlag«, sagte sie. »Reißen Sie den Ort ab, an dem die Sonne niemals scheint.«

DANKSAGUNG

Zu schreiben bedeutet nicht, dass man nur vorm Computer sitzt und in die Tasten haut. Einen Großteil der Zeit verbringt man damit, sich Orte anzuschauen, heimlich Menschen zu belauschen und zu beobachten, zu googeln, sich mit Experten zu unterhalten, um herauszufinden, wie die Dinge in Wirklichkeit zusammenhängen.

Diesmal bekam ich viel Hilfe von Peter Stauffer und Pia Toftenius bei der Beschreibung bestimmter heimlicher Orte. Mona Utas hat in einer verregneten Woche in Nerja mithilfe einer Karte die Namen gotländischer Höfe herausgesucht.

Auf meine Fragen, wie Journalisten und Polizisten arbeiten, haben Ann Lystedt und Christian Larsson geantwortet. Svante Linderberg hat das Strafmaß für Freiheitsberaubung beigesteuert, und Mari Jansson hat mit mir den Ablauf einer Beerdigung durchgesprochen.

Nina Morge teilt jederzeit gern ihr Wissen über Islandpferde mit mir, und Linda Karlsson hat mir erzählt, wie es im Seniorenheim in Roma aussieht.

Einmal musste ich eilig wissen, wie bestimmte Straßenzüge in Visby aussahen. Ich schaffte es selbst nicht, dorthin zu fahren, aber Sören Mård und Lena Ulrica Rann-Uhlin erklärten sich sofort dazu bereit und schickten mir hervorragende Fotos. Meine Enkelin Julia Lantto hat nur zu gern moderne Ausdrücke beigesteuert.

Elisabeth Sigurdson, großartig, dass du es immer wieder schaffst, jede Fassung wieder und wieder zu lesen und mich mit Verbesserungsvorschlägen zu versorgen! Und Katja Tydén, beste Lektorin, deine Ratschläge und Kommentare sind von unschätzbarem Wert!

Ein herzliches Dankeschön euch allen!

Ala kapell, Gotland im Mai 2017
Marianne Cedervall